馭夫成器

上

風 文創 640

晴望 著

目錄

序文

晴望

幾乎所有的種田文裡都有個讀書不行、種田不行、人品渣到極點，不僅被哥哥嫂嫂們嫌棄，還拖累全家的小兒子。

《馭夫成器》的靈感便是由此誕生，那時我尤其迷戀種田文，每當看到書中出現一個這樣的小叔子，都會替女主角氣得發瘋，為男主角的付出不值，氣惱男主角爹娘的愚昧、偏心，甚至會想若是我筆下的這種男配，又該給一個怎樣痛快又振奮人心的結局？可思索到後來，我靈光一閃，若是我筆下的男主角就是這個一無是處還自命不凡，被所有兄長嫂子們討厭的小叔子呢？

男主角是除了爹娘外，所有人都討厭的人，那麼女主角又該是怎樣的存在？該是和男主角秉性相當的當世奇葩女，還是個默默承受痛苦，又滿心聖母瑪莉亞的溫柔女人呢？

讀者大多喜歡完美純潔而又唯一的男女之愛，可若男、女主角真是這樣獨特的存在，別說讀者會反感，就是我自己也厭煩。

如何讓讀者看見文案時就喜歡，並點進去看一看，這讓我大費腦筋，後來聽同事聊當下渣男時突然有了想法，女主角就去調教男主角好了！她不需要當聖母，不需要當奇葩，甚至很潑辣也可以。他是廢材，她就去改造，去將這個被爹娘慣壞的人拉回來，他不是自認天生是考狀元的嗎？那麼她就教導他、鞭策他，讓他真的考上狀元。

後來寫的時候又覺得這樣的男主角太過不討喜，於是又調整，將他設定為一個雖然廢材、有點自私，但性情單純，會疼娘子、愛娘子的男人，以至於為了圓房簽訂不平等合約。這就好像他負了全天下，但是唯獨沒有辜負心愛的人一樣，這樣的男人即便再渣也會有人喜歡。

我是懷著我家「小公舉」的時候開始寫的，等這本書完結時，我已經是一個孩子的媽。初為人母的糾結和困惑、沒人理解的辛苦和無奈、時時瀕臨崩潰的邊緣，只有這本書讓我放飛，得到片刻的自由。這本書貫穿了我孕期和孩子頭幾個月的成長，沒有這本書，我恐怕還會活在自怨自艾裡，可能不會是個稱職的母親。讀者的留言以及勸慰，支持著我走到現在，讓我心生感激。

如今這本書要出版了，希望喜歡古典愛情小說的讀者能夠從書中讀出歡樂，在回味之餘說一句——這個作者的書真不錯。

惟願足矣！

第一章

「如歡啊，妳不要怪妳大伯和叔叔狠心，實在是妳家裡的情況不能再拖了。大伯娘知道妳不願意，可妳看看妳爹和弟弟，妳爹現在還躺在床上起不來呢。妳弟弟才九歲，妳若是不嫁，他們可怎麼辦啊！」

常如歡躺在炕上，面對著坑坑巴巴的土牆壁，身後是大伯娘李氏苦口婆心地勸她嫁人。可她內心現在正有一萬隻草泥馬呼嘯而過。

她招誰惹誰了，好好的在宿舍睡覺也能穿越到這破地方來。而且正好趕上原主死了，她鳩占鵲巢成了現在的常如歡。雖然她之前也叫常如歡，只是這個常如歡的生活和她以前的生活是天差地別好嗎？

一穿過來就要代替原主嫁人，這讓她這個高齡老處女難以接受，而且根據原主的記憶，這身子即將要嫁的是個手不能提、肩不能扛，自稱為讀書人卻大字不識幾個的廢物。原主一聽當然不願意嫁，所以才在成親當天用一根繩子上了吊！

就在常如歡在內心吐槽時，又有一個婦人柔聲勸道：「是啊，如歡，妳得想開點，事已至此，也只能嫁了。」

這個聲音聽起來很是柔弱，可常如歡卻知道她這個三嬸馬氏是朵白蓮花，最擅長打感情牌，其實心腸比李氏還要黑。

就聽馬氏哽咽著嘆了口氣。「也怪妳幾個叔叔和大伯沒本事，連自家都養活不了，如果他們有本事，咱們也不會這麼倉促地把妳嫁了。」

李氏有些不高興弟妹說自家男人沒本事，她搶過話來，接著道：「如歡啊，就算妳不看在大伯娘和妳嬸娘的臉面，好歹也可憐可憐妳爹和妳弟吧！妳若是不嫁，那十兩銀子咱們可還不上啊！」

李氏見常如歡還是躺在那裡一動不動，方才因為常如歡上吊不成而冒出的火氣又上來了。

迎親的隊伍都要來了，她卻不願意嫁，還在成親當天上吊，這是毀他們常家呢！就算幾家已經分了家，可到底一筆寫不出兩個常字來，若真的讓她這麼死了，那他們大房和三房以後可就背上逼死姪女的名聲了。他們兩家還有沒娶媳婦的小子和沒嫁人的姑娘呢！

想到這些，李氏就來氣，氣常如歡的不識趣，都到了這地步，只要人沒死，這親就必須得成！

李氏揚起下巴剛想呵斥，就被馬氏拉住。馬氏握住常如歡的手，又嘆了口氣。「妳爹病得厲害，那十兩銀子的聘禮，咱們也已經拿了替妳爹看病了，妳爹病也看了，藥也吃了，妳若是不嫁，那十兩銀子難不成賣了妳弟去還？那薛家可不是好說話的人家，咱們惹不起啊！」

「就是，那薛家在咱們這裡也算是富裕人家了，雖然薛老五一無是處，但也是讀書人啊，等有朝一日考取功名，還怕沒妳的好日子過？」

李氏睜眼說瞎話，這十里八鄉的人家，誰家不知道薛老五是個廢材？名頭上說好聽點是讀書人，可內裡是什麼德行，沒人不知道。

據說那薛老五從七歲開始讀書，今年已經十七，不說考個童生，就是《三字經》和《千字文》也只能勉勉強強背下來。那一手毛筆字更別提，就是不識字的人都看不入眼。

大家為什麼知道這些事？

這都是薛家莊的村民傳出來的，據說有剛搬過去的村民不知道，過年時請薛老五寫對聯，可薛老五寫的那一手字簡直慘不忍睹，於是就這麼傳了出去。

薛老五還學會了好吃懶做的習性，就這樣的人，附近的姑娘都不願意嫁給他。

薛老五的娘知道沒有姑娘願意嫁給薛老五，在自家院子裡罵了好幾天，後來聽說常家莊有個窮秀才，生了個如花似玉的姑娘，於是就惦記上了，不惜拿出十五兩的銀子當作聘禮。

當然李氏和馬氏只說了十兩，剩下的五兩被兩家平分了，所以妯娌倆難得口徑一致勸說常如歡嫁過去。

常如歡聽著，心想：好吧，錢都花掉了，不嫁也不成，自己好歹曾經是大學教授，教育一個不聽話的學生，還不是易如反掌？

只是還不等常如歡坐起身，一直勸說的李氏沒了耐性，站起來厲聲道：「我和妳嬸娘好言相勸妳不聽，那就別怪咱們不客氣。今兒這親成也得成，不成也得成。妳就是想死，也得等拜了堂到薛家去死，咱們常家可沒妳這不孝的閨女！」

呵！敢情她都成了不孝女了？常如歡差點被氣笑。

等了一會兒，李氏還不見常如歡說話，頓時火大，直接伸手將常如歡翻過來。原主常年吃不飽，身材纖瘦，被李氏一拉，就被轉了過來。

「妳……」李氏剛想呵斥，可一對上常如歡似笑非笑的臉，頓時噎住了。

常如歡自小沒了母親，可以說是李氏她們看著長大的，她的性子如何，她們自然清楚，就算是常如歡上吊，她們也覺得她只是威脅她們，可現在對上常如歡刺人的目光和似笑非笑的表情，李氏卻突然有些害怕。

明明是一樣的臉蛋、同樣一個人，她卻覺得有些陌生。

馬氏自然也看出來了，心裡不免疑惑。可她心眼多些，裝作沒看出異樣。

李氏顯然有些心虛，眼神閃爍，結結巴巴地道：「常如歡，妳最好識相點，不然我讓妳幾個哥哥過來，押也得把妳押上牛車。總之，今兒妳必須出嫁！」

常如歡冷笑著看著二人。「我若是不願意呢？」

「不願意？呵！」李氏似乎聽見什麼好笑的事，嗤笑一聲，快步走到門邊，叫道：「如成、如山，你們過來！」

就聽一陣腳步聲，兩個青年快步過來了。

李氏得意地看著常如歡，指了指常如成和常如山道：「看見了沒？今兒妳若是還不知好歹，那妳這兩個堂兄就是綁也會把妳綁過去。況且常家族裡的青壯年都在外面看著呢，妳不嫁也得嫁，反正妳是跑不了的。」

一旁的常如山一臉的躍躍欲試。而最大的常如成則有些尷尬。「娘……這不好吧……」

「你閉嘴！」李氏呵斥一聲，常如成頓時閉了嘴。

馬氏適時地火上澆油。「就是啊，如歡，反正都是嫁，何不開開心心地嫁呢？嫁人可是頭等大事，若是讓薛家的人知道妳不願意嫁過去，那以後還有妳的好日子過嗎？」

常如歡看著這妯娌倆上竄下跳，半晌才悠悠道：「誰說我不嫁了，我嫁。」

眾人一愣，沒想到常如歡突然想開了。

其實她現在想不開又如何？剛到這陌生的世界，什麼都不熟悉，在這名節大於天的古代，若是她再堅持下去，恐怕將她浸豬籠都有可能。而唯一肯為自己說話的大堂哥又是個軟柿子，自己哪裡還有退路？

常如成有些不忍，吶吶道：「如歡……」

看他這窩囊樣子，常如歡只似笑非笑地看他一眼，頓時將常如成看得面紅耳赤。

常如歡最看不上這樣的男人，心裡鄙視一番，又看向李氏和馬氏。「要我嫁可以，但是我得有嫁妝。我也不多要，只要八兩。」

「八兩？妳家裡窮成這樣了，妳還有臉要嫁妝?!」馬氏也顧不得裝白蓮花了，瞪大眼睛尖叫出聲。

李氏卻嚇了一跳，心想難不成薛家給十五兩銀子聘禮的事被這死丫頭知道了？不可能啊，這死丫頭平時木訥得很，和其他人關係也不好，應該沒人告訴她啊？

馬氏兀自驚訝，斜睨了常如歡一眼。「妳就是將妳弟弟賣了，也值不了五兩銀子。」

「呵呵，是嗎？」常如歡冷笑。

她敢要這八兩銀子，就是打定主意要讓李氏和馬氏將吞掉的五兩銀子吐出來，而且還要讓她們拿出一些銀子。

李氏眼神閃爍，半晌斥責道：「難不成妳真的要賣了妳弟弟？」

常如歡白了她一眼，心道若不是在古代，她早就給她好看了。她看著憤怒的李氏和馬氏，輕輕開口：「薛家明明給了十五兩的聘禮銀子，為何到妳們嘴裡就成了十兩？那五兩平白飛了不成？」

「娘！」常如成更加羞愧，剛剛堂妹的眼神看得他很難受，現在又聽見自家娘親為了吞幾兩銀子逼著堂妹嫁人，更加羞愧不已。他想到他娘和三嬸這幾天的動靜，頓時就明白了為什麼。

常如山卻嗤笑一聲。「妳說十五兩就十五兩了？要核對等妳嫁入薛家再找妳婆婆核對去。」到時候就算知道是十五兩聘禮又怎樣？嫁出去的姑娘如同潑出去的水，薛家的媳婦還能管常家的家事？

李氏和馬氏頓時來了精神，一致否認。「聘禮就是十兩。在咱們鄉下，八兩都是頂了天的，更別說十五兩了，若有那十五兩銀子，薛家早就去縣城買幾個媳婦回來了。」

常如歡剛想開口，就見門外突然闖入一個滿頭大汗、雙眼通紅的男孩，一進門就大聲道：「我明明看見大伯娘和三嬸娘偷偷說這事，還悄悄將那五兩給分了，我看得清清楚楚！」

常如年氣沖沖地瞪著李氏和馬氏。「妳們欺負我姊姊，我長大了不會放過妳們的！」說著他哽咽著哭了起來，下一刻又狠狠拿袖子擦去眼淚，倔強地看著屋裡的人。

上輩子常如歡是獨生女，從小嬌生慣養，和幾個堂哥、堂姊關係也不好，乍一看到有人這麼對她，突然覺得很窩心。

「如年，到姊姊這裡來。」常如歡強迫自己露出一個笑容，朝常如年招了招手。

常如年走到常如歡跟前，又重新看著李氏和馬氏。「我說的都是真的，胖嬸家的小胖也聽見了。」

李氏和馬氏的臉青一陣白一陣，很是尷尬。

李氏看著常如年，勉強擠出一絲笑容，聲音也柔和許多。「如年啊，這話可不能亂說，咱們都是一家人，怎麼會做出那種事，定是你聽錯了。」

馬氏也訕笑著附和。「就是、就是，如年你忘了嗎？以前你還喝過我的奶呢，你堂姊待你也好著呢，我們這麼關心你們，怎麼會做這事？」

見她們狡辯，常如歡也不氣，只冷笑的看著，末了道：「大伯娘、三嬸娘，妳們看我這嫁妝銀子……新嫁娘沒有嫁妝本來就讓人瞧不起了，若是連點壓箱底都沒有，以後在婆家可怎麼過日子啊？」

常如山卻一點都不怕，他娘拿那錢時他知道，雖然二兩多的銀子不多，可在這地界卻能做很多事。他嗤笑一聲，不屑道：「就你小孩倆說的話，誰信啊！」

常如成連忙拉他讓他別說話，一邊不安地看著常如歡姊弟、李氏和馬氏。

李氏和馬氏卻有些擔憂。常如年今年也不小了，若真說出去，眾口鑠金的還真不好辯駁，況且平日三家關係也不怎麼好，兩家突然積極的讓常如歡嫁人，免不了讓人懷疑。

常如歡看著，知道李氏和馬氏終歸是古代農村婦女，還是膽小的，便加把火道：「哼，妳們不承認也罷了，等我嫁入薛家一問便知，到時候我就去縣衙報官，讓縣老爺評評理。」

李氏有些鬆動，詢問地看向馬氏。

馬氏一臉鐵青，她猶豫著想拒絕又不能，一時不知如何是好。

「妳甭嚇唬人，縣老爺又不是薛家的，還能薛家說什麼就是什麼啊？」常如山狡辯，不肯認帳。

「那若是我去作證呢？」門口突然出現一個身材瘦弱，穿著一件灰撲撲長袍，拄著一根木棍的男人。他虛弱地扶在門框上，一雙細長乾枯的手因為用力而發白，瘦弱的身子正微微顫抖，滿眼憤恨地看著李氏和馬氏。

李氏和馬氏對視一眼，嘆了口氣，也沒了法子，頓覺今日真是倒楣。

常如年看見爹爹來了，一臉委屈，哭了起來。「爹，她們逼姊姊嫁人，可是姊姊不想嫁給那個壞蛋。」

常海生咳嗽幾聲，顫巍巍地進了屋，走到凳子前坐下，這才看向常如歡。「如歡哪，妳若真不想嫁，爹想辦法……」

薛家當日是直接帶著聘禮找上他的，那時他病得雖厲害，也知道薛家不是好人家，就那薛五也是個扶不起的阿斗，他再窮再病，也捨不得將養大的閨女嫁給這樣的人家。

誰知之後幾天他病重，被薛家趁虛而入，李氏和馬氏做主收了聘禮還主動給他看了病。

自己破敗的身子到底如何，他自己明白，就算這次救過來，也活不了多久了。他有讀書人的傲氣，並不想用賣閨女的錢治病。

常如歡看著這個男人，這就是原主的父親，在原主的記憶裡，父親是個很厲害的讀書人，是常家莊唯一的秀才，若不是身體不好，說不定早就中了舉，成了舉人老爺。

而且這個父親對自己和弟弟極好，母親去世這些年，更是頂住了壓力沒有續弦，獨自一人又當爹又當娘的將姊弟二人拉拔長大。

常如歡不知是自己還是原主的情緒，只覺得心裡酸酸的，她看著男人，男人也看著她。

常海生眼裡的關心和自責是騙不了人的，常如歡看著他，微微笑了笑。「爹爹，現在除了嫁過去，已經沒有其他辦法了，況且那薛五也算是個讀書人，今後讓爹爹多教導教導，說不定也能掙出個前程。」

常海生滿目酸澀，他哪裡聽不出常如歡只是安慰他？薛五若真有出息，也不至於到了十七歲只讀了《三字經》和《千字文》。薛家人自欺欺人看不清現實，他卻是看得明白。

常海生喉頭哽咽，有些說不出話來。十五兩的聘禮，就算從李氏和馬氏那裡拿回五兩，剩下的十兩就算是砸鍋賣鐵也還不上的。

常如歡安撫地笑笑，接著轉向李氏和馬氏，立即冷下臉。「大伯娘，您和三嬸娘商量好了嗎？是拿出八兩銀子給我做嫁妝銀子，還是日後縣衙見？」

她無賴笑道：「妳們也別想著我們沒能耐去告官，光腳的不怕穿鞋的，若是還想抵賴，那麼咱們就走著瞧好了。」

第二章

她這話一出口，別說李氏和馬氏被駭住，就是常海生也震驚了一下。

自家女兒是什麼性子他還是知道的，平日的常如歡可是有些膽小，可看著女兒自信卻又不畏懼的臉，常海生又覺得這樣也好。早上聽到如年說如歡上吊時，他嚇得暈了過去，現在想來也許是死過一回，讓她變了性子吧！

若是他好好的，憑他秀才的身分，在常家莊開個私塾也能過得很好，哪裡用得著她一個小姑娘強裝堅強呢？

李氏和馬氏臉色很不好看，又聽見外面鑼鼓喧天的，有人喊著「新郎官來了」，兩人只能匆匆回去拿銀子。

常如山冷哼一聲，也不甘心的走了，常如成倒是愧疚，只小聲道了歉也離開了。

屋內只剩下一家三口，常海生嘆了口氣。「委屈妳了，是爹爹沒本事。」

他是真的覺得自己對不起女兒，是他的身子拖累了女兒。最讓他難過的是，明知道女兒不願意嫁給薛五，他卻沒辦法解除這門婚事。

常如歡這會兒卻不在意了，不就是嫁人嗎？雖然古代不能離婚，但憑藉她的本事，調教一個男人應該還是不難的。況且她現在又有了家人，總不能讓家人再擔驚受怕了。

「爹不必擔心，我沒事。聽說那薛五挺聰明的，就是被家人慣壞了，以後我多看著些，日子也能過下去。況且女兒大了，早晚有嫁人的時候，嫁給誰都是嫁，只是現在提前知道要嫁的是什麼人罷了，這樣也好，省得嫁個不知道底細的人，今後日子更難過。」

常海生看著她，更加羞愧。

常如歡笑笑，摸摸常如年的腦袋。「如年快扶爹爹回去歇著，姊姊要換嫁衣了。」

如年哽咽著點點頭，起身扶著常海生走出屋子。臨出門前，常海生回過頭來看著她，眼神堅定道：「若是以後日子真的難過，別害怕，咱們回家來。」

出嫁女若是無緣無故回娘家是會遭人唾棄的，常海生這麼說也是為了安她的心，讓她沒有後顧之憂。

常如年也使勁點點頭，誰嫌棄姊姊，他都不允許。

常如歡看著他們相似的臉，笑了笑，差點掉下淚來。

換好嫁衣沒多久，李氏和馬氏臉色不好地來了。兩家拿出當初貪下的五兩銀子，還各自搭上一兩半，遞給常如歡時眼睛裡都要放毒了。

常如歡接過來，塞進袖子裡，笑著對李氏和馬氏道了謝。「多謝大伯娘和三嬸娘的疼愛，現在時辰不早，您二位可否幫如歡梳妝？」

李氏和馬氏冷哼一聲，俱不搭理她，憤恨地坐在一旁，並不上前搭手。

常如歡也不在意，憑著記憶力梳妝。

外面的叫嚷聲更近了，有來幫忙的鄰居過來笑著道：「新娘子打扮好了嗎？新郎官來了！」

常如歡靜靜地看了眼模糊的窗外，端坐在炕沿上，神色怔然。

上輩子單身到三十多歲都沒結婚，誰知道剛穿越就要嫁人，且嫁的還是個十七歲的男孩子。

她微微嘆了口氣，讓自己平靜下來，就聽外面嬉笑聲傳來。

新郎來了。

對於娶妻，薛陸其實是有些不願意的。他是讀書人，早晚有一天會考上秀才、考上舉人，最後考上狀元，到那時要娶什麼樣的媳婦沒有，幹麼非得娶個村姑？

薛陸反抗過，卻被他娘錢氏罵了一頓。從小到大他都是被他娘捧在手心裡長大的，別說挨罵了，就連大聲呵斥都沒有過，可這次因為娶妻的事，他娘居然罵了他。

他雖然不學好，可也知道孝順他娘，加上家裡的哥哥嫂嫂們也極力贊成這門婚事，於是他頭一次妥協了。

按照他的想法，不過一個村姑罷了，等他考上狀元，頭一件做的事絕對是休妻！沒辦法，讓他娶個村姑實在太委屈他了。

好在聽說那村姑長相貌美，薛陸這才消停，勉強親自來迎親了。

常如歡坐在屋內，看著四周貧瘠的模樣，微微嘆了口氣。

房門被推開，村裡唯一的喜婆笑嘻嘻地進來喊道：「新郎官來了！新郎官來了！」

鄉下地方成親儀式簡單，薛陸滿臉不情願的跟著常如山等人進來，一進門便看到一個嬌滴滴又美貌的新娘子坐在炕上。

薛陸眼睛都看直了，盯著常如歡看，眼睛都不眨。這應該是他十七年的生涯中見過最美的姑娘了。

同來的村裡人有人哄笑道：「薛五看新娘子看傻眼了！」

常如歡長得漂亮，是附近村裡數一數二的，要不是家裡條件實在太差，又有個生病的爹，恐怕家裡的門檻都會被媒婆踏平。饒是如此，一些鎮上或縣裡的富戶，都想將她娶回去做小妾。

說這話的是薛家莊的賴子，聽說薛五今日娶親，娶的又是有名的美人，便跟著來了，說這話時，語氣裡難免帶了酸味。

若是一般的男人，聽到這話估計該惱了，可薛陸壓根兒沒聽見，呆愣愣地看著新娘子，心道：多虧他同意了這門婚事，不然可就錯過了這麼美的美人啊！

他想到自己曾經在縣城遠遠看過的花樓姑娘，頓時覺得那些花枝招展的姑娘根本比不上這位新娘子。

其他人有人哄笑著附和賴子，有人打趣，屋內一時熱鬧起來。

常如歡安靜地坐在炕上，眼神銳利地瞥向新郎官。

長得倒是不錯，是個帥氣的小鮮肉，只是眉宇間的青澀稚嫩卻擋也擋不住。她觸及對方眼中毫不掩飾的驚豔以及眉宇間夾雜的吊兒郎當，不禁眉頭一皺。

回想起關於薛五的「傳說」，常如歡一陣頭疼，嫁的竟是個中二病少年。

李氏和馬氏早在人進門時就匆忙站了起來，雖然心裡不甘願，可到底不敢在人前顯露，紛紛帶著笑意迎接迎親的人。

喜婆引著薛陸到了常如歡跟前，然後執起常如歡的手放到薛陸手中，笑道：「新郎官快帶著新娘子去拜見岳父吧！」

薛陸顫抖著手握著瘦弱的小手，緊張得眼睛都不敢看常如歡了。一路也不知如何走的就到了常家的正屋。屋裡，常海生已經撐著身子坐在主位上了，常如年正雙眼通紅的站在身後，看到薛陸和常如歡進來，眼睛急忙盯了上去。

兩人給常海生行了跪拜禮，常海生咳嗽兩聲，對薛陸道：「讀書人最注重禮義廉恥，也要注重修身養性，敬愛妻子。如歡是我的愛女，希望賢婿今後能替我疼愛她。」

薛陸還沈浸在常如歡的美色當中不能自拔，常海生說的這些話，他根本一句都沒聽見。最後還是他四哥在後面戳了他一下，他這才回神，吶吶地敷衍了事。

常海生看他的樣子，哪裡聽不出他的敷衍，眼中掩飾不住失望，他擺擺手道：「罷了，走吧，別誤了時辰。」

薛陸立刻解脫似的，拉著常如歡便站起來往外走。常如歡被喜婆攙著，被告知不能回頭，只能忍住跟著薛陸走了。

門外，一輛牛車停在路上，薛陸牽著常如歡走向牛車，便紅著臉撒了手站在他四哥身旁。喜婆扶著常如歡上了牛車，薛陸的大哥一甩鞭子，牽著牛便走了。

後面零零散散的響了幾聲鞭炮，常如歡終於出嫁了。

兩個村子距離五、六公里，牛車足足走了半個時辰才到薛家莊。

一進村子，一群孩童嘴裡叫嚷著「新娘子來了」，全部往村裡跑去。

常如歡看了眼即將生活的村子，嘆了口氣。在這鳥不拉屎的地方，這日子可怎麼過呀？

牛車順著坑坑窪窪的土路，在一處大院子門口停下。門口修得還算整齊，看大小，更是比五、六個常家還大。

這是個「大戶人家」啊！

常如歡都覺得自己臉上的肌肉在顫抖了，可面上卻還要表現得羞答答。

門口圍著許多看熱鬧的人，看著牛車停下，薛老漢趕緊點燃鞭炮，立時噼哩啪啦響了起來。

幾個婦人皮笑肉不笑地圍上來，笑著讓新娘子下牛車。

好在薛陸雖然混蛋，但也事先被灌輸了成親的事宜，走上前伸出手扶著常如歡下了牛車，跨過火盆，在眾人簇擁下一路往正屋而去。

薛家人口多，院子也大，但房子其實比常家好不到哪裡去，想來日子過得也不怎樣。

「新娘子來了！錢嬸好福氣啊，新娘子這麼漂亮！」

「是啊，看這細腰、細胳膊，可得好好嬌養著。」

「哎喲！看這臉蛋，說是城裡的大家閨秀，咱也信呢！」

錢氏一臉嚴肅地坐在主座上，聽著眾人言不由衷的調笑，這才去打量剛娶進門的新兒媳婦。

長得不錯，勉強配得上她兒子，就是身子單薄了些，也不知能不能幹活、生兒子？不過進了薛家的門就得聽她的，以後慢慢調教就是了。

只是幾個婦人表面誇獎、暗地諷刺的話，她聽得多了，無非是羨慕她有個會讀書且以後會考上狀元的兒子罷了。她雖然生氣，卻並不在乎，誰教她有個將來會當狀元的兒子呢！

常如歡看著錢氏臉色有些不好，後來又緩和下來，便知道這個女人不是好對付的角色。當然，若是好對付的女人，也不會頂著家裡十幾口人的壓力，愣是讓一無是處的薛陸繼續讀書，浪費家裡的銀子了。

薛家請來的喜婆站在一旁，喊著拜堂的話，心想怎麼也能得個大紅包吧？

常如歡在眾人的評頭論足中僵硬地拜了堂，接著就被送進了洞房。

說是洞房，其實就是薛陸平日生活的屋子。

常如歡打量著，不得不說錢氏真真疼愛這個小兒子，這屋子可比正屋亮堂多了，屋裡更是擺著一張槐木書桌，上面零零散散擺著幾本啟蒙書冊。

常如歡沒什麼嫁妝，隨身帶來的只是平時換洗的衣物，還有一個小櫃子。據原主的記憶，那小櫃子還是如歡她娘當年嫁給常海生時帶來的嫁妝。

薛陸將她帶入洞房，還未說話，便被薛陸四哥拉出去敬酒了。這時房門被推開，幾個在門口見過的婦人進來了。

常如歡雖然不認識來人，也能猜到應該是薛陸的幾個嫂子。

薛陸在家排行老五，人稱薛五，上面有四個哥哥和一個姊姊，下面還有一個妹妹。

來人是四個婦人，還有一個未出嫁的姑娘，還未等常如歡開口喊人，就聽裡面一個婦人笑著喊道：「喲，瞧瞧，咱們五弟妹長得可真是好看哪！」

另一個年紀稍大些的也笑著附和：「可不是？剛才方嬸也在說呢，咱們五弟是個有福氣的，娶了這麼個美嬌娘。」

幾個婦人妳一言我一語說著恭維的話，只是話裡的酸味和嘲諷怎麼都掩不住。

常如歡聽著她們說話，只管低頭裝害羞，幾個婦人覺得無趣，便訕笑幾聲向常如歡自我介紹。

最先開口說話的是三房吳氏，一進屋門，一雙眼睛便四處亂看，看到五房屋子比自家的寬敞，擺設也比自家的好，早就紅了眼，看著常如歡的眼睛都要出血了。

第二個開口的是大房的柳氏，看的出來柳氏年輕時長得不錯，一雙大眼，眼尾微微上揚，嘴唇薄薄的，一看就是潑辣貨。

而後面閃著一雙精明的眼、不忿地看著屋內，而話裡又沒那麼多諷刺意味的是四房的小錢氏。據說小錢氏是錢氏的堂姪女，說話時沒有針鋒相對估計也是因為錢氏的關係。

四個婦人裡，從頭到尾只尷尬訕笑，不時不安地瞥著常如歡的是二房的周氏。

常如歡想了想便明白了，這周氏因為沒能生出兒子，在薛家沒有地位。

最後常如歡瞥了眼自進門後就一直噘著嘴，眼睛不善地盯著她的小姑娘。

據柳氏介紹，這是她的小姑子薛美美，今年十三歲，長相和名字一樣挺美的，只是常如歡不明白自己這小姑子為什麼像看仇人一樣地看著她？

她知道她還有一個大姑，但是大姑年輕時和錢氏鬧過矛盾，已經很多年不回娘家了。常如歡心裡感嘆，這進門第一天就先將家裡主要的女人見了個遍，這樣也好，省得她日後再挨個問。

柳氏見常如歡自始至終只羞答答的低著頭、紅著臉，對於她們的諷刺絲毫不為所動，也有些訕訕的，又說了些旁的話便告辭出去待客。

薛美美臨出門前還回頭狠狠瞪了常如歡一眼，瞪得常如歡莫名其妙。

現在的孩子心情不好猜，古代的丫頭片子也是這樣呀。

外面還是熱熱鬧鬧的，但是天色已經晚了，見不再有人過來，常如歡便起身活動活動，只是肚子餓得有些難受。

常如歡看書桌上放著幾本書，便過去翻看，誰知卻在書本底下看到一個包著點心的油紙包。她當然不會以為這是哪個好心的人給她藏的，用腳丫子想也知道這該是錢氏買給薛陸的零嘴。

常如歡才不管這個，拿出一塊糕點便吃了起來，只是屋裡沒有茶水，便乾巴巴的吃了兩塊。

常如歡吃完後重又坐回炕上，看外面時辰不早，她那個混蛋相公估計也該回來了。

這時就聽房門吱呀一聲開了，滿身酒氣的薛陸走了進來，常如歡被酒味醺得皺起眉頭，更讓她難以忍受的是，薛陸的後面居然還跟了好幾個探頭探腦的青年，其中就有之前跟著去常家莊的賴子。

常如歡臉色有些不好看，薛陸醉醺醺的被人打趣幾句，腳步踉蹌，嘴裡叨叨。「娘子，還不過來扶著為夫？」

常如歡皺著眉起身，直接將門砰的一聲關上。

薛陸一愣，迷迷瞪瞪的看著她，不解道：「娘子為何關門？」

常如歡無語。「難不成相公還想讓那些人都進來？」

「那不成。」薛陸趕緊搖頭，他看著眼前的小娘子貌美如花，心裡想這麼美的娘子只能自己看，怎麼能讓那些混帳看了去？

薛陸笑嘻嘻的，噴著酒氣往常如歡身上湊。「娘子身上真香。」

常如歡倒退兩步，看著門窗上映出的人影，捂著薛陸的嘴到了桌前，擰了條濕帕子扔到他頭上。「擦擦你的臉。」

薛陸被她一砸，有些懵了，無辜地看著她，有些委屈。「娘子打我。」

第三章

常如歡嘆氣，眼前這人雖然混帳，可也只有十七歲，說起來這人以前也沒得罪過原主，尤其這會兒酒喝多了，眼睛迷迷瞪瞪的，委屈地看著她時，她居然覺得有點萌。

他奶奶的！常如歡撇了撇嘴，低聲道：「外面還有人偷聽。」

「誰？誰敢偷聽？」薛陸扔下帕子踉蹌著往門口走去，打開門，大聲呵斥那些偷聽的人。

過了一會兒，門窗處的影子都沒了，薛陸這才回來，關上門站在門口看常如歡傻笑。

「娘子，他們都被我罵跑了。」

常如歡看著他邀功似的神情，突然覺得嫁給他似乎也不是什麼不能忍受的事，或許他並不像原主腦子裡那樣的混帳。

薛陸得意洋洋地說著自己的豐功偉業，看著小娘子嘴角掛上的笑容，當即就看癡了。哪會想到自己看起來軟和、美美的小娘子正在腦子裡想著怎麼將他從混蛋渣男的道路上掰正呢？

「嗯，很棒，做得很好。」常如歡鼓勵的看著他，語氣卻淡淡的。

薛陸一愣，總覺得有哪裡不對，怎麼感覺他的小娘子在跟孩子說話似的……

可他的小娘子實在太美了，他只看了這麼幾眼就有些挪不開眼，想到待會兒的洞房花燭，薛陸春心萌動，頗有大幹一場的架勢。

「太晚了，早些睡吧。」常如歡卸去他人面前的羞答答，恢復原來的自己。

誰知薛陸聽見這話，眼睛頓時一亮，腳步也不踉蹌了，飛快地往外跑。「我去洗一洗！」

常如歡看著他一溜煙的跑出去，笑著搖搖頭，換上睡覺的衣服就上炕躺下了。

不過一會兒，薛陸就回來了，見常如歡已經躺到炕上了，便嘿嘿一笑，吹了燈跳上了炕。

黑暗中，常如歡清淺的呼吸，薛陸聽得一清二楚，想到漂亮的小媳婦，他只覺得心癢難耐。

長到十七歲，卻不知道如何睡女人。對於這檔事，說沒有好奇是假的，只是他雖然不上進，學問也差，在這方面卻管自己管得緊。

當然他也不是多麼守身如玉，他只覺得自己是未來的狀元郎，清白的身子是要留給未來的狀元夫人的，可不能平白便宜了那些低賤的女人。

不過現在不同了，他不得已成了親，而且媳婦兒又是這麼美貌的美嬌娘，那什麼為狀元夫人守身如玉的念頭早就被拋到腦後，他現在唯一的想法就是——睡媳婦！

「娘子，嘿嘿，為夫來了。」薛陸慢慢朝常如歡靠近。

常如歡並沒有睡著，她在思考如何給這中二病的少年夫君一個下馬威，讓他不敢動手動腳。

薛陸心臟撲通撲通跳個不停，像是要從心口跳出來一樣。活了十七年，這還是頭一次如此緊張呢。

第一次去考童生時，他沒有緊張，因為他本來就什麼都不會，去了也考不上。

第一次好奇湊近花樓看時也沒有緊張，因為他知道自己沒銀子進去，也不能進去。

第一次和人打架時他也沒有緊張，因為他知道出了事有他娘給他善後。

可現在他緊張了，黑暗中媳婦兒的背影那麼近，近到他都能聞到她身上好聞的香氣，讓他緊張得連呼吸都不順暢了。

他挨挨蹭蹭的，終於跟常如歡只有一巴掌的距離了。

他側著身子，看著黑暗中的常如歡，覺得他媳婦在一片黑中也這麼美。這次他終於不覺得他娘給他娶妻是坑他了，甚至有些感激他娘給他娶了這麼漂亮的媳婦。

他小心翼翼地伸出一隻手，戳了常如歡一下。正好這一指戳在常如歡的腰上，軟軟的觸感讓他渾身僵硬，全身的熱流都彙集到身下那處，原本軟趴趴的小兄弟也跟著蹦躂了一下，緩緩大了起來。

薛陸面色通紅，呆呆地舉著自己的手指頭，不敢置信自己剛才竟然戳了媳婦一下。他掀開被子瞥了眼那處，抿了抿嘴，突然覺得異常口渴。

洞房花燭夜會發生什麼事、該如何做，昨夜他爹已經支支吾吾的給他說了一些，怕他不明白，他四哥也偷偷地傳授了他一點，只是他當時並不滿意現在就成婚，所以也沒仔細聽，本以為用不上，誰知現在卻後悔當時沒好好聽。

要怎麼做來著？

親媳婦？

然後壓在她身上？

再抱著她？

然後……脫她衣服？

薛陸慢慢回憶四哥說的話，側著的身子艱難地朝常如歡挪近，接著伸出手臂就要去抱娘子——

常如歡剛才還在糾結到底要不要先揍這夫君一頓，讓他知道炕上誰說了算，就覺得一具滾燙的身體貼了上來。

說時遲那時快，常如歡根本來不及思考，直接一巴掌拍在薛陸向她胸前襲來的爪子上。

「老實點！」常如歡一改傍晚時的溫柔羞澀，本性暴露。

薛陸被她這一巴掌打懵了，在黑暗中張大嘴，不敢置信的看著她。

常如歡蹭地坐起來，看著薛陸睜大的眼睛，差點笑了出來。

這男孩其實挺好看的，如果不管外頭那些傳言，是滿可愛的，至少是個萌寶寶。

薛陸支支吾吾了好半天才有些委屈道：「妳……妳……妳敢打我……」

可惜這語氣一點威脅都沒有，常如歡越發覺得外面的傳言有失真實。

她挑了挑眉。「怎麼？就你現在這樣子就想睡我？」

「妳……妳……妳……」好歹讀了幾本書的薛陸越發覺得自己美麗的娘子不可理喻，和話本裡的小娘子一點都不同，看這樣子倒是和自己幾個潑辣嫂嫂有點相似……

想到幾個哥哥被嫂嫂們私下管教的樣子，薛陸打了個寒顫。

常如歡攏了攏身上的被子，對薛陸輕聲道：「我是你的娘子，對嗎？」

薛陸立刻點頭。「對，那麼娘子應該……」

「那麼娘子說的話，相公是不是應該聽？」常如歡打斷他的話。

薛陸張了張嘴，將他後面的「那麼娘子服侍相公睡覺不也是天經地義嗎」咽了下去，轉而呆愣愣的點頭。「是……可是……」

常如歡不管他腦子裡如何想，繼續道：「那麼你娘子我覺得你現在連秀才都沒考上很丟臉，不想伺候你睡覺，不想和你圓房，你是不是也不應該反對？」

「啊？」薛陸有點回過味來了，他是混帳不上進、經常闖禍，可他腦子並不笨，他只是被常如歡的美色吸引，這才一直被牽著鼻子走。如今常如歡都說得這麼明白了，如果他還反應不過來，那真的就是傻子了。

薛陸眨眨眼，也翻身坐了起來，他身上穿著薄薄的寢衣，被子被常如歡拽走，此刻正握著一角擋在身前。他看著常如歡，結結巴巴地說：「可是……可是妳是我的媳婦兒。」

常如歡點點頭。「我是你的媳婦，別人搶不走。所以，乖，聽媳婦的話。」

薛陸被她說得有些臉紅。「今天是洞房花燭夜，妳理應服侍我睡覺。」說到這話，他想起他讀過的哪本書來著？裡面說過「夫為妻綱」，對，應該說的就是這個了。

他重重地點點頭，打算好好教育一下自己這膽大包天、不遵夫綱服侍自己的女人。「書上說了，夫為妻綱，妳應該聽我的，服侍我睡覺。」

常如歡看他一本正經的樣子，噗哧笑了。「那你知道『夫為妻綱』到底是什麼意思嗎？」

薛陸愣住。他讀書是半吊子，這個詞出自哪本書他都搞不明白，更別說知道具體的意思了。

常如歡一看他這樣子，便知道他並不很瞭解「夫為妻綱」的意思，於是也一本正經地道：「我爹是秀才，我跟著我爹讀過書，我給你解釋一下什麼叫『夫為妻綱』。」

薛陸平日在學堂最不耐煩那些夫子搖頭晃腦的講解這些，可如今面對的是自己的妻子，他覺得聽聽也無妨，就當是……就當是玩樂了。

就聽常如歡道：「『夫為妻綱』並不是要我聽你的，相反的，是你應該聽我的。意思就是做夫君的要為妻子考慮，以妻子的意願為主，明白了嗎？」

薛陸點點頭，瞬間恍然大悟。原來是這麼個意思，自己居然還理解錯了。他看向常如歡的眼神更加滿意了。

嗯，他娘給他娶的這媳婦真不錯，難怪是秀才的女兒，厲害！

他心裡稱讚了一番，可想了想又覺得不對。「可今晚……我爹說了，今晚咱們應該睡一個被窩……」

常如歡扯了扯身上的被子，並不反駁。「是啊，咱們不是睡一個被窩嗎？」

薛陸急了。「可我四哥說了，我應該脫妳的衣服，然後摸摸妳，而妳要好好伺候我……」雖然他也不知道要怎麼伺候，可媳婦兒既然是秀才的女兒，應該知道怎麼伺候吧？

常如歡看著這半吊子，似笑非笑地道：「我不知道如何伺候你，不如相公告訴我該如何伺候？」

薛陸想到四哥斷斷續續說的渾話，有些不好意思。「就是……就是……就是我壓著妳，然後親親妳，脫、脫妳衣服……然後……然後……」

「然後什麼？」常如歡笑了，敢情這個傳說中一點正事都不做的薛五還是個處兒呢。

薛陸憋紅了臉，「然後」不下去了，他也不知道後面要怎麼樣啊！

常如歡邪惡地笑了笑，躺下掀開被子對薛陸道：「過來。」

薛陸乖乖地躺在她身邊，側頭看了看她。

常如歡伸手拉了拉他。「來啊。」

「幹、幹啥？」薛陸又懵了，他覺得自己的媳婦就是個小妖精，他媳婦一說話，他就變傻瓜了。

常如歡低聲道：「不是說要親親我、壓著我嗎？我準備好了，來吧！」

薛陸激動得聲音都顫抖了。「真、真的？」

常如歡嗯了一聲，就覺得一具滾燙的身子壓在她的身上，而後一根火熱的東西戳在自己肚子上。常如歡皺了皺眉，嘆了口氣。

「那、那我開始了？」薛陸伏在常如歡身上，有些激動。

媳婦的身子實在是太、軟、了！好舒服！

但是為什麼自己的小兄弟越來越熱、越來越不舒服呢？薛陸不安地挪動了下，小兄弟裡面舒坦不少，然後再挪挪、再挪挪，誰知這時就被常如歡拉住了。

他委屈地看著常如歡，低聲道：「娘子，為夫難受。」

「乖，不難受。」常如歡像安慰孩子一樣拍拍他的腦袋，然後湊上前在他臉上親了一下。

薛陸立刻覺得花都開了。

下一秒，他也紅著臉在她臉上親了一下。

然後……然後他又不知道如何做了。

脫衣服？

可是現在這樣脫不了衣服啊！

常如歡在黑暗中得意一笑——她就知道會這樣！

第四章

這古代小男生和現代小男生還真是不一樣，就算他平日聽了不少渾話、看過不少話本子，可到了關鍵時刻卻不知道要做什麼。而現代社會的小男生，有的甚至十二、三歲就有了第一次，那熟練程度簡直令人瞠目結舌。

常如歡像是回敬他似的，捧著他的臉又親了他一口，然後將他的身子翻下，道：「好了，咱們完成圓房了，這下可不能說我沒服侍你了。」

薛陸直到躺在床上，都處於震驚和狂喜當中。

他的小媳婦又親他了！

軟軟的，感覺好極了！

他還想要，怎麼辦？

可下一秒他就聽見了常如歡的話，頓時有些委屈。原來圓房就是這樣，原來這就是娘子伺候夫君。

好吧，有人陪著睡總比自己一個人好。薛陸已經有些認命了。

常如歡想到古代的習俗，知道這邊並沒有人來查看是不是處子，但還是囑咐薛陸道：「若是明天娘問你我服侍得怎麼樣，你知道怎麼回答嗎？」

薛陸點點頭，甕聲甕氣道：「知道。」媳婦親的那一下好極了。

常如歡很滿意，伸手在他臉上拍了拍。「乖。」

薛陸雙眼閃亮，好軟的手！

常如歡打了個呵欠，帶著鼻音又補充道：「不許和別人詳細說咱們是如何圓房的，知道嗎？」

薛陸猛點頭。這個他還是知道的，自己房裡的事絕對不可以和別人說。

「好了，睡吧。」常如歡滿意地滾到炕裡睡了去。

薛陸瞪著黑漆漆的屋頂，想著自己這十七年來的日子，又伸手摸了摸自己那處，總覺得有什麼不對……

唉，他又不懂，想那麼多幹麼？

他甩甩頭，也跟著睡下了。

常如歡穿越後的第一覺睡得很香，以至於第二天早上醒來時外面天色已是大亮，而她也是被砰砰的砸門聲吵醒的。

「五弟妹啊，這太陽都老高了，難不成妳還打算讓娘做飯不成？」外面傳來柳氏帶著嘲諷的喊聲。

常如歡一愣，突然就從原主的記憶裡明白怎麼回事了。

在這古代鄉下，新媳婦進家門不用給公婆敬茶認親，而是要早起給婆家一大家子做早飯。若運氣不好，一天的飯菜可能都要由她來動手。

常如歡翻個白眼，對於這個陋習很是不耐。她瞥了眼迷迷糊糊睜眼的薛陸，這才佯裝慌張地喊道：「哎，我這就起來！」

外面的柳氏和吳氏對視一眼，都從對方的眼裡看到了憤怒。想當初她們進門時哪個不是天未亮就起來做早飯，生怕做得晚了或是做得不好被婆婆嫌棄。可現在這新進門的妯娌倒好，天色都大亮了，居然還沒起床。

吳氏尖聲哼了一聲。

「五弟妹啊，雖說妳自小沒有娘親，可出嫁前家裡的伯娘、嬸嬸也該告訴妳這些禮儀吧？虧得妳爹還是秀才，難道就是這麼教育女兒的？說出去也不怕人家笑話你們常家，說你們常家人不知禮數呢！」

薛陸比他們幾家的男人受寵，這麼大年紀了還浪費家裡的銀子讀書，已經讓她們難以忍受了，本想著薛陸娶妻後家裡也能多個人幹活，可誰承想這新媳婦看起來嬌滴滴的，不像會幹活的樣子，頭一天就睡懶覺。

雖然剛才婆婆臉色有些不好，但到底薛陸沒有發火，所以她也按捺下來了。不過她們這些老人可就倒楣了，成了錢氏的出氣桶，一大早就被指桑罵槐地罵了一通。

她們敢怒不敢言，加上周氏是個鵪鶉，老四家的又是牆頭草，最後能到五房這裡來的只剩下柳氏和吳氏了。

吳氏和柳氏妳一言我一語的說常家人沒規矩，常如歡臉上掛著冷笑，將被子掀了。「相公，我嫁給你頭一日就被人罵了，連你岳父也一起被罵了呢！」

薛陸被吵醒早就不耐煩，現在聽小媳婦說自己被罵了，當即坐起身朝門口吼道：「吵什麼呢！要吵回你們自家吵去，別跑到我這來吵。煩死了，還讓不讓人睡覺了！」

新婚大喜，昨夜又親了媳婦，薛陸心裡對媳婦好著呢，哪能任憑幾個潑辣嫂嫂欺負自家媳婦？況且他平日都在讀書，錢氏怕他辛苦，每次都是由著他睡到自然醒，像這樣被吵醒還真是頭一次。

柳氏和吳氏在外面氣紅了臉。她們做長嫂的居然被小叔子這麼指著鼻子罵，傳出去那還得了？

都怪錢氏那死虔婆，拿全家的銀子供養一個廢物讀書不說，還將人慣成了二世祖的模樣。現在可好，一個祖宗都不好伺候了，又來一個更大牌的，她們已經可以想像今後的日子有多難過。

兩人越想越委屈，尤其是柳氏，她這把年紀都已經做奶奶了，她大兒子都比這小叔子大一歲，可自己兒子每天辛辛苦苦地跟著下地幹活，自己這小叔子卻整日游手好閒，還給她們惹麻煩，給她們氣受。

「這日子真是沒法過了。」柳氏紅了眼眶，委屈地捂著嘴跑了。

吳氏拉不住她，跺了跺腳也跑了。

任誰家攤上這樣的小叔子，大概都和睦不起來吧？

常如歡雖然明白這個道理，但並不代表她會因為薛陸犯下的錯誤而去承擔指責，或是平白被人欺負。

薛陸見門外沒了動靜，睡眼朦朧地衝著常如歡傻笑。「媳婦，別怕，她們欺負妳就和我說，我去找娘，娘最疼我了。」

看著他討好的樣子，常如歡嘆了口氣。「沒事。」

薛陸點點頭，此時天色已經亮了，屋裡亮堂堂的，薛陸順著常如歡鬆開的衣襟看見露出來的雪白肌膚。

他吞了吞口水，本來因為晨起而抬頭的小兄弟因為這一片白膩，一下子昂揚起來。

薛陸知道這是為了什麼，可想起昨夜小媳婦說的話，又覺得不明白，難道那就是圓房了？那為何自己的小兄弟還如此難受？

薛陸一臉苦哈哈，想去拉常如歡又不敢，只能吶吶地看著她，眼中都快要滴水了。

常如歡看見他這眼神，飛快地爬起來穿衣服。「行了，趕緊起來吧，我再不去做飯，婆婆該罵我了。」

薛陸視線從常如歡的胸口滑到屁股，覺得心跳都要停了。

「娘子……我……」薛陸半天沒「我」出什麼來，眼睜睜地看著常如歡起床穿鞋，出去洗漱。

這時辰本該還睡一覺的薛陸也睡不著了，索性翻身起來，也出了房門。

常如歡出門去後院洗漱，路過正屋就見錢氏臉色不好地站在門口，正眼神不善的盯著她。

常如歡笑著開口：「娘，我睡過頭了，我洗了臉馬上去做飯。」

錢氏眼皮耷拉著，帶著一絲戾氣，哼了一聲道：「既然進了薛家的門就要守薛家的規矩。這裡不是常家，沒人將妳當少奶奶供著，該做的事就要做好，別仗著自己是秀才家的女兒就沒了教養、沒了規矩。」

常如歡看著這老太太，心想難怪柳氏她們幾個能被治得服服貼貼，就錢氏站在那裡，氣勢就壓過那幾個女人一頭。不過好在她嫁的是家裡最受寵的紈袴兒子，自家相公今後科考，少不得這老太太出頭。

常如歡斂眉淺笑。「媳婦記住了，實在是昨夜相公他……」

她越說越嬌羞，臉都紅了，就差沒告訴錢氏：不是老娘我想起得晚，是妳兒子索取無度，才讓老娘起晚的！

錢氏聽常如歡這麼說，哪裡還不明白是怎麼回事？她想呵斥幾句，但又想到這是小兒子的新媳婦，若是被兒子知道自己責難他媳婦，還指不定怎麼鬧她呢。

錢氏皺著眉瞥了眼大房、三房、四房門口探頭探腦的身影，擺手道：「行了，趕緊洗臉去做飯，他們也該回來吃早飯了。」

常如歡痛快地答應一聲後就匆匆往後院走，還聽見錢氏扯著嗓子喊：「妳們幾個瞅什麼呢！自己弟妹不懂還不知道幫襯著，還算一家人嗎？妳們都快去幫忙，難不成等男人們回來餓著肚子不成？」

扒在門口看熱鬧的柳氏、吳氏等人本想看錢氏呵斥新媳婦的熱鬧，誰知卻被牽扯進來，臨了還得幫五房新媳婦做飯。

她們再不願意也不敢當面頂撞錢氏，要知道錢氏可是厲害人物，且若是傳出她們不敬婆婆的流言，那她們日子就難過了。

柳氏不情不願地出了門，斜睨了一眼周氏，哼了一聲道：「咱們五弟妹的架子可真是大得很啊！咱們幾個嫂嫂都敬著，以後啊，家裡的祖宗又要多一位了。」

周氏默不作聲，跟在她們後頭往灶房裡去。在薛家最沒地位的女人大概就是她了，誰叫她生了三個閨女沒有兒子呢。

吳氏則不屑地看了眼周氏，覺得周氏蠢透了。她快走兩步和柳氏並肩，也加入討論當中。而一向是牆頭草的小錢氏則眼珠子亂轉，嘴角帶著笑，也不知道在想些什麼。

常如歡會做飯，而且廚藝不錯。

別看上輩子被父母嬌養長大，長大後又成了潑辣貨，可她的愛好卻是下廚。

如今到了這人生地不熟的古代，她也沒想和薛家人鬧得太過，所以她洗了臉後便去了灶房，就看到桌上放著做早飯的食材。

在薛家，每餐吃的糧食都是錢氏計量好拿過來的，至於蔬菜，她剛剛在後院看到有個菜園子，現在正好是四月中旬，蔬菜長得也茂密，剛才走來時她也摘了一些過來。

而糧食就是桌上的糙米和地瓜了。

常如歡嘆了口氣，想著上輩子去田園餐廳吃的那些東西，開始動手準備食材。

這時柳氏她們幾個過來了，柳氏先是一愣，接著揚起陰陽怪氣的笑聲道：「喲，咱們家五少奶奶也會做飯呢。」

常如歡裝作沒聽出她的諷刺，揚起笑臉道：「幾位嫂嫂是過來幫忙的？那真是謝謝了。」

對於她的厚臉皮，柳氏被噎得說不出話來，就像一拳打在棉花上。

可錢氏此刻還站在正房門口看著呢，她們實在沒膽現在撂挑子走人。柳氏和吳氏憋屈的臉上變幻莫測，放東西也是用摔的，藉此宣洩心裡的憤怒。

「娘，飯好了沒，餓死了！」

一個大嗓門傳來，常如歡抬頭就見一個十五、六歲，皮膚有些黑但長相俊朗的少年走了過來。

柳氏聽見兒子的叫聲，抬頭看了眼，沒好氣地道：「催什麼催，今日是你五嬸娘做飯，你怎麼不催你嬸娘去！」

薛博臉上有些尷尬，沒說話。

常如歡掀起鍋蓋攪了攪，笑道：「飯菜快好了，請大家稍等一會兒。」

來人是誰常如歡拿不準，但看年紀肯定是薛陸的姪子。她說話時是衝著薛博說的，薛博聽了臉色頓時紅成一片。

「知、知道了。」

說完他腳步踉蹌地跑了。

常如歡也沒在意，只笑了笑又拿起蘿蔔和芹菜炒了起來。

許是香味的原因，沒一會兒又湊過來幾個小姑娘，嘴裡紛紛嚷著「菜好香」。

柳氏瞪了一眼吸著鼻子的小姑娘，朝周氏道：「二弟妹也不管管，小孩子家的就知道吃。」

周氏面色一冷，咬了咬唇沒敢說話。

剛才吸鼻子的是周氏的二女兒薛竹，今年十歲，小孩子雖然喜歡吃，可該幹的活都沒少幹，只因為柳氏是大嫂，她在家又沒地位，連帶著三個閨女都吃人掛落。

常如歡看了小姑娘一眼，笑著道：「是不是很香？下次我教教妳？」

看得出來小姑娘應該是剛割完豬草回來，頭上還黏著幾根草呢，而旁邊正和柳氏說話、和薛竹差不多年紀的小姑娘身上卻乾淨得很，一雙小手也白白嫩嫩的，比薛竹好多了。

家裡養了五頭豬和一頭耕牛，薛家有規矩，女人平時不下地，但是其他的活計男人是不插手的，所以家裡的小姑娘從六、七歲開始便要去外面割豬草，做些力所能及的事情。

大房的薛曼也是十歲，她們一幫小丫頭出門割豬草，薛曼卻從來是能偷懶就偷懶。

薛竹是愛笑的性子，剛才過來吸鼻子說香也只是隨口說說，卻被大伯娘這麼搶白一頓。好在新進門的五嬸娘看起來不錯，還願意教她，頓時就開心起來，小臉通紅地點頭。

周氏看在眼裡，心裡對常如歡感激，又埋怨自己生不出兒子來。

常如歡拍拍她的肩膀，小聲道：「女兒可是貼心的小棉襖，閨女多了才是福氣。」

白眼遭多了的周氏眼淚直接掉了下來。這是頭一回有人跟她說閨女好，就是自家男人不也是想要兒子嗎？

柳氏冷眼看著周氏和常如歡互動，鼻子裡不屑地哼一聲，然後對薛曼道：「好好學學，小小年紀就知道討好大人，妳說妳怎麼就學不會呢？人家可是秀才家的女兒，和咱們這些婆娘可不一樣。」

薛曼撇撇嘴，對常如歡道：「五嬸，妳怎麼偏心呢？」

她這話說得毫不客氣，一點尊重常如歡的意思都沒有。

常如歡抬頭瞥了她一眼，冷著臉垂下頭，漫不經心道：「有些人自以為是公主，合該別人捧著她，可也不瞧瞧自己是什麼樣子，連長輩都不尊重，還敢來指責我？」

薛曼瞪大眼睛。「妳……」

柳氏趕緊拉了她一下，就見薛陸黑著臉出現在灶房門口，薛曼氣呼呼地看了眼常如歡，又看了眼五叔，頓時歇了氣。

薛陸聽到有人奚落自己媳婦，簡直難以忍受，可不會顧忌她是小輩。

他對薛曼道：「妳這個臭丫頭，欠打是不是？」

薛曼身子抖了兩下，早沒了剛才的氣焰。

她五叔是誰？那可是她爺爺、奶奶的寶貝兒子，是全家的祖宗，家裡的大人們都不敢惹他，更何況他們這些小輩。

薛陸見她如此，很是滿意，哼了聲又狗腿地笑看常如歡。「娘子累嗎？要不要為夫給妳端水喝？」

常如歡白了他一眼，將鍋裡的菜盛出來遞給一旁閒著的薛竹。對薛陸道：「我不渴。你快去洗漱吧，吃了早飯你還得讀書呢。」

讀書？薛陸打個寒顫，他不喜歡讀書啊！

可媳婦已經開口了，他再不樂意也只能委屈地應下來，然後乖乖地洗漱去了。

第五章

柳氏等人簡直像看怪物一樣驚訝地看著這夫妻倆，心裡都在想一件事——這才一夜的工夫，他們家的二祖宗就被新媳婦拿下了？這也太厲害了吧！

周氏看常如歡的眼神都變了，這弟媳婦厲害，以後得討教一下馭夫之道。

而柳氏和吳氏等人心裡卻莫名不是滋味，她們嫁給自家男人都多少年了，也沒見他們這麼聽話。就是剛成親時，不也端著男人的架子等著她們伺候，哪裡會給她們端碗水啊？

由於薛家人多，分成三張桌子吃飯。男人們一桌，上的是周氏烙的玉米餅子加稀飯一碗，而女人和孩子那兩桌則只有稀飯。炒的那些菜倒還好，每桌都上了一些。

也許是常如歡炒的菜實在太香，飯菜一上桌，小孩那桌便呼啦啦開搶。你一筷子、我一勺子，不過眨眼的工夫，桌上的菜就被掃去大半。

年紀小一點的孩子還跟著母親吃飯，但凡六歲以上的都在小孩桌上，爭搶起來，年紀小的又如何搶得過大的？六歲的薛菊坐在薛竹邊上，看著桌上空空如也的菜盤，委屈地就要掉下淚來。她是個慢騰騰的孩子，吃起飯來也是這樣，每次吃飯都搶不過其他孩子。

薛竹和薛湘嘆了口氣，將自己碗裡的菜撥了一半到薛菊碗裡，自己則吃剩下不好的那些。薛菊看著姊姊們，咧嘴笑了笑，終於開心了。

在男人桌上吃飯的薛陸突然站起來，拿著自己的玉米餅子遞給常如歡道：「娘子，妳吃。」

周氏手藝不錯，玉米餅子烙得酥脆爽口，而薛陸的餅跟其他人比起來又大了一圈，許是錢氏特意而為，總之最大塊的到了薛陸手上。

常如歡看著滿眼討好的薛陸，再看看玉米餅子，笑道：「不用，我喝粥吃菜就可以了。」

薛陸瞅瞅桌上被掃去大半的菜，再看看媳婦纖細的胳膊，抿了抿嘴，不為所動。「妳吃。」

常如歡不禁有些感動。「真的不用。」

薛陸噘起嘴，將玉米餅子掰成兩半，直接將一半扔到常如歡跟前又回去坐下。

常如歡無奈地拿起來吃了一口，就見到柳氏和吳氏等人看她的眼神都要噴火了。她眯眼一笑，低頭喝粥吃餅。

不是她不想吃菜，實在是她還沒學會搶，桌上的菜便沒剩多少了。

錢氏坐在上首，不滿地看著常如歡，張了張嘴，想到兒子的表現，又將呵斥的話咽了下去。

想罵人又罵不得的感覺太不爽了。

飯後，男人們除了二祖宗薛陸不用下地，其他的大小男人都下地去了。

女孩子十三歲以上的在屋裡做針線，十三歲以下的出門挖野菜。柳氏幾個則做些雜活，像是收拾院子、洗衣服等等。

薛陸亦步亦趨地跟在常如歡身後，像條哈巴狗一樣笑嘻嘻的，就只差沒搖尾巴了。
常如歡跟著柳氏等人去餵豬，薛陸跟在後頭，搶著幹她的活。她去後院洗衣服，他也跟上。
錢氏站在門口憤恨地看著，終於憋不住了，對薛陸道：「老五，你不去讀書嗎？」
因為成親，薛陸有幾日假期，不用去鎮上的秀才家上課。
薛陸皺眉噘嘴，眼看就要耍賴不想去，卻見常如歡突然轉過身來，小聲對他說：「相公快去讀書，讀的好了，娘子晚上好伺候你。」
薛陸眼睛一亮，乖乖地去房裡讀書了，不多時院子裡就聽見薛陸歡快的讀書聲。
錢氏憋了一口氣，狠狠瞪了常如歡一眼。她雖然氣兒子不聽她的卻聽常如歡的，卻也不好發作，畢竟兒子乖乖去讀書了。
薛陸的狗腿和對媳婦的重視，讓柳氏和吳氏等人恨得牙癢癢，但又抑制不住的羨慕。
「五弟對弟妹可真好。」柳氏酸酸地道。
常如歡學著周氏的樣子搓洗手上的衣服，笑咪咪道：「自家相公不疼媳婦還能疼誰呢？」
柳氏一噎，恨恨地搓著一盆子的衣服。旁邊柳氏的兒媳婦瞥了常如歡一眼，沈默的低下頭去。
好不容易洗完了兩人的衣服，常如歡累得腰都直不起來了。
晾好衣服又跟著柳氏等人做了些雜活，常如歡這才得了空回到屋裡。由於薛家一天只吃兩頓，所以中午是不用做飯的。

常如歡進門前以為會看到認真讀書的薛陸，誰知進門後卻看到一個趴在《千字文》上睡到流口水的男人。

果然，男人都是賤骨頭，就算這只是位「小鮮肉」，也不能改變他惡劣的事實。

常如歡收回之前關於薛陸被寵壞還沒壞到家的評論。她發現要想成功教出一個男人，著實是一件任重道遠的事。

薛陸從小就被寵壞，讓他枯燥地坐著讀書是一件很困難的事。結果他書沒讀好，正經事也沒學會，倒是貪玩闖禍的本事隨著年齡而增長。

今日薛陸肯乖乖坐在桌前讀書，說實話也是因為新媳婦常如歡的緣故。媳婦下了命令，他做夫君的怎麼也得照做一二。

只是看書實在太費腦子，看沒幾頁，他便一頭倒下起不來了。

常如歡上前將已經滴上口水的書本從薛陸臉下抽出來，嘆了口氣。

這本《千字文》實在太新了，在第四頁的位置上還殘留著口水的痕跡，也不知道已經在這一頁上睡過幾次了，以至於從沒翻到過第五頁。再看桌面上，昨晚那幾個糕點除去自己吃的兩個，剩下的已經不見蹤影。她拿著書本抖了抖，便從書的夾縫裡抖出幾粒碎屑來。

常如歡冷下臉，就這麼靜靜地瞅著薛陸，突然一轉身坐在炕沿上哭了起來。

她哭的聲音很小，可薛陸還是聽見了，本來很不高興有人打斷他的睡眠，正想發脾氣，卻看到自己貌美的小娘子正坐在炕上哭。

「娘子，誰欺負妳了？」薛陸不明所以，焦急地圍著她轉，見常如歡轉個方向繼續哭，更急了。「妳告訴為夫，誰欺負妳，我去找她算帳。」

在薛家還沒人敢欺負他，難不成不能欺負自己，就來欺負他的媳婦了？薛陸有些憤憤，看著常如歡心疼地問道：「是不是幾個嫂嫂欺負妳了？妳別怕，我去找她們算帳，我薛陸的媳婦她們也敢欺負，簡直是沒事找事！」

薛陸說著拔腿就要出門去找幾個嫂嫂麻煩，常如歡翻了個白眼，趕緊拉住他。「嫂嫂們沒有欺負我……」我不欺負她們就算不錯了，她們哪敢欺負我啊！

薛陸急了，看著常如歡哭得紅彤彤的眼睛，心疼得不得了，趕緊拿袖子去擦。「好娘子不哭了，告訴為夫到底怎麼了？」

女人是水做的，古人誠不欺我。

常如歡眼睛裡還含著淚，看了眼桌上的書道：「我嫁人之前，她們都說我要嫁的人說好聽點是讀書人，實際上卻是個不學無術的人……她們還說我活著嫁過來還不如死了算了……」

薛陸一驚，沒料到還有這事。

常如歡則想著，原主成親當日上吊的事肯定瞞不住，索性她現在說出來也好過以後被人說嘴利用。她怯怯地看著薛陸變色的臉，小聲道：「她們說你就是個不學無術、一無是處的男人，我……我昨日被人多說了幾句，差點就上了吊……後來嫁到薛家，看到你，我想著也許傳言有誤，我的夫君定是個認真上進的男人……」

薛陸被她說的臉白一陣紅一陣，變幻莫測。

常如歡偷偷看他一眼，繼續道：「可夫君，你好歹讓我有個盼頭啊。」

薛陸被她說得面紅耳赤，可聽到這話又忍不住反駁。「娘說了，我生來就是做狀元郎的命，娘子妳就等著做狀元夫人就好了，何必管其他碎嘴的人說什麼？等我考上狀元，看她們不羨慕死妳。」

小時候薛陸跟著錢氏去鄰縣的寺廟上香，途中被一道士攔住，道士說他以後有大才，能考上狀元。從那時起，錢氏就一門心思的讓薛陸讀書，就為了考上狀元。

對啊，他生來就是做狀元的，他怕什麼！薛陸一挺腰板，覺得底氣也足了一些。

常如歡一噎，被他認不清事實的厚臉皮嚇到了。

「那夫君打算何時做狀元？好歹先考上秀才啊。」常如歡咬牙切齒，表面卻要裝柔弱一些，好讓薛陸良心發現。

薛陸張了張嘴。他今年十七歲，誰知道到底什麼時候才能做狀元呢？

常如歡擦擦眼淚，輕輕扯著薛陸的袖子，小聲道：「夫君，咱們先不管狀元何時考上，先定下何時考上秀才如何？」

十五歲的常如歡是貌美的，加上身子纖弱，更是顯得楚楚動人。薛陸本不耐常如歡管教，可看到她那雙幾欲淚下的眼，心又軟了。「好了，為夫一定好好讀書……」

能讓他先有讀書的動力，常如歡已經很滿足了。她笑了笑，含著淚珠看著他。「夫君沒騙我？」

薛陸咬牙搖頭。不就是讀書嗎？不就是考秀才嗎？他本來每天就在讀書，大不了以後少些玩樂、多些時辰讀書就是了。

「為夫自然說話算話，為夫向娘子保證，明年的秋天一定考上秀才。」他斬釘截鐵地保證。

不過說完他又覺得後悔，自己現在也就讀了《三字經》和《千字文》，可考秀才需要真才實學，這個他還是知道的。

他正想反悔，就見常如歡眼睛一亮，飛快地在他臉上親了一下。「夫君，我就知道你能行。」

薛陸閉上嘴巴，將反悔的話咽下。

好吧，看在美貌娘子的分上，他就勉為其難地好好唸書吧！

下午歇晌後，薛陸果然鬥志昂揚地坐到書桌前讀書了，可他底子差，識的字其實也不多，看了沒幾頁的《千字文》就看不下去了。

下午家裡沒什麼事，常如歡便整理自己帶來的東西。她發現原主的東西實在少得可憐，值錢的東西更是沒有，好在她還有八兩銀子壓箱底，不然以後可就難熬了。

一回頭見薛陸抓耳撓腮的看書，便問：「夫君可有什麼困難？我跟著爹爹讀了些書，或許可以幫你。」

薛陸眼前一亮，立即點頭。「娘子，不是為夫不願意讀書，實在是這書太難了，為夫看著實在是傷腦筋啊。」

常如歡點點頭，過去拿起書本，一看還是那本《千字文》，這次倒是翻了兩頁，也沒有糕點碎屑。她扭頭見薛陸正雙眼亮晶晶的看著她，頓時失笑。「夫君之前讀了什麼書？」

薛陸有些不好意思，他以前純粹是混日子，一本《三字經》背得零零落落，這《千字文》更是只讀了一半，完全看不進去。

「嗯……也就那點東西……」他居然有了羞恥之心，搓著雙手想奪回書本。

常如歡眼神一凝，點頭道：「這幾本書我都讀過了，要不我教夫君吧！」

讓媳婦教自己讀書？

薛陸有些不情願，若是讓別人知道了，那該多丟人啊。

可一想到美美的娘子用軟軟的小手教他讀書，他又覺得一陣心神蕩漾，也許這樣也不錯……

常如歡不知道他心裡的小心思，只拿眼看他。「夫君過幾日就要去鎮上學堂，可據我所知，夫君上的那所學堂是專門為考童生試和秀才試講課的，夫君去了，應該跟不上進度。我跟著父親讀書多年，不如夫君先不要去學堂，在家跟著我讀書，等跟上進度再去鎮上學堂，你看如何？」

鎮上有兩間學堂，一間是專門給啟蒙娃娃上課的，一間是給將要考童生或秀才的人上課的。當然，快要考秀才的童生可能都選擇去縣城裡的學堂了，但學堂裡那些學問不錯、馬上要考童生的人卻怎麼也比薛陸的水平要高吧？

且薛陸已經過了啟蒙的年紀，讓他重新去啟蒙，還不如在家讓她教導。

薛陸也有些猶豫，鎮上學堂的夫子講的課他根本聽不懂，去了也是混日子。那夫子也就是看他娘每個月交的束脩才勉強讓他去上課。同窗恥笑他、看不起他，夫子也不喜歡他，他都知道，他早就不想去了。

就憑他將來是要做狀元的人，他覺得他願意待在那裡就是看得起那學堂。

現在他有機會可以不去學堂了，還能每天和美貌的媳婦在一起，這個提議聽起來似乎也不錯。

「要不這樣，我今日先教你一點，若你覺得可行，便去告訴娘，後日你就不要去學堂了。」常如歡看著他道。

薛陸想了想，點頭道：「也好。」

本來按照假期，明日回門後他就該去學堂了，去學堂就要一整天看不見媳婦，他真的捨不得啊。

於是常如歡拿著《千字文》，從頭開始給薛陸講解了起來。

等她講解過一遍，她又讓薛陸重複，誰知竟發現，薛陸居然可以一字不差的複述出來！

這樣的發現讓她有些吃驚。這傢伙的腦袋挺聰明的啊，為何就成了這樣沒用的人？

薛陸將常如歡講解的東西都重複說了出來，頗為得意。「娘子，怎麼樣，為夫聰明吧？我早就說了，我今後可是考狀元的命。」

常如歡撇嘴翻個白眼，然後問他。「你是怎麼複述出來的？」

薛陸驚訝。「娘子講的好啊，我能聽懂，所以就能複述出來了。」他繼續道：「妳不知道，學堂的夫子就只會拿著書本搖頭晃腦，我一聽他講課就睏，然後就……呵呵……」

常如歡正想說什麼，就聽外面柳氏喊道：「五弟妹啊，時辰不早了，該做晚飯了！」

嘖，古代就是麻煩，新媳婦嫁來頭一天還要負責一天的飯菜！

常如歡不情願地起身，對薛陸道：「你自己先看，我去做飯。」

薛陸拉住她。「妳不用去，我去和娘說。」說完不等常如歡反應就飛快地跑了。

薛陸到了錢氏屋裡，直接道：「娘，您當初為何讓我娶如歡？」

錢氏一愣，答道：「因為她爹是秀才，對你讀書有好處……」

薛陸點頭。「剛才如歡在屋裡教我唸書，兒子覺得比鎮上學堂的夫子講解得還要好。」

錢氏驚訝。「當真？」若真是這樣，那這十五兩銀子就沒白花啊！

薛陸點頭，一反之前認真的樣子，抓著錢氏的袖子晃了晃。「可兒子正和如歡唸書唸得起勁，大嫂就在外面喊她出去做飯，老是這樣，兒子怎麼讀書啊？兒子還想好好唸書呢！」

第六章

錢氏皺眉，那常氏一看就不像幹活的人，早飯好歹做得還不錯，可若是晚飯不做也說不過去啊。再說嫁到薛家，那就是薛家的媳婦，給自家男人洗衣做飯是應該的，就是教薛陸唸書那也是本分。

但現在幹活和教兒子唸書起了衝突……錢氏有些為難了。她寵兒子不假，因為她兒子是天上的文曲星下凡，是要考狀元的，當然不能和其他兒子一樣下地幹活。

但常氏卻是薛家的媳婦，不幹活說不過去啊……

薛陸見錢氏不表態，頓時急了。「娘，我媳婦教書教得好著呢，我還和她商量等假期到了就不去學堂，直接跟著她讀書，再說我岳父是秀才，學問也好，您若是讓我媳婦一直幹活，哪有那麼多時間給我上課？」

是啊，這個家的希望是薛陸，一切都以薛陸為主，既然常如歡有本事管住兒子讓兒子讀好書，那她不幹活又何妨？

而且聽兒子的意思，常如歡的教書水準比鎮上的夫子好多了，這樣下來，每個月還能省下一筆束脩，也算是為家裡做貢獻了。

當然若是常如歡敢欺騙她兒子……錢氏瞇了瞇眼，薛家的媳婦哪個能逃出她的手掌心？

錢氏想通了，便道：「好吧，既然你都這樣說了，娘自然相信你，我這就和你幾個嫂嫂說，今後你好好跟著如歡還有你岳父讀書，家裡的事不用你們操心。」

薛陸一聽，歡歡喜喜地去和常如歡分享好消息了。

錢氏出了正屋，將柳氏等妯娌叫到跟前。

「陸兒說了，老五家的之前跟著親家讀書讀得不錯，可以指導指導他，今後家裡的活還是妳們幾個做，就不要讓老五家的插手了。當然了，他們屋裡的活還是她自己做，其他的妳們幾個就分擔了吧！」

「憑什麼啊！」吳氏急了，直接嚷嚷出來。「都是薛家的媳婦，憑啥就她嬌貴不用幹活？老五不幹活也就罷了，老五媳婦還不幹活，這讓我們四房白白養著他們兩口子不成？」

薛陸平日遊手好閒，連吃的、喝的都是家裡最好的，甚至花大錢在鎮上讀書，這已經讓她們很生氣了，好不容易娶了媳婦，她們想著總該有人幫忙幹活了，現在可好，因為這混帳的一句話，婆婆又發了話，居然連媳婦也不用幹活了。

柳氏和小錢氏自然也不滿意，小錢氏是做慣了牆頭草，此刻也只是聽著一言不發。周氏對婆婆的話更是不敢吭聲。

柳氏狠狠瞪了小錢氏和周氏一眼，對錢氏道：「娘，五弟讀書要去學堂，哪裡就用得著老五家的了？難不成五弟去學堂，老五家的也跟著不成？還是她自己在家閒著？我們雖然是哥哥嫂嫂，但也不能這麼供養他們下去吧？」

要不是孝道壓著，就算分家後老倆口也是跟著他們，她早就豁出去分家了，何必受這閒氣？況且就算分了家，老倆口也不會放著老五兩口子不管，加上還有個沒嫁人的小姑子，一旦分了家，那他們大房可就麻煩了。

所以柳氏就算再不願意，也必須保證這個家不分，可錢氏這樣明顯偏心，讓她實在不滿極了。

錢氏冷冷地瞥了柳氏和吳氏一眼，冷哼一聲。「若是老五家的真有本事，那老五也可以暫時不用去學堂，咱們家還能省些束脩。」

她對常如歡的能力還抱持著懷疑的態度，只是剛才薛陸提出來，她心軟就先答應了。待她多番詢問，若常如歡真有本事，那讓薛陸在家讀書也不是不可以。

她這話一出，柳氏和吳氏都不吭聲了。

讀書是費時費錢的活計，若是束脩真能省下，她們也能輕鬆一些。

於是，因為薛陸的話，靠夫上位的常如歡成功地成為薛家另一位不用幹活的祖宗。

只是晚上吃飯時，常如歡卻發現自己分到的粥稀了不少，難得分到的黑麵饅頭也小了一圈……

與此同時，常如歡還收穫了白眼幾雙、怒瞪幾雙。

當然，妯娌的白眼和怒瞪她還能理解，但是小姑子對她時不時投來的怒意，她就不能理解了。

最後她只能歸結到小姑娘進入了青春期，看不得自己比她美……

對，就是這樣！

飯後，錢氏說起回門的事，薛陸想起他的秀才岳父，頓時一陣慌亂。晚上睡覺時難得沒鬧常如歡。

第二日一早，夫妻兩個難得沒有賴床，吃了早飯便提著錢氏準備的回門禮一起回常家莊了。

錢氏雖然強勢，但在禮節上做得也不差，準備的回門禮雖然不是最好的，但是也中規中矩。

路上，薛陸提著回門禮，面上還帶著擔憂。

說是擔憂，倒不如說是心虛，平日裡薛陸在薛家吆五喝六，看起來很有能耐，無非是仗著錢氏的寵愛，其他人敢怒不敢言。但出了薛家莊，他又算哪根蔥，更不要說他的岳父還是個秀才，稍微考他一下就能將他的底掀個朝天。

常如歡哪裡看不出來，心裡不由得好笑。一路上樂呵呵的，看得薛陸更加鬱悶不已，恨不得這路再長一點，如果一直到不了岳父家那就更好了。

常海生和常如年一大早就站在門口等著人回門，這會兒看到常如歡和薛陸站在門口，當下鬆了口氣。

常海生是擔心薛陸太過不知事，不會陪常如歡回來。而常如年也是擔心這點，這會兒看薛陸雖然面色有些不好，卻沒表現出甩脾氣走人的舉動，就已經很開心了。

進了門，常如年亦步亦趨地跟在常如歡身邊，不時的抬頭看看薛陸。薛陸本就心虛，被小舅子這麼打量，更加尷尬。
他扯出一抹笑，卻見常如年縮了縮腦袋，離他遠了些，心裡更加鬱悶了。由於常如歡的娘沒了，而大伯娘李氏和三嬸娘也在她嫁人後不再過來，所以今日就只有他們一家四口。
薛陸自從進門後就提心吊膽的，生怕岳父考他學問，不過並不是他怕常海生，而是怕在常如歡面前丟了面子。
可他這畏畏縮縮的樣子落在常海生眼裡，讓後者只想嘆氣。
早就聽說薛陸不學無術，還是個愛惹事生非的主，現在看起來雖然不像外面傳言的那麼壞，可那雙游移的眼神和眉宇間的驕橫卻是掩飾不住的。
常海生心裡又嘆了口氣，有些擔心女兒。夫君如此不堪，她在夫家的日子想必也不好過，尤其是上面的四個嫂嫂，恐怕因為薛陸的緣故也不會喜歡她、善待她吧？
現在他只盼望錢氏能看在薛陸的面子上，對常如歡好一些。這孩子從小懂事，經歷了成親那日的上吊，性子似乎有改變了一些，可常海生心裡仍然很不是滋味，擔憂及心疼難以言喻。
常海生糾結著心思和薛陸說著話，而薛陸看岳父臉上並無多少喜色，更加戰戰兢兢。
他雖然混帳，可在他喜歡的媳婦父親面前，也很想好好表現一番的。只可惜自己這個秀才岳父似乎不喜歡他，說話都漫不經心。
但也許岳父不會考他的功課了呢。

其實倒也不是常海生不考他，而是他知道薛陸的學問大概就只有那樣，考不考都是半吊子，不考還不會生氣，真考了估計他剛好轉的身子又要被氣病了。

常如歡看著翁婿倆尷尬的樣子，笑了笑，對如年道：「你帶你姊夫在院子裡轉轉，姊去做飯。」

常如年懷疑地看了薛陸一眼，滿臉不情願，可看著姊姊的笑臉，他又不忍拒絕，便扭捏地到薛陸跟前道：「姊夫，我帶你在院子裡轉轉，爹爹身子不好，需要休息。」

薛陸如獲大赦，趕緊站起來，諂媚笑道：「岳父，那您先休息，待會兒我來叫您吃飯。」說著還狗腿地去扶常海生。

常海生被他僵硬的扶起來，沈著臉進了裡屋歇息，而薛陸扶常海生躺下後就飛快出了裡屋，跑到院子裡去了。

常如歡蹲在院子裡洗從後院摘來的青菜，見薛陸出來了，笑道：「和如年玩會兒吧，我來做飯。」

薛陸轉頭瞥了常如年一眼，發現小舅子看他的神情不大好，頓時心裡一揪。

看來這小舅子也不喜歡他啊。

他有些生氣，可當著常如歡的面又實在發作不出來。

他長這麼大，只有他給別人氣受的時候，這還是頭一次別人給他臉色讓他不開心呢。

可他喜歡常如歡，而讓自己不開心的人又是她在乎的父親和弟弟，他只能忍著。

薛陸覺得有些委屈，期期艾艾地到了常如歡跟前，看著她貌美如花的臉，心裡終於開心了些。「娘子，要不我來幫妳洗菜吧？」

常如歡驚訝地看他一眼。「五少爺會洗？」

這薛陸在薛家可是祖宗級的人物，從小到大都沒下地幾次，做飯、洗菜什麼的就更不可能了。

現在這少爺居然說要幫她洗菜？常如歡免不了驚訝。

薛陸被常如歡看得臉紅，神色頓時不好看了。他是出了名的混帳，從來不幹活，這雙手白細修長，就是為了握筆桿子而生的，現在他主動提出要幫忙洗菜，居然被嘲笑了。

薛陸蹭地站起來，頭一扭，抬腳便出了院門。

常如歡一愣。這是生氣了？

常如年一直站在門口，看見這情形，趕緊走到常如歡跟前，擔心道：「姊，姊夫是不是生氣了？」

別看他小，因為自小沒了母親，伯娘和嬸娘沒少欺負他們，他看得多了也懂事了。這會兒看著姊夫跑出去，就怕姊夫直接回薛家莊去了，若是姊夫找姊姊的婆婆告狀，那姊姊回去後還能有好日子過？

常如歡嘆了口氣，眉頭皺了皺。

常如年小聲道：「要不……我出去找找吧？」

看著常如年擔憂的樣子，常如歡脾氣也來了，她俐落地將菜放進籃子裡，拿出帶回來的豬肉道：「不用了，愛走就走吧。」

常如年還是很擔心，但姊姊說不用就不用了吧。

而一怒之下跑出去的薛陸躲在門邊聽見這句話，頓時更加委屈了。

剛才他確實很生氣，脾氣一上來就直接跑出門外，只是跑到胡同口他就後悔了，若是常如歡因為自己這小氣的樣子不喜歡他了怎麼辦？於是他又折返回來，可到了門口又覺得自己既然生氣跑出來了，那常如歡或小舅子總該會出來找他吧？

他等了一會兒沒等到，便在門外看院子裡的情形，這才聽到姊弟倆的對話。

薛陸蹲在牆角，委屈地摳著牆上的泥土，怎麼都高興不起來。

這時胡同口走過一個婦人，看見他的臉明顯一怔，隨即陰陽怪氣道：「喲，這是閨女回門呢，這客人怎麼在門外牆角蹲著？莫不是被老丈人趕出來了吧？」

薛陸立刻站起來，看著婦人罵道：「我樂意在這蹲著，妳誰呀，妳管得著嗎！」

「你！」李氏從外面回來，特地想過來看看薛家的二祖宗和媳婦回門是什麼樣子，卻不料在門外看見了薛陸，這才出言諷刺兩句，沒想到這薛陸一點面子都不給，竟然跟她這麼說話。

還不等她反駁，就聽薛陸瞪著眼繼續道：「醜陋無知的婦人，想管人回家管自己家人去，跑到別人家門口多管閒事，也不怕妳男人休了妳。」

李氏瞪大眼睛，不敢置信。薛陸好歹娶了常家的姑娘，自己又是常如歡的親伯娘，他不叫人就罷了，居然還罵她，說她是醜陋的婦人?!

「哪裡涼快哪裡待著，別在我家門口煩人。」薛陸不耐煩地朝李氏揮揮手。

這時院子裡聽見動靜的常如歡和常如年都出來了，李氏一看見姊弟倆，當即大聲嚷嚷道：「這沒天理了，我這做大伯娘的好心過來看看，卻被不識好人心的罵了一頓，這都是什麼事啊！」

李氏嗓門大，附近的鄰居都跑出來看熱鬧。

常如歡皺眉。「大伯娘有何事？」

李氏看向常如歡，見成親那日的發現不是錯覺，這姪女的確在上吊後改了性子，頓時愣了愣，接著又繼續指責。「我好心好意問姪女婿為何一個人蹲在牆角，就被他罵了一頓，難道我這做長輩的還不能問一句嗎？」

常家大房和二房關係不怎麼好，鄰居們都知道，先前他們都還奇怪常家大房和三房居然好心幫二房操持婚事，現在又來撒潑，還說自己是好意，這話他們可都不信。

李氏見沒人幫腔，更加氣憤。「都說薛家老五是讀書人，最懂禮儀規矩，可到了常家卻對妻子的娘家人如此不尊重，這就是讀書人的禮義廉恥嗎？」她後面幾句話聲音尖細刺耳得很。

常如歡剛要說話，就見薛陸蹭地竄到李氏跟前，瞪眼道：「妳個老虔婆，少在這裡胡說八道。妳自己不安好心來離間我和岳父家的關係，還不能讓我罵妳了？罵妳都是輕的，我還想打妳呢！」

薛陸並不傻，他從李氏話裡聽出挑撥離間的意思來，說什麼被老丈人趕出來，若是傳出去還不得說他們薛家和常家不合？自己今後還有何顏面到岳父家？

眾人看薛陸的舉動，紛紛側目。果然，薛家老五的壞名聲不是瞎傳的，只可惜了常海生家的閨女，這麼美貌的姑娘居然嫁給一個除了長相外毫無優點的男人，這輩子可毀了啊。

且李氏再不濟也是常如歡的大伯娘，薛陸這麼不給李氏顏面，甚至還想打人，怎麼說都是薛陸的不對了。

第七章

李氏被薛陸嚇住了，當即拍著腿坐到地上嚎啕大哭起來。

「這沒法活了，不過是個姪女婿就要打人啊！我活到這把年紀居然被一個小輩指著鼻子罵，我死了算了啊！」

「那妳就去死啊，又沒人攔妳。」薛陸白了她一眼，覺得這婆娘簡直有病，自己想死還在這吆喝，是想威脅他？拉倒，他們又沒什麼關係。

李氏被薛陸這話一噎，哭聲頓時停了，一時沒反應過來。

看熱鬧的人裡有人忍不住，噗哧一聲笑了。

不是他們想笑，實在是太好笑了。明眼人都看得出來李氏是在威脅薛陸，讓薛陸服軟，可這薛陸腦子也不知怎麼長的，居然接了這麼一句，實在讓人發笑。

不說這些看熱鬧的人，就是常如歡和常如年也憋不住笑了。

薛陸說話不經腦子，更不懼怕李氏，常如歡看得明白，卻沒想到薛陸會這麼說話。

李氏循聲瞪向常如歡，大喊大叫。「如歡，妳就是這麼對妳大伯娘？就這麼看著自己男人作踐妳大伯娘嗎？」

常如歡眨眨眼，笑道：「大伯娘，那我該如何？這可是您和三嬸收了銀子給我選的夫家啊。」她說的這些都是事實，並不怕將事情說出來。

眾人一聽，都沒想到還有這樣的事。本來大家還以為是常海生糊塗，將閨女嫁給薛五，沒想到居然是常家大房的婆娘偷偷背著常海生答應了這門親事。

常家二房再窮，這姑娘的婚事也該由父親做主，這隔房的大伯娘居然做下這等事，要說這其中沒有隱情，他們是不信的。

李氏震驚地看著常如歡，被她說的臉紅一陣白一陣，精彩極了。她沒料到常如歡居然敢當著眾人的面將這事說出來，難道這樣的事不該藏著、掖著嗎？

常如歡神色淡淡，她又沒做什麼傷天害理的事，他們的婚事內裡如何，常家和薛家都清楚，與其藏著、掖著讓人誤會她爹賣女治病，倒不如將事實說出來。誰做的事誰來承擔，這是很公平的。

而薛陸也有些驚訝，雖然他自己先前不樂意成親，可現在聽說他們的婚事是這麼來的，心裡也挺不是滋味的。

本來他自詡讀書人，他們薛家也富裕，這門婚事該是女方求的，沒料到居然是這樣的原因。怪不得岳父看他神色不好，小舅子也不待見他。

薛陸有些難受，看向常如歡的眼神帶著委屈。

常如歡接收到這樣的小眼神，只想扶額嘆息，這樣的夫君，她實在不知說什麼好。說起來今日之事，李氏雖然有錯，可薛陸也不該這麼直接罵人，她也是為了讓李氏消停，才將這事說出來轉移話題罷了。

常如歡搖了搖頭當沒看見他的眼神，轉而對李氏道：「大伯娘，事情究竟如何，咱們心裡都清楚，別說什麼是為了我好，您若真為了我們好，也不至於這些年對我們二房如此冷情吧？」

常如歡的娘死後，常海生一度鬱鬱寡歡，身體一日差過一日。原先想著常海生是秀才，交好沒什麼壞處的大房和三房一看頂梁柱倒下了，生怕他們這些親近之人被連累，便迅速斷了和二房的聯繫。

那時常如年剛滿週歲，就是常如歡也只是個七、八歲的孩子，兩個孩子沒了親娘，爹又生了病，對大伯娘和嬸娘的感情自然深厚，甚至有些依賴。可大伯娘和三嬸娘卻避之唯恐不及，於是七、八歲的常如歡不得不扛起照顧弟弟的責任。

李氏面色如土，也不好意思坐在地上嚎了，飛快起身拍了拍塵土，瞪了常如歡一眼就飛快地走了。

鄰居見熱鬧沒了，便回各自家了，頓時胡同只剩下常如歡他們三個。

薛陸還委屈地看著常如歡，小聲道：「妳是不是不想嫁給我？」

說是問句，可卻是肯定的話。薛陸想到昨日常如歡說的話，這才相信常如歡昨日並沒有說假話。

他以前知道自己是要考狀元的，根本不在乎別人說他什麼，甚至覺得那些人是羨慕、嫉妒他罷了，可現在知道自己喜歡的娘子之前也是不喜歡他的，他就覺得心頭堵得慌。

常如歡翻了個白眼，拉著他的袖子往院子裡走。「行了，一個大男人這副模樣還不害臊。」

薛陸想說「不害臊」，可瞥了眼在邊上直撇嘴不滿看著自己的小舅子，又將話吞了回去。

常如歡不搭理他，逕自去了灶房準備午飯。

常如年和薛陸說不到一塊兒去，便跑回屋裡看書了。薛陸沒事幹，自己站在院子裡覺得有些多餘，便跑去灶房找常如歡。

「你過來做什麼？」常如歡只當什麼也沒發生過，看著他問。

薛陸神色有些黯淡，瞅了瞅她，突然又問道：「娘子，妳是不是不願意嫁給我？」

常如歡好笑地看著他，沒想到他還是個脾氣倔的，這是得不到答案不肯罷休了？

看著薛陸認真又倔強的神色，她笑道：「那前日來迎親是你自願的嗎？你沒見過我之前就樂意娶我？」

薛陸啞然，頓時說不出話來。

常如歡將鍋洗淨、燒火，等火苗燒起來後又去切菜。薛陸看著她忙碌，還是有些不明白。

常如歡將豆角下鍋，抬頭看著他。「之前對於我來說，你是陌生的，而且你在外面是什麼名聲，你總該聽說過一二吧？就那種情況下，我不願意嫁給你不是很正常嗎？難道你不知道這十里八鄉的姑娘都不願意嫁給你嗎？」

「為什麼不願意嫁給我？」薛陸被這話打擊到了。「我、我、我哪裡不好了？我娘寵我難道錯了？家裡人讓著我難道錯了？我讀書難道還錯了？」

他說得理直氣壯，卻將常如歡逗笑了。

這人可真自信啊！

自信是好事，可是自信到自以為是那就是蠢事了。很顯然薛陸是後者。

的確，薛陸並不覺得自己哪裡錯了。他在外面的名聲，他聽過一些，不過他的想法和錢氏一樣，都認為那些無知的鄉下人嫉妒他是讀書人，以後要做狀元。而在他和他娘看來，那些姑娘不願意嫁給他，根本就是眼光有問題。

可現在這話從他喜歡的娘子口中說出來，他倍受打擊，覺得心都要碎了。

沒錯，一開始知道這婚事時，他認為一個窮秀才的女兒根本配不上自己，但是在他看到常如歡後，他就一百個樂意了。這幾天更是一直討好自己的娘子，早就忘了當初的嫌棄。

常如歡將豆角翻炒幾下，對薛陸道：「婆婆寵你是因為你是小兒子，哥哥嫂嫂們讓著你是礙著婆婆是長輩，難道你以為他們真的樂意讓著你？還有那些外人為什麼會看不上你、傳你的謠言，還不是因為你自己讀書沒讀出個名堂來，又什麼都不會？你若是考了個童生，別人也許還會高看你一眼，認為你在其他方面一無是處也無所謂，還會覺得你以後是要做大事的。可你既沒考上秀才，也沒考上童生，就是在鎮上的學堂裡也學不好，你有什麼讓人誇讚的？在十里八鄉的人眼裡，你不會種地、不會手工、不會木活，估計就連去鎮上打零工也不會。一個靠自己的娘過日子的男人，你覺得有哪家姑娘會傻到嫁給你？」

薛陸張大嘴巴，瞪大眼睛，一時反應不過來。

看來昨天常如歡說他的那些話都是口下留情，今日這番話才是真心實意的吧？

他呆呆地看著常如歡，結結巴巴道：「那、那妳也和那些姑娘們一樣，都是這樣想的？」

他期待從常如歡嘴裡聽到否認的話，但是並沒有。

常如歡沒有回答他，可他卻從她的眼神中看到了答案。

薛陸肩膀一下子垮了下來，先前因為自信而高高挺起的胸膛也頹了。

常如歡看他這樣，心想讓他自己想想也好。她俐落地將鍋裡的豆角盛到盤子裡，遞給薛陸。「行了，別在這感慨了，我已經嫁給你了不是嗎？既然嫁給你，就會和你好好過日子，你以後給我爭口氣，考上童生、考上秀才，再考出個狀元來，讓那些之前瞧不起你的人瞧瞧，薛五是有出息的，是真的能考中狀元的，到時候讓他們都後悔去。」

該打擊的都打擊了，該鼓勵的也鼓勵了，反正掰正一個歪瓜也不是一、兩天的事，慢慢來吧！

薛陸心裡總算好受了一些，胸口也有了一股豪氣。他點點頭接過盤子，對常如歡正色道：「娘子，我一定不會讓妳失望的。」

常如歡滿意地點點頭，看著他雄赳赳氣昂昂的走了，又嘆了口氣。但願這熱度能維持得長一些。

她收拾完走進屋，就驚見薛陸竟然老老實實地坐在下首，滿臉崇拜的聽著常海生訓誡。

傍晚，回家路上，薛陸還兀自興奮著。

「岳父的學問真不錯，若是身體好，估計考個舉人不在話下。」當然了，他可是要考狀元的，舉人還是看不大上的。

常如歡憋著笑，只覺得這樣總比和傳聞那樣的好。

回到家，柳氏就酸道：「喲，這回門的可算是回來了，這一大家子都等著呢！」

想當年她們回門，哪個不是剛過午時就趕緊回來，到底是錢氏最疼愛的兒子，連回門都回來的這麼晚。

常如歡剛要說話，就見薛陸笑嘻嘻地對錢氏道：「娘，我岳父的學問真是好，兒子今天可見識到了，兒子今後也要努力讀書。」

錢氏本還因為兩人回來晚了而不悅，一聽薛陸這話，當即高興起來。「我兒子是有出息的，但是也要好好努力才是。」說著又滿意地看了常如歡一眼，還給她一個笑臉。「親家身子如何了？」

常如歡笑道：「我爹身子這兩日好了許多，今日也和夫君說了好些話。要知道前些日子他還下不了床，這一見著讀書人啊，說起話來精神都好了不少。」

錢氏一聽親家對兒子另眼相看，更加高興，分飯食時額外給常如歡多分了些，讓其他人都紅了眼睛。

錢氏道：「既然如此，陸兒就先不去學堂了，正好後面的束脩沒交，先在家學習，有什麼不懂的就去找親家問問。」

常如歡和薛陸對視一眼，都很開心。

薛陸是開心不用去學堂看夫子的臉色，也能天天在家看見他家娘子。

常如歡開心的卻是廢材近在眼前，教育起來更方便一些。

其他人也很高興，不過他們高興的是這個月終於不用拿束脩給老五廢物浪費了。

鄉下人吃完晚餐，天都快黑了，為了省煤油，一般晚上沒什麼活動，都是各自洗漱回房休息。

許是覺得過了岳父那關，終於不必忐忑心虛了，薛陸洗了腳就飛快地躺到炕上，眼睛亮晶晶的跟著常如歡的身影移動。

常如歡喜潔，洗了腳又拿帕子擦了擦身子，這才穿著裡衣上炕。

對上薛陸閃亮的眼，她一怔，笑問：「夫君為何還不睡？」

薛陸嘿嘿直笑，看著常如歡爬進床裡，便往她這邊靠了靠，有些害羞道：「娘子，咱們洞房吧。」

他說得太小聲，常如歡沒聽清楚。「什麼？」

薛陸更加不好意思了，他伸手握住常如歡的手，稍微大聲了點。「咱們洞房吧。」說著不等常如歡反應就翻身壓在她身上。

少年的身子並不單薄，隔著薄薄的裡衣，常如歡也能感覺到薛陸身上的熱度。

薛陸心跳得很快，在黑暗中辨別著常如歡的樣貌，然後動了動。

他這一動，常如歡便感覺到那熾熱的東西正抵在自己那處，堅硬的厲害。饒是她在現代社會練就了厚臉皮，可到底也是個沒有男人的老女人，現在和一個十七歲的少年躺在一張炕上，還被少年壓在下面，頓時有些窘，臉不禁紅了。

薛陸有些難受，他又扭動兩下，發現自己那處鑲進一處溫暖的地方，他不懂這些，可那處舒服的感覺卻讓他呻吟出聲。他抱著常如歡的臉親了親，咕噥道：「娘子……」

他現在既快活又難受，總覺得有什麼不對，四哥明明說洞房是件很快樂的事，為什麼到了他這裡就這般難受？

他的娘子是秀才的女兒，應該比自己懂的多吧？薛陸這麼想著，於是又小聲道：「娘子，我難受……」

常如歡如何不知他難受，就這麼被壓著，她也不好受。可想到這具身體現在的狀況，她又不敢大意了。

她摸摸薛陸的背安撫他，然後在他唇角親了親。「乖，洞房完了，睡覺吧。」

薛陸莫名的失望，可娘子那晚也說了，娘子的話要聽。他身體很不舒服，又賴在她身上趴了一會兒才不甘願地翻下去。

這一夜，薛陸注定又睡得不安穩，第二日常如歡叫他起床時就不大樂意了。

「我不起，等會兒再起。」薛陸嘟嘟囔囔的，眼睛都睜不開。

常如歡皺眉，又叫了一遍。「早些起來吃了早飯，該讀書了。」

一聽到讀書，薛陸就更不想起來了。「我說了不要起、不要起，我娘都沒這麼管我。」

這還生氣了？

常如歡看著怒瞪著她坐起身的薛陸，眉頭皺得更厲害了，她冷聲道：「那夫君是忘了昨日在我娘家是如何說的了？」

她一提醒，薛陸頓時想起在常家莊發生的事。

而且這會兒他清醒過來也覺得自己有些過分，他看著臉色不好的娘子，吶吶道：「我起來就是了。」

等他起來，常如歡已經出去了。

薛陸在灶房裡找到常如歡，此時她正和薛竹有說有笑地做著早飯，而柳氏和吳氏則斜睨著眼在一旁烙餅。

薛陸站得遠遠的，皺眉喊道：「娘子，娘都說了讓妳不必理會家裡這些亂七八糟的活計，妳怎麼又來做飯了？快些出來，灶房裡髒得很。」

柳氏等人一聽這話，心裡頓時火了，敢情就你家媳婦嬌貴，沾不得髒東西，她們就是下賤，活該做這些嗎？

柳氏、吳氏和小錢氏等人紛紛憤怒，就在她們要奮起反駁時，就聽常如歡慢條斯理道：「夫君這話說得不對，我本是薛家媳婦，大嫂她們能做，我就能做。」

薛陸見她不聽，有些急了。「可是……娘都發話了，妳何必留在這裡？況且妳待會兒還要教我讀書，怎能為了這些小事耽擱？」

常如歡被他這不要臉的行徑氣笑了，這人是多麼自大，竟覺得全家人供著他讀書是理所應當的，也難怪柳氏等人看他們鼻子不是鼻子、眼睛不是眼睛的，換作她早就和對方打起來了。

柳氏她們現在面上還保持和睦，每月拿銀子供著這一無是處的小叔讀書而沒有鬧起來，已經是錢氏管家厲害，很難得的事情了。

而薛陸心裡更是絲毫沒有為他人考慮的想法，雖然是一心為了她，可她卻覺得丟臉。

「夫君先去溫書，待吃了早飯我再教你。」常如歡擦擦額頭的汗，看著還不願走的薛陸，凝聲道：「況且，男子漢大丈夫，一屋不掃何以掃天下？一點小事都不願意做，又如何做得人上人？」

「可是……」可是我心疼妳啊！薛陸沒好意思說出來。

這時吳氏忍不住了，將盆中的擀麵杖一扔，怒道：「敢情我們都活該累死累活呢！五弟你倒是說說，弟妹怎麼就做不得了？娘雖然說了，但她自己樂意過來做，我們還錯了不成？」

薛陸被三嫂反駁，有些生氣，張口便道：「這個家娘說了算，娘說不用娘子做事，娘子就不必做事。」

「呵！」吳氏怒了，眼睛一瞪。「那我們供著你讀書也是我們的錯了？」

薛陸用不可理喻的眼神看了眼吳氏，快步進入灶房，拉著常如歡便走。「娘子別在這受罪，娘早說了妳不必做。咱們走。」

柳氏也忍不下去了，將手中的麵團一扔。「不做就不做，我也不做了，這日子沒法過了。」

吳氏冷哼一聲，附和道：「可不是，咱們累死累活，還賺不得一點好，這日子確實沒法過了，大嫂，咱們走。」

柳氏點頭，妯娌倆頓時走人。

周氏唯唯諾諾的，不知該如何是好。

小錢氏似乎也不高興了，默默放下手裡的東西轉身離開，走了幾步又回頭對常如歡道：「這家全都為了五弟，你們是娘心裡的寶，我們活該是草。」

常如歡皺眉，想去阻攔她們，卻被薛陸拉住。「別理她們，讓娘教訓教訓就不會這樣了。」

周氏在一旁臉色有些尷尬，薛竹站在她娘身邊，也有些無語的看著她五叔。

「這下你滿意了？」常如歡扯開他拉著她的手，皺眉道：「爹娘疼你是因為爹娘是你的親生父母，但幾個哥哥嫂嫂卻不是你爹娘，他們也有孩子要養，憑什麼要養你？他們每月勒緊褲帶省出的銀子還要填你的窟窿，可你對得起那幾兩銀子嗎？」

她是不喜歡柳氏和吳氏，可不代表她是個不講理的人，柳氏和吳氏為何對她成見這麼深，說白了還是因為薛陸對這個家的拖累。任誰家裡有這麼個二祖宗也不會高興。

況且因為薛陸讀書的關係，薛家人吃的並不是很好。幾個大的趁著農閒時候還要去鎮上做工賺錢，就是孫子輩的也都從小做活，補貼家用。

而薛陸就因為是錢氏的小兒子，是她的心肝寶貝，所以全家都要讓著他、供著他。別人辛苦下地幹活，他可能正在屋裡睡大覺；別人累得喝不上水，他可能在鎮上和人到處廝混。

他不是小孩子了，讀了七、八年的書可以說一事無成，連寫對聯的本事都沒有。

而孫子輩的男孩子們卻都沒有讀書，不是說他們當中沒有聰明的，就是有聰明的也得不到讀書的機會。

最要命的是，薛陸將全家人的付出當作是理所當然的。

薛陸還有些不忿，覺得娘子不識他的好心，當下有些惱怒，轉頭就走。「我還不是心疼妳……」

常如歡也不攔他，只靜靜的看著他。「合著我之前說的話都白說了？」

薛陸腳步頓了頓，也不知有沒有聽進去，快步走了。

「弟妹……」周氏一直在邊上聽著，心裡便知道五弟妹不是五弟那種人，甚至是個有良心的人。她心裡甚至慶幸，多虧五弟娶了這樣的媳婦，若是換作別人，估計會樂得不幹活吧。

常如歡回神，對她笑笑。「沒事，二嫂不必放在心上。」

因為柳氏等人走了，只剩下常如歡和周氏母女，做起早飯來就慢了不少。

許是時辰上耽擱了，那邊錢氏也得了薛美美的告密，當即在院子裡罵起幾個兒媳婦。

常如歡聽得皺眉，想出去勸兩句，卻被周氏拉住。「弟妹別去，娘罵幾句也就算了，不會如何的。」

「可是……」

這才進門第三天，就和妯娌鬧成這樣，讓外人聽見可真是鬧笑話了。

周氏嘆了口氣道：「咱家這樣也不是一天、兩天了，到底如何村裡人早就習慣了。妳也不必擔心大嫂她們，生過氣後就好了，以後該如何還是如何。」

在周氏的心裡，幾個妯娌都不壞，只是被家裡的情況給逼的。

常如歡想了想便沒去觸霉頭，只是加快了手上的動作，趕緊將餅子做出來切成一塊一塊。

果然如周氏所說，柳氏幾個生過氣後還是來吃早飯了，雖然見了常如歡都不搭理，可也沒有再針鋒相對。

這樣的情形讓常如歡有些尷尬，甚至有些愧疚。說到底他們這些人都沒有錯，錯的是她家不務正業的夫君，倒平白讓他們這些兄嫂及家裡的孩子受委屈。

她嘆了口氣，想著自己得改變這樣的生活，不敢說讓薛陸馬上變好，也得想法子找點營生讓家裡好過起來才是。

吃過早飯，常如歡沒有去和柳氏等人幹活，而是回到房裡。

薛陸已經坐在書桌前看書了，見常如歡進來，看了她一眼，輕哼了一聲又看回書上，只是眼神時不時地瞄常如歡兩眼，讓常如歡好氣又好笑。

對這樣的人，她都不知道該如何發火。

薛陸見常如歡進屋後就不理他，心裡有些忐忑，想著是不是自己惹著她了？可又想到自己說的話全是為了她好，實在不明白她為什麼生氣。

他瞄來瞄去的眼神裡還帶著不安，常如歡再大的氣也消了，況且她也明白，這人的脾性和對事物的認知是長時間養成的，自己不過嫁過來幾天，就急著掰正他，實在是有些操之過急。

想到這裡，常如歡站起來對薛陸道：「好了，開始讀書吧。」

薛陸頓時歡喜。娘子不生他氣了，他得好好讀書，不讓娘子失望才行。

常如歡無語地看著歡快起來的少年，一時覺得自己責任重大啊……

這天薛陸學得很認真，常如歡教得也很認真。慶幸原主從小跟著常海生讀書，而她自己也曾經是大學古文系的老師，對於啟蒙這樣簡單的教學還是很拿手的。

而且常如歡發現，薛陸並不蠢笨，相反的，學習的速度非常快，往往她講解一次，薛陸都能一字不差地複述出來，所以一下午的工夫，薛陸的進度很快。

常如歡很高興，薛陸更加開心。

到了最後，常如歡都覺得奇怪，這麼一個讀書的奇才，是如何成了如今人見人恨、狗見狗憎的地步？

常如歡由淺入深，從《千字文》講起，等薛陸慢慢領悟了《千字文》的意思之後，才發現讀書也沒什麼難的。

中午，錢氏偷偷來送吃的，薛陸很得意地跟錢氏道：「娘，如歡比夫子強多了，兒子學得可好了。」

錢氏當然高興，讚賞地看了常如歡一眼，並且難得的將薛陸的午飯分出一小份給常如歡，當做獎勵。

常如歡看著錢氏不花錢似的誇獎薛陸是讀書的人才，突然對自己的疑問有了解答。有這樣的娘，薛陸會那麼自私自利又自大也不奇怪，全是他媽慣出來的。

薛陸跟著常如歡讀了幾日書，成效顯著，薛陸自然高興，看見他娘便猛地誇獎常如歡如何如何好。

錢氏雖然不大樂意兒子娶了媳婦忘了娘，可一切都是為了兒子好，她也就認了。

等《千字文》學的差不多了，常如歡便開始讓薛陸練字。

但薛陸學了這幾天，見自己學得很快，時不時得常如歡和長輩誇讚，難免得意起來，一得意又想起以前的玩伴，發現自己許久沒和那些人聯繫了，便想出去玩樂。

常如歡看著坐在椅子上背完《千字文》、得意洋洋的薛陸，臉都黑了。「夫君覺得會背《千字文》很了不起？」

薛陸沒注意到常如歡臉色不好，張口便道：「為夫也都理解了呀。我那些玩伴都來找我好幾回了，自從成親後，我還沒和他們出去過呢！」

「想去？」

薛陸忙不迭點頭。「嗯嗯。」

常如歡微笑，取出紙筆，啪地一聲拍在桌面上。「將《千字文》認真抄一遍就可以出去了。」

這抄起來應該很快吧！薛陸當下便答應，開始研墨寫字。

常如歡默不作聲地出了房門，去洗兩人換下來的衣服。等她回去一看，屋裡早沒了人，桌上零散放著一疊紙，常如歡拿起一看，頓時火從心起。

《千字文》要寫也快，可若是仔細、用心地寫，一個時辰絕對不可能寫得完，顯然薛陸為了出去玩樂而敷衍了事。

非但如此，據常如歡觀察，就算薛陸用心去寫，這一手狗爬字也是慘不忍睹。

最可氣的是薛陸的態度，居然因為會背《千字文》也理解其中意思就洋洋得意，成親前的那種心態又跑出來了。

常如歡坐在椅子上生悶氣，心裡盤算著等他回來好好收拾他一番，但眼下人不在，她生氣也沒什麼用。

到了吃晚飯時，薛陸還是沒回來。錢氏皺眉等了一會兒，問向常如歡：「陸兒去了哪裡？」

以前薛陸雖然胡鬧，但是到了時間也知道要回來吃飯。

常如歡搖頭。「他只說他的玩伴找他，我讓他練習寫字後就出去洗衣服，回來後人就不見了。」

錢氏有些不高興，嗓音也提高了些。「妳是他媳婦，他去找誰了居然也不問一聲，你們常家就是這麼教導妳為人婦的嗎？」

「這還不是妳慣的？」常如歡也怒了，一不留神將心中所想說了出來。可說出來後又有些後悔，這是古代呀，這麼頂撞婆婆可是不孝。

「妳！」錢氏大口喘著粗氣，沒料到這個媳婦居然敢頂撞自己。

在薛家，除了薛陸沒人敢這麼對她說話，她寵著薛陸是因為他是她兒子，對於喜歡的兒子的媳婦，她之前不收拾她也是因為薛陸，可現在這個媳婦竟公然對自己不敬！

錢氏一拍桌子，眼睛瞪大，嗓門揚高。「常氏，妳眼裡還有沒有我這個婆婆！」

此時正是吃晚飯的時候，薛家這麼多人都圍坐在正屋裡，不管大的、小的都驚訝地看著常如歡，柳氏和吳氏等人更是震驚於常如歡的勇氣。

要知道在薛家，可沒有人敢和錢氏對著嗆，更別提這麼說她了。

就好比兩年前吳氏不滿錢氏拿家裡的銀子供薛陸這個無底洞，鬧著要分家，最後還不是被錢氏一哭二鬧三上吊的手段給鎮壓了。

現在可好，來了個膽大的五弟妹，直接說薛陸這副德行是錢氏慣出來的。

若不是錢氏是她們的婆婆，她們真想拍手叫好。

常如歡已經後悔了，這個錢氏可不是省油的燈，在孝道大於天的古代，她這是大不敬，估計被休都是有可能的。

錢氏見她不說話了，哼了一聲，嚴厲道：「常氏，妳別忘了這是薛家，別以為妳會讀書就了不得，在薛家還輪不到妳多嘴！」

她兒子可是要考狀元的人，只是現在年紀到了不得不成親，若是常氏不識抬舉，她不介意等兒子考上狀元後換個媳婦。

常如歡撇撇嘴，也知道眼下不能再頂撞了，尤其是當著全家人的面，說出去都是她理虧。

這時外面傳來腳步聲，一個十七、八歲的少年敲敲門進來，對錢氏道：「錢嬸，薛陸和張武他們去縣城玩了，明日才回來，薛陸讓我回來說一聲。」

錢氏對著外人自然好言相對，又問了些旁的，可這少年也不知道，便讓人走了。

以前薛陸雖然也在外玩鬧，可每到天黑必定回來，還從未在外過夜，誰知成了親反倒在外面過夜了。錢氏探究的眼神瞟向常如歡，認為一定是常如歡做了什麼，讓一向聽話的兒子不回來了。

常如歡心裡也不舒坦。

自從嫁過來，薛陸也一直很聽自己的話，尤其是在讀書上，薛陸更是對她言聽計從，這讓常如歡欣慰又自豪。

可現在這人開始夜不歸宿了。

錢氏皺著眉，讓大家吃飯，便不言語了。

薛家兄弟幾個紛紛說薛陸明日就回來了，一定沒事，薛老漢也是這般安慰著，可錢氏心裡擔心，飯也沒好好吃就回去躺下。

飯後，幾個媳婦收拾東西。吳氏幸災樂禍道：「哎喲！五弟以前可從沒夜不歸宿呢，五弟妹，等他回來可得好好教導啊！」

外面許多人都知道薛陸最近跟著常如歡讀書，說什麼的都有。薛家幾個媳婦雖然生氣，可薛陸不去鎮上讀書卻給家裡省了銀子，至於流言，關於他們薛家的本來就不少，索性也就不當一回事了。

倒是常如歡，嫁入薛家莊沒有認識的人，平時也不外出，對外面的流言並不清楚。這會兒聽吳氏的話雖然奇怪，也沒有在意。

柳氏眼珠子亂轉，笑道：「五弟妹啊，縣城裡聽說有間花樓，裡面的姑娘都水靈著呢！張武這人我知道，是最不正經的懶漢子，家裡有點銀子都花在那花樓裡的姑娘身上了，五弟可別是跟著去了那種地方啊！」

第九章

自從這五弟妹來到薛家，看上去就像高她們一等似的，又有錢氏有意無意的維護，更是讓她看不過眼，好不容易有了機會，怎麼也得讓常氏難受才行。

常如歡聽她這麼說雖然有些不悅，到底將情緒隱藏了，回了她一個笑容。「多謝幾位嫂關心，等夫君回來，我定會轉告他的。」說完淡定地轉身回了屋。

柳氏和吳氏沒能氣得常如歡跳腳很是不甘，只幸災樂禍地想著薛陸再出點么蛾子給她添堵才好。

其實常如歡並沒有臉上表現出的那麼平靜，回了屋就氣得將薛陸的被子扔到地上。可過了一會兒又撿起來，因為真的弄髒了，最後還得她自己去洗。

而此時的薛陸，正和張武等人在縣城的花樓裡喝酒。

薛陸不善飲酒，喝了幾杯就醉了過去。張武是鎮上張地主的兒子，這次帶薛陸出來也是存了心看他笑話。

因為薛陸娶了美貌的常如歡，張武等人都有些嫉妒，且三番兩次邀請薛陸出門，都被薛陸拒絕了，這次好不容易把他邀出來了，當然是好一通笑話他。

看著薛陸生澀的樣子，張武等人都調侃，甚至問他新娘子滋味怎麼樣？那裡緊不緊？

薛陸被他們問得面紅耳赤，又有些懵懂，看著昔日好友說起男女之事快活的模樣，又想起自己和常如歡洞房時的情景，越發不是滋味。

張武等人不明就裡，一夥人打算去縣城找花姑娘快活快活，便邀請薛陸一起去。其實他們只是順便邀請的，因為他們知道薛陸沒有幾兩銀子，去了花樓也沒有姑娘作陪。

眼下薛陸喝多了，雖然長得好看，可身上卻沒有銀子，癟癟的荷包裡只有十幾個大錢，那些姑娘一看立刻捨棄他，轉而投向別人的懷抱。

張武想著反正薛陸已經醉了，也不耽誤他玩姑娘，便將他扔在外間，自己抱著姑娘去了內室快活。

半夜薛陸口渴醒來，聽見內室有動靜，好奇之下慢慢挪過去看兩眼，頓時將他驚在原地。

他混了十七年，唯一沒做過的就是到花樓玩姑娘。

加上成親前薛老漢說得語焉不詳，而薛四哥說的他又沒怎麼聽進去，導致新婚夜都不知如何洞房而被常如歡糊弄。

薛陸站在內室外面，看著屋內糾纏在一處的兩人，驚訝得回不過神來。

張武在那姑娘身上馳騁，許是在榻上不過癮，還抱著那姑娘站起身，將人放到桌上動了起來。

薛陸的位置，恰好將兩人的動作看個一清二楚。

看著兩人的模樣，再想想他幾次三番和常如歡的洞房，薛陸哪裡還不知道自己被常如歡騙了。

薛陸面紅耳赤，心裡驚濤駭浪，恨不得馬上回家去找常如歡問清楚。

張武抱著姑娘玩得痛快，瀟灑完了才看到滿面紅潮的薛陸。

張武繫上腰帶，將姑娘往床上一扔，笑著走到薛陸跟前。「怎麼，你也想玩？」他指了指躺在榻上光裸的姑娘。「去玩吧，哥請客。」

薛陸一邊搖頭一邊退後。「不、不要。」

張武哈哈大笑，瞥了眼他聳立的小帳篷，嗤笑道：「怕媳婦？玩玩嘛，她又不知道。」

不知道也不行。薛陸心裡這樣想著，他退回到外間，抿了抿嘴對張武道：「天快亮了，我、我要回家了。」

雖然常如歡騙了他，但他也不能背著娘子在外面玩女人，讀書人最注重名節，何況他答應過常如歡要聽她的話，萬不能背著她做這等事。

張武還想留他，卻見薛陸慌張地跑了出去。

外面天色微亮，趁著天色還早，薛陸一路出了縣城直往家裡去。

到了家，薛陸輕手輕腳回了房，發現門從裡面關著。

想到常如歡的欺騙，薛陸心裡還是惱怒，他敲了敲門，很快就得到常如歡的回應。

薛陸沒好氣道：「開門。」

昨夜薛陸一夜未歸，常如歡心情不好，睡著時也很晚了，迷迷糊糊中便聽到薛陸的敲門聲。聽薛陸口氣不好，她頓時也來了氣，一夜未歸還有理了，居然敢這麼對她說話。

常如歡不是個好脾氣的人，只是礙於古代習俗才隱忍著，這會兒又沒睡醒，心情自然更差。她慢騰騰地起來開了門，便看到薛陸臉色不善的站在門口。

薛陸看見常如歡眼下的青色，火氣頓時有些發不出來了。

可一想到張武和那姑娘的暢快，以及自己這些天來的難受，又有些不忿。

薛陸進了屋，反手將門插上，看常如歡身上只穿著白色的裡衣，脖頸處的肌膚潤白如玉，頓時覺得口乾舌燥。

「你昨夜去哪裡了？」常如歡打個呵欠，打算回炕上補眠。

薛陸沒有回答，只怔怔地盯著她。

常如歡見沒人回答便回過頭，看見薛陸的目光落在她的胸口處，不免皺眉。「怎麼……」

話還沒說完，就見薛陸一個撲上來抱著她便親。

常如歡被撲個正著，驚訝了半天沒反應過來。

薛陸抱著常如歡軟軟的身子，直接將人壓在炕上，迫不及待地去撕扯她的衣服。

常如歡傻眼了，一個晚上沒回來，這是什麼都學會了？

「你放開。」常如歡掙扎。

可薛陸紅了眼，壓著她抬頭道：「妳騙我。」

那小眼神要多委屈有多委屈。

常如歡啞然，他果然是知道了，但又想，他這是在哪兒學會的？難不成真的和柳氏說的一樣，去縣城花樓找姑娘學的？

雖說兩人剛成親不久，她還不至於喜歡上這個少年，可一想到他跑去花樓學了男女之事，她的心裡很不是滋味。

薛陸見她不說話，以為她是默認了，便低下頭專心扯她的衣服。常如歡只穿裡衣，裡衣下只有一件肚兜，在薛陸的撕扯下，大紅的肚兜便露了出來。

薛陸眼神熾熱地盯著那團柔軟，學張武的樣子將手伸向那裡，然後一捏。

常如歡猛地反應過來，頓時火大。「薛陸你放開我，你去花樓鬼混還有理了？你答應過我什麼，你現在不聽我話了是不是？」

薛陸一頓，抬眼看她。「我是說過要聽娘子的話，可妳騙我，根本沒和我洞房，我現在要洞房！」

他說得義正辭嚴，又是實話，讓常如歡頓時噎住。她伸手握住薛陸的手，眨了眨眼，哀求道：「我騙你是我不對，可你看我現在這個樣子，洞房真的對我好嗎？女人的身子本就和男子不同，我長時間營養不夠，身子虛弱，你忍心讓我更加虛弱？」

薛陸抿唇，頓了頓，想起被張武玩過的女人癱軟在榻上的樣子，心裡又不確定了。

他瞥一眼常如歡的身子，確實瘦弱，就是現在在自己手裡的柔軟，也小的有些可憐，而被張武玩弄的女人這裡看上去明明很豐滿……

可若她還是騙他呢？薛陸有些糾結。

常如歡看出他的猶疑，努力擠了擠，硬是擠出兩滴眼淚來。「你今年十七了，可我才十五，身子都沒長全，本來就瘦，每日還得督促你讀書，還要洗衣、做家事，我若真和你洞房了，身子哪裡受得住？」

薛陸面色掙扎，慢慢縮回了手，翻身躺在常如歡旁邊。「那妳以後不許騙我。」

他還是心疼了，這是他的媳婦，不是花樓裡任人玩弄的姑娘。他想和她好好的，不想她傷心。

他瞥了瞥自己還撐著的小帳蓬，伸手碰了碰，又飛快地縮回來，臉頓時紅了。

常如歡攏了攏衣襟，忽略胸部被抓的疼痛，轉頭對薛陸道：「我和你做個約定好不好？」

薛陸紅著臉吶吶道：「妳、妳說。」

常如歡笑了笑，伸手摸了摸他的臉，繼續道：「我努力養好身子，你努力讀書，等你考上舉人，我們就洞房。」

「可是……」薛陸急了。「可是我秀才還沒考上呢。」

常如歡側躺著，用手撐著臉，正色道：「我相信你能考上。只要你聽我的話，好好讀書，明年你就能考上秀才，然後考上舉人。」

薛陸眨眨眼，有些不敢確信自己讀了《三字經》和《千字文》能考上舉人，但他知道自己生來就是考狀元的，而且娘子又這麼說了，他突然又有了信心。

常如歡看他的神情，繼續道：「當然，你現在也能逼迫我和你圓房，但是，那樣我會很失望的。」

「那我一定會努力讀書。」薛陸看著常如歡。他是真的喜歡她，最初只是喜歡她的容貌，可時間久了，她早就在他的心裡了。

常如歡笑了笑，掀被子鑽進被窩，然後給薛陸蓋上。「天色還早，再睡會兒。」

薛陸紅著臉卻不肯睡。

「怎麼了？」常如歡問。

薛陸支支吾吾道：「我難受。」

常如歡皺眉。「哪裡難受？」莫不是玩姑娘傷了身子？頓時想起自己還沒審他呢，便問道：「你從哪裡知道我騙你的？你去花樓玩姑娘了？」

薛陸趕緊搖頭。「沒有沒有，我、我就是跟著張武他們去花樓喝酒，喝了幾杯就醉得睡著了，等我醒來聽見內室有動靜，就看見張武和一個姑娘抱在一起……那個那個……」

他說完很是忐忑，生怕常如歡生氣，他小心翼翼地看她的神色，委屈道：「我真的沒有玩姑娘……我、我心裡只有娘子……」

常如歡聽著他解釋，便信了大半，又聽後面他緊張到結巴的樣子，心裡軟軟的。她伸手握住他的手，閉上了眼睛。「我信了。」

薛陸有些失望，小聲嘟囔。「我難受……」

自從成親後，這樣的感覺已經有好多次了，每次都是他自己憋著就憋回去了。可這次不知為什麼，可能是因為看了張武和那姑娘的緣故，到現在都沒消下去。

常如歡看著他。「哪裡？」

薛陸直接握著她的手放在自己難受的地方。「這裡難受。」聲音裡有委屈還有一瞬間的舒服喟嘆。

常如歡僵住，手下的熱度嚇了她一跳，這是薛陸的小兄弟！

在她握上的一瞬間，薛陸很是舒服，他試著扭動身子，發現更加舒暢，又怕常如歡把手拿走，趕緊握住她的手在那上面動了動。

常如歡閉著眼，臉都紅透了。沒吃過豬肉也見過豬跑，以前讀大學時和室友也看過蒼井空老師的影片，對這個也是有些了解的。

她想薛陸已經很聽話了，也答應在考上舉人之前不圓房了，她若是不表示點什麼，是不是也說不過去？

常如歡索性心一橫，將手抽出，從薛陸的褲腰上伸了進去，慢慢上下套弄。

薛陸見她竟然直接把手伸進去，頓時歡喜不已。

青澀的少年沒經過多少來回便一瀉千里。常如歡起身用屋裡洗臉的帕子擦了手，又丟給薛陸讓他處理乾淨，便紅著臉扭頭朝向牆壁。

薛陸嘿嘿直笑，拿著帕子擦手，接著躺回去，抱著常如歡拱來拱去。

常如歡勾了勾唇，慢慢睡了過去。

只是睡了不到半個時辰，常如歡就聽見外面有了聲響。許是柳氏看不得別人睡懶覺，摔摔打打的，說話聲音尤其大聲。

此時天色已經大亮，她一睜眼就對上薛陸喜孜孜的眼。他正用手托著臉，眼睛一眨不眨的看著常如歡。

常如歡被嚇了一跳，迷迷瞪瞪道：「你做什麼？」

薛陸開心道：「看娘子妳啊。」

見她皺眉，薛陸趕緊補充道，「娘子，妳不知道妳有多美，看著妳就像看見山裡那蘭花，讓人挪不開眼。我真是好福氣，居然能娶到這麼好的娘子，不僅貌美還會讀書。」

他稱讚的話彷彿不要錢似的一句句往外冒，弄得常如歡很是無語。她掀開被子起床，對薛陸道：「夫君還不起床？」

「起，這就起來。」薛陸也不睡懶覺了，起來便穿衣服，想到睡覺前那舒服的感覺，臉都紅了，心裡更是暗下決心以後要好好讀書，早日考上舉人，然後和娘子那個那個……

常如歡不看他，心裡卻也有些尷尬，想她活了兩輩子，還是頭一回給男人做那檔事。

「娘子，今日開始讀什麼書？」薛陸覺得渾身充滿了精神，對讀書也有了動力。

常如歡梳好頭，瞥了他一眼。「讀四書吧，下午練字。」

這古代科舉，文采學識是一方面，書法又是另一方面。你若學識淵博，但一手狗爬字，估計考官也不會錄取你。

何況就薛陸那一手字，也就跟個啟蒙的孩童差不多，真去參加科舉，那也是丟人現眼。

兩人先後出了屋，常如歡去後院洗漱，正巧碰見端著飯菜往屋內走的柳氏。

柳氏瞪了她一眼，陰陽怪氣道：「五弟妹倒是好睡，日上三竿才起，自家爺們徹夜未歸也不擔心。」

常如歡看她一眼，笑道：「夫君早就回來了，我有什麼好擔心的？」

柳氏哼了一聲，扭著腰進了屋。

吳氏跟在後頭帶著兩個孩子進屋，聞言道：「也不知五弟昨日在縣城哪裡過夜的？聽聞花樓裡的姑娘個個水靈的緊呢，咱家也就五弟有那本事進去看看了。」

常如歡面容一冷，接著道：「對啊，這也算本事，等會兒夫君來了，三嫂可以好好問問。」

吳氏一噎，哼了一聲，拉著兒子坐下。她一個當嫂子的，哪能問小叔子這種問題？

吃早飯時，錢氏看薛陸回來了，自然非常高興，讓他吃過飯留下和她說說話。

薛陸皺眉道：「娘，吃完飯我還要跟娘子讀書呢！娘子說了今日要讀《論語》，下午還要練字。」

錢氏一聽兒子不出去玩，這是知道上進了，頓時大樂，給常如歡分的飯食都比往常多了些，早就忘了昨日常如歡的頂撞。

早飯後，常如歡便和往常一樣讓薛陸先回去自己讀會兒書，自己則去洗衣服、收拾屋子。

她在收拾屋子時，發現薛陸時常瞅著她傻笑。

薛陸被常如歡抓個正著，只嘿嘿笑著，接著又正襟危坐認真唸起書了。

第十章

一上午，常如歡給他講解了一些《論語》，接著又讓他背誦，時間很快就過去了。下午歇晌後，常如歡又讓薛陸練字。

好在薛陸年紀不小，腕力還不錯，常如歡一個一個糾正他的字，頗為費工夫。只是這時代紙張貴重，之前家裡存著的用了幾天後便出現了短缺。

兩人一商量，打算過兩日去鎮上買紙。可買紙需要用到銀子，薛陸便大包大攬的去找錢氏。

這時候錢氏也犯了愁，眼看到了收冬小麥的時候，每年這時都有一些地會賣出或者租賃，薛家人多，地雖然有十幾畝，可架不住人多吃得也多，而且薛陸讀書又是燒錢的行頭，一來二去家裡想添些地都捉襟見肘。

若是往常錢氏二話不說就拿銀子給他了，可薛陸娶親光聘禮就花了十五兩，擺酒席等等又花了五、六兩，家裡攢的那點銀子早就花了不少，如今也就剩下十六兩銀子，滿打滿算也只夠買兩畝好田。

可紙張貴，去買一趟恐怕少不得三、五兩銀子。

錢氏皺眉。「一點紙都沒了？」

薛陸不知錢氏的難處，實話道：「只剩三、五張了。」

錢氏點頭，那確實耽誤不得了。

「你先回去休息，娘和你爹商量商量。」錢氏道。

薛陸不明白錢氏為何這次給錢給得如此不痛快，但他也沒多想，反正他娘早晚會拿銀子給他，於是就回了自己房裡。

常如歡見薛陸兩手空空的回來，便問道：「和娘說了？」

薛陸鬱悶地點點頭。「娘讓我先回來了。」

常如歡思量一番，猜測錢氏那邊許是沒銀子了，不然以錢氏的性子絕對不可能拖著。所以第二日吃過早飯，常如歡先將薛陸打發回房讀書，自己留到最後。

錢氏看出她有話要說，還以為常如歡是找她要銀子，便道：「妳先回去吧，陸兒都和我說了。」

常如歡一笑，道：「娘，是不是家裡銀子不夠了？」

錢氏一驚，抬頭看她。「誰告訴妳的？」她眼神警戒地看著常如歡，心裡思量這媳婦還能知道家裡有多少銀子不成？

常如歡在凳子上坐下，對錢氏道：「沒人告訴我，只是我想著我們成親肯定花了不少銀子，現下又快到收冬小麥的時候，有些地可能也要買，就怕家裡銀子不夠，所以我想和娘說，若是銀子不夠，我這裡還有五兩嫁妝銀子，給夫君買紙張的銀子就從我這邊出吧。」

錢氏淡淡地看她一眼，道：「薛家還沒到用媳婦嫁妝銀子的時候。」

這些日子外面傳得很不好聽，說薛陸巴上會讀書的媳婦，每日和媳婦關在家裡不出門，也不知道在屋裡做啥。

這些閒話錢氏自然不會當真，可若是她真的用了常如歡的嫁妝銀子，那薛家就真的理虧了，到時候更不知會傳成什麼樣子。

常如歡沒料到錢氏會這麼說。為了小兒子的學業，錢氏不惜得罪幾個兒媳婦也要讓全家住在一處，一家子的家用更是緊緊握在手裡，誰承想錢氏居然是個不動媳婦嫁妝的婆婆。

「可是……」

錢氏皺眉。「沒什麼可是的，銀子妳留著傍身吧。等陸兒趕考的時候，少不得要用銀子，到時候妳再添上不遲。」

常如歡無奈，只得點頭。「那好吧，不過我聽說縣城的書鋪可以抄書賺錢，或許我可以試試。」

錢氏點頭。「這些都隨妳，只別耽誤陸兒讀書便好。」

婆媳兩人沒那麼多話要說，常如歡便出門去了。

吳氏正從屋裡出來，湊到柳氏跟前咬耳朵。「妳說娘剛才和老五家的說什麼呢？」

柳氏恨恨地道：「婆婆的心都偏到外面了。」她瞥了眼五房關上的房門，繼續道：「就婆婆的兒子是個寶，咱們的兒子就活該是草。老五每日讀書，以後有出息，可咱們的兒子每日還在地裡幹活呢。」

她這一說，吳氏眼珠子卻轉了轉，和柳氏打哈哈兩句，便匆匆回了二房的屋子。

柳氏見吳氏匆忙走了，趕忙喊道：「哎，妳不洗衣服了？」

「待會再洗。」吳氏回道。她突然有個絕妙的主意，可得趕緊和兒子說去。

「哼，偷懶就偷懶，還找理由，衣服早晚不都得洗……」柳氏嘟嘟囔囔地說完，看到三房八歲的女兒薛函正費力地洗衣服，頓時不說話了。

她一撇頭，見小錢氏默不作聲的洗衣服，哼了哼，將自己手上的衣服扔了過去。「都洗了。」

小錢氏看了她一眼，不敢言語。

常如歡從錢氏那裡得到自己想要的資訊，便打算和薛陸說說。

「娘子，這篇我會背了。」薛陸見她進來，拿著本《論語》邀功似地告訴她，然後眼巴巴地等著常如歡誇獎。

常如歡看著他孩子氣的表現，笑了笑，對他說：「娘那邊銀子可能有些吃緊……」

薛陸皺眉，有些不高興。「娘從來不和我說這些，以前都是我要就給的。不行，我再找娘去。」

常如歡看他如此表現，有些生氣，伸手拉住他。「娘那裡的銀子是薛家全家的家當，是過幾天要買地用的，紙張過幾天再買。」

「買地關我什麼事？哪有我讀書重要？我是要考狀元的，哪個狀元會因為紙張就不考了的？」薛陸卻覺得錢氏給他銀子是應該的，甚至有些難以理解常如歡為何會阻攔他。

常如歡被他這不要臉的理論氣著了，她冷笑道：「你天生就是要考狀元的，薛家其他人活該天生給你當奴才的？」

薛陸被她反駁，有些不悅，低聲道：「我不是這個意思……」

「那你是什麼意思？你話都不聽我講，就要去找娘要銀子，娘這兩天因為這事也犯了難。薛陸，你今年十七了，不是七歲，家裡的農活有幾個哥哥分擔，家裡的家務也有嫂嫂和姪女們在做，可你能不能不要這麼自私，覺得娘給你銀子是應當的？為什麼哥哥家的姪子沒有一個人讀書，卻只有你在讀，你想過這是什麼原因？」常如歡看他有些不自在，以為他是愧疚了，便講道理給他聽。

薛陸卻立即道：「只有我讀書自然是因為我生來就是考狀元的。」

「嘿！」常如歡冷笑一聲，覺得一大家子為這麼個廢材貢獻了七、八年，也真難為他們了。

她看著薛陸，諷刺道：「可你考上了嗎？你想想你讀書的這些年，你學了什麼？不要以為你最近學會了《千字文》就很厲害。真正會讀書的人，哪個不是十來歲就通讀啟蒙書籍，而你呢？學了七、八年才將《千字文》學會。你以為你很厲害嗎？你以為一個臭道士的話就那麼準？你以為只要你命中注定能考上狀元，你就不需要努力了？就因為這樣，你便把家人當奴才了？」

常如歡看薛陸的臉色有些發紅，決定今日再刺激刺激他，因為她發現薛陸也是有點良心的，之前只是被錢氏慣壞了，一時拗不過來而已。每次她刺激他，他倒也能聽進去。

常如歡接著道：「就算你如願考上狀元，直接受惠的還是你自己，哥哥嫂嫂他們又能得到什麼？你可能會說你給家裡帶來利益，或者能提點姪子。可姪子總歸不是親子，你又能給他們什麼？娘寵你是因為你是她兒子，但哥哥嫂嫂他們不是你的父母，你不能將這些視為理所當然。

「我說這麼多，並不是要阻攔你什麼。我只是要讓你知道，因為你這些年讀書，家裡已經不寬裕了。娘那裡左右為難，你若現在找她，她肯定又得找幾個嫂嫂讓幾房出銀子。」常如歡想得明白，錢氏雖然現在糾結，但是之後肯定寧願不買地也要給薛陸買紙張的。

對農戶來說，她知道地有多重要。若錢氏覺得地要買、紙也要買，讓幾房的人湊銀子，那她就真的覺得罪過了。

薛陸看著她，有些不好意思。以前這些事他確實從沒想過。因為自從他懂事起，娘就告訴他，他將來是要考狀元的。等他考上狀元，薛家想要什麼就有什麼，哥哥嫂嫂他們都要沾他的光。

薛陸難得有些慚愧，滿面通紅地問常如歡：「娘子，我是不是真的錯了？」與其說是問常如歡，倒不如說是在問自己。他很迷茫，有些不知所措，可又覺得常如歡是他的娘子，定然不會害他，跟他說的應該也是真的。

常如歡見他聽進去了，當下也不再說他了，嘆了口氣道：「我字寫得不錯，等過兩日咱們去縣城書鋪看看能不能找個抄書的活計吧。到時候給你買些紙張也夠了。」

她沒說自己還有嫁妝銀子的事，就是要讓薛陸知道自己讀書花了多少銀子，也讓他知道她為了讓他好好讀書，付出了怎樣的努力。

薛陸有些不自在地點點頭，卻也不覺得作為他的妻子去抄書賺錢有什麼不對。且他能聽進去這些話，說到底也是因為對象是常如歡，若是換個人，估計他會當場翻臉吧。

晚飯時，吳氏掃了大家一圈，笑著對常如歡道：「五弟妹啊，妳看東哥兒也不小了，自小也聰明得很，能不能麻煩妳教教他識字？也許以後也能考個秀才呢。」她不求薛東能考上狀元，能考上秀才她就滿足了。

吳氏話音一落，屋內一下子靜了下來，所有人都看向常如歡。

常如歡看了眼吳氏，眨眨眼道：「好啊。」反正一個是教，兩個也是教，就當放羊得了。

且她想到幾房的男丁若學會識字，出門做工也方便，這樣各房的日子也能寬裕些，幾個婆娘不至於整天盯著她了。

吳氏愣了愣，沒料到常如歡如此痛快就答應了，反應過來後當即高興道：「那就真的感謝五弟妹了。」

就連一向沈默寡言的薛三哥薛茂眼睛都亮了一下，誰不期望自己的兒子有出息？雖然弟弟現在在讀書，可弟弟再如何優秀都比不上兒子優秀更讓人開心。更何況弟弟讀書讀得也不好，或許他兒子能行呢！

老實的漢子心裡喜悅，原本不好吃的飯都覺得香了起來。

柳氏覺得吳氏這些天和她要好都是假象，居然一聲不吭的就提了出來。她有些不忿，可自己兒子今年都十五了，現在學識字也晚了……

只是家裡要是多個人讀書，那開銷不就更多了？這好處都讓三房和五房占了去，他們大房卻是最吃虧的……

還未等柳氏表達不滿，就見錢氏皺眉道：「不妥。」

吳氏一腔熱血被從頭到尾澆了一瓢涼水，笑容頓時僵在臉上。

錢氏看了眼兀自吃飯的薛陸，接著道：「老五家的平日裡還得教導老五唸書，哪有那麼多閒工夫教那些大字不識一個的孩子讀書？何況，」她瞅了眼似乎並不情願、正苦著臉的薛東，繼續道：「我瞧著東哥兒不樂意學呢。」

「娘！」吳氏平日裡最疼兒子，本來見常如歡答應了很高興，可下一秒錢氏卻拒絕了，心裡自然不痛快。她站起來看著錢氏道：「娘，這些年我們為了五弟付出了這麼多，難道只讓東哥兒跟著五弟妹識幾個字也不行嗎？」

吳氏眼神悲哀地看著錢氏，又看一眼低著頭不敢吭聲的薛茂，心裡失望極了，可牽涉到兒子，她總是要努力爭取。「何況五弟妹都答應了。東哥兒還小，自幼又聰明，您不也常誇獎他嗎？」

錢氏眉頭緊皺，嘴唇抿著，有些不高興常如歡擅自做主答應了這事。她看著咄咄逼人的吳氏，忽然想起幾年前吳氏仗著生了兒子，撒潑打滾地要求分家的事。那時要不是她以死相逼，估計現在這個家早就散了。她為了小兒子能讀書，不惜讓前面四個兒子做牛做馬，又怎麼可能在這時候給兒子扯後腿？

一旦常如歡教幾個孩子，用在薛陸身上的時間勢必就少了，她寧願兒子、孫子怨恨她，也不願耽誤薛陸的學業。

吳氏見錢氏不鬆口，再看看不吭聲的丈夫，心都涼了。

就在她絕望之時，忽聽常如歡道：「媳婦倒覺得多個人教也不錯，咱們薛家人口多，可會讀書識字的卻太少，若是小子們會識字，去鎮上或縣城打零工也能找個輕省些的活計，況且我在家也幫不上什麼忙，教幾個孩子還是可以的。」

她這話無疑讓吳氏又燃起了希望，她看向常如歡的眼神頓時不一樣了，也忘了之前自己如何針對過她，現在只差沒拉著常如歡的手千恩萬謝。

錢氏皺眉瞪了常如歡一眼。這個常氏真是一點眼色都沒有，她都替常氏拒絕了，她居然還敢反駁，說要接下這活，明顯是不將她這個婆婆看在眼裡了。

常如歡看了眼錢氏，接著道：「娘，不說家裡孩子能多識幾個字，出門不受騙，就是對夫君讀書也是有好處的。」

聽到涉及到自己，正埋頭吃飯的薛陸回頭看了她一眼。常如歡衝他笑了笑，薛陸心都軟了，心窩一陣酥麻。

錢氏對小兒子最是重視，一聽對薛陸有好處，自然想繼續聽下去。

就聽常如歡道：「夫君一人讀書未免無趣，幾人一起讀書還能相互交流。雖然大家水平不一，但在這過程中，夫君的學識也能進步。」

薛陸被她那一笑笑得心裡熨貼，現在媳婦都開口了，他自然也要支持一下，於是便帶著撒嬌的口吻對錢氏道：「娘，您就同意了吧，都是一家人，多個會識字的不是更好嗎？」

他這話一出口，所有人不免震驚。

薛家幾個兄弟眼眶都熱了，自家弟弟頭一次有了這樣的覺悟啊。

而錢氏則欣慰於兒子的懂事，既然兒子都說好了，那她也不反對了，淡淡地點了頭，就算同意了這事。

第十一章

吳氏高興得不得了，其他幾個當嫂子的則心裡有些不是滋味。十幾歲的男孩子現在也就只有三房的薛東和大房的薛博，不過薛博如今也十五了，而二房沒兒子是心病，四房現在也沒個孩子。最終受益的居然是三房。

吳氏開心地推了推薛東。「快謝謝你五嬸，以後可得好好跟著你五嬸讀書，娘還等著你有出息呢。」

薛東有些不依，可吳氏一瞪眼，他只能不情不願地向常如歡道謝。

常如歡笑咪咪地看著，雖然知道薛東可能不大樂意學，可嘴上卻不說。她等薛東坐下又道：「既然東哥兒都教了，倒不如幾個丫頭也教一教，學幾個字今後出嫁也受用。」

吳氏撇嘴。「丫頭片子學什麼字啊！」話剛出口忽然意識到常如歡也是丫頭，頓時住了嘴。

聽到常如歡的話，周氏眼睛亮了亮。她雖然沒生兒子，生了三個閨女，可三個姑娘她都是放在心上疼的，現在大閨女快出嫁了，可二閨女和三閨女年紀都還不大，若是識字，到時找婆家也能找得好一些。

柳氏看了眼二兒子，見薛博滿眼失望，心裡也難受，她小聲道：「博哥兒現在也不大呢，還沒娶妻呢。」

常如歡點頭。「是啊，二姪子現在正值少年，和夫君年紀相當，想來探討學問更合適，二姪子若是想學就一起吧。」

錢氏眉頭緊皺。「東哥兒年紀小學識字也就罷了，竹丫頭幾個還有博哥兒就不必了。」

一直默不作聲的小錢氏忽然也插了進來。「就是就是，地裡活計那麼多，連博哥兒都去學識字，地裡的活更沒人做了。」

學識字這事不管是丫頭還是小子，跟他們四房一點關係都沒有。連能幹活的丫頭都去學識字了，幹活的豈不是更少了？

常如歡神色莫名地看了她一眼。「本不是為了科舉考試，只是識字罷了，抽著空閒時候學就是了，哪會耽誤多少工夫？」

小錢氏一噎，眼珠子轉了轉又道：「讀書可是費錢的事，不說書本，就是紙張、筆墨也少不了。」

「這些能用多少銀子，四嫂妳太過小氣了。」看不得媳婦被欺負，薛陸又站了出來。

而錢氏顯然也想到這一層，家裡供薛陸一個讀書人已經有些困難，再添上幾個不就更浪費銀子？

幾個孩子都很緊張，剛才有多開心，現在就有多失望。是啊，讀書那麼費銀子，奶奶怎麼可能同意？

常如歡道：「也不需要什麼啟蒙書本，我教些日常用的字也就夠用了。紙張……確實困難，不過可以用夫君以前汰換下來的毛筆蘸水在石頭上寫，最重要的是能學會認字，寫的話不用講究太多。」

她頓了頓。「當然，若是博哥兒和東哥兒真有這潛力，咱們薛家就勒緊褲腰帶搏上一搏也就是了。」

女孩子不求會寫多少字，只要不當個睜眼瞎。而薛博和薛東若真有出息，薛家還能真的不管？

錢氏還是不想同意，剛想說話，就聽老實了一輩子的薛老漢開口了。「那就這樣吧！只是辛苦老五家的了，其他家的都多擔待些，畢竟是為了孩子們好。」

「哎。」這下不光吳氏，就是周氏和柳氏也痛快地應下。剩下一個小錢氏已經沒了發言的機會。

吃過晚飯後，薛陸樂呵呵地跟在常如歡身邊，也不知道在高興些什麼。

等常如歡洗漱完回了房，就看到洗過澡穿著中衣的薛陸正坐在炕上，眼睛亮晶晶的看著她。

常如歡被他看得不自在，問道：「怎麼了？」

薛陸嘿嘿直笑，討好道：「娘子，為夫今晚表現怎麼樣？」他說的是在錢氏面前維護她的事。

常如歡一笑，吹燈上炕。「夫君表現很好。夫君以後也該這般維護娘子才是。」

黑暗中薛陸猛地點頭。「那是自然的，我一定聽娘子的話。」

常如歡很滿意，嗯了一聲打個呵欠就想睡了，誰知薛陸卻睡不著，手在被窩裡挪來挪去，最終握住常如歡的手。

「娘子……」薛陸的聲音帶著點少年該有的沙啞，還帶了絲討好。

「嗯？」

薛陸哼哼唧唧。「娘子，我想……」說著拉著常如歡的手往自己褲子裡伸去。

常如歡滿頭黑線。這人得了便宜就上癮啊，自那天早上讓他舒服了一回，連著好幾天睡覺都不好意思，今日怎麼好意思了？

常如歡抽了抽手，對薛陸道：「今日我教的那些論語，夫君背過了嗎？」

薛陸正在興頭上，聞言一愣。「還沒背熟。」

「嗯，那閉上眼睛，回想一下今日我教的那些，然後默背一下。」常如歡趁著他愣神，將手抽了回來。

薛陸有些失望，但剛跟娘子邀功說聽娘子的話，現在反悔好像不大好，於是薛陸真的閉上眼睛開始默背今日學的知識。

在閉上眼睛之前他還想，等他默背熟了，那是不是就可以了？

可當他默背第三遍的時候，他睡著了。

黑暗中，常如歡露出一抹得逞的笑意。

跟老娘鬥，你還嫩了點。

第二天薛陸醒來時，常如歡已經起床出去了。想到昨晚，他要多懊悔就有多懊悔。

他真是沒出息，背了三遍論語居然睡了過去。娘子還不知道怎麼想他呢，會不會覺得他不夠勤奮？會不會覺得他不行？

薛陸趴在被子上懊惱地搥了幾下，又翻了幾個滾，最終不甘心的起來了。

沒關係，今天他一定要好好背書，早點將娘子給的功課學會，那晚上給娘子背一遍就行了，到時候就可以……嘿嘿！

薛陸想得挺美的，可當他看著家裡的大小蘿蔔頭一一站在他們屋裡時，不禁有些後悔昨日為常如歡出頭同意她教家裡的孩子了。

因為往日常如歡只需教他一個，夫妻倆在自己屋裡，他偶爾還能偷偷看媳婦幾眼，媳婦也是一心撲在他身上。如今瞧著一溜的姪子、姪女，他頓時傻了眼。

薛陸恨不得立即站起來將這些人趕出去，可這些人是他的姪子和姪女，他可以對他娘或他哥耍賴，卻不能在小輩面前丟人。

薛陸看常如歡對這些兔崽子這麼好，都不看他了，難免有些鬱悶，背書都有些心不在焉的。

常如歡沒注意到他的神色，而是給薛陸佈置作業後就開始教幾個小的認字。

好在薛家沒有蠢笨之人，常如歡一上午教了六個字，除了薛東注意力不集中沒學會外，其他人都認得了。

中午，常如歡道：「行了，今日就學這些吧！回去多看看我給你們準備的字條，若是想學寫字，可以先用樹枝在地上照著寫。」

常如歡事先將需要認的字寫在不需要用的破布上，一人發了一張。她知道一下子學太多也記不住，索性一天就學幾個字，下午則讓他們自己去練習。

當然，她最主要的任務還是放在薛陸身上。薛陸的《論語》已經學了大半，學識也比之前她嫁過來時要進步許多。

晚上薛陸洗漱完，躺在炕上等常如歡，默默將今日新學的內容背誦了一遍。等常如歡關燈上炕，便一把拉過她的手道：「娘子，我背書給妳聽吧。」

常如歡只覺莫名其妙，點頭道：「好。」

薛陸興奮地將今日學的東西背了一遍，還背得很順溜。

常如歡心不在焉地誇了幾句，薛陸更加興奮了。

「娘子，那可不可以……」

常如歡沒聽清，又問了一遍。「什麼？」

薛陸有些不好意思，可他小兄弟已經微微昂揚。他摸著常如歡的小手，心裡癢癢的。「就是……就是那個啦！」說著又將她的手拉向自己的褲子。

常如歡再想反悔抽出卻來不及了，她怎麼說也是個姑娘家，力氣比不得薛陸。而薛陸似乎長了心眼，加大力氣不讓她掙脫，直接將她的手摁在他的火熱上。

他委屈地看著常如歡。「娘子難道不喜歡我了嗎？妳嫌棄我了嗎？」

手下是薛陸熱燙的那處，眼前是薛陸委屈的大眼，常如歡在黑暗中翻了個白眼。她這是造了什麼孽啊，居然跑到古代給一個十七歲的少年打手槍來了！

薛陸見她不動也不說話，心裡難受得緊。那處火熱卻在常如歡手中不斷長大，他動了動身子，哼哼道：「娘子，我難受……」

常如歡手動了一下，薛陸頓時身子都繃緊了，歡愉地呻吟出聲。

常如歡嘆氣。罷了罷了，反正已經是夫妻了，就這樣吧。

完事後，薛陸容光煥發地躺在那裡回味，嘴裡嘿嘿直笑。「娘子，我一定好好讀書，考上秀才，考上舉人。」

常如歡有氣無力地嗯了聲，就聽薛陸繼續道：「等我考上舉人就可以和娘子……嘿嘿，圓房了。」

薛陸很興奮，幻想著自己考上舉人，被人奉承著，然後抱著常如歡共赴雲雨的場面。而常如歡則滿頭黑線，不知自己上輩子做了什麼事，老天要這麼懲罰她。

她的相公居然是為了圓房而努力讀書！

過了一會兒，常如歡覺得手上黏糊糊的，便問：「你事先洗了沒？」

薛陸愣了愣，有些臉紅，支支吾吾道：「洗了。」

何止是洗了，為了晚上能讓常如歡服侍他，他在淨房裡足足洗了三遍，小兄弟上都抹了兩遍皂角，就怕常如歡嫌棄自己。

常如歡很滿意，拿出帕子將手擦乾淨，然後又扔了一塊給他。「自己擦擦。」

薛陸嘿嘿笑著接過。在睡著之前，心想有娘子真好……

到了五月初，冬小麥要收割了。家裡除了常如歡和薛陸外，其他能用的「勞工」全部出動了。

一時間家裡空曠了起來，薛陸卻很高興，因為這段時間那些小兔崽子就沒時間過來霸占他的娘子了！

而常如歡卻覺得不妥，於是主動提出和薛陸去打麥場看麥子。

起先錢氏不同意薛陸也去看麥子，她兒子將來要做狀元，去看麥場實在有失身分。

可薛陸卻道：「娘，我可以帶著書本去啊，況且外面空氣也好，也許能背得更好呢。」

事實上是常如歡對他道：「你若是不願去，那我就自己去。夫君大可以讓別人說你是吃閒飯的，我卻不願被別人這麼說。」

薛陸現在很黏常如歡，甚至幾個小的來學習時他都不給他們好臉色看。可架不住自己娘子主意大，自己又管不了，一來二去的薛陸便順著常如歡了。

既然薛陸發了話，錢氏自然沒話說。

一大早一家人都出了門，薛陸帶著最近開始學的《大學》跟著常如歡去了麥場。

其實看麥場的大多是孩子，或者是上了年紀幹不了活的老人，像他們這樣的年輕夫妻倒是頭一對。

幾個看麥場的小孩湊在一起瞅著他們嘻嘻笑，幾個老太太也是搖頭嘆氣。

對於這些，薛陸一點都不在乎。他娘樂意寵著他讓他在家讀書，這些人嫉妒他也是正常的。現在他肯出來和娘子一起看麥場，已經是做出巨大的犧牲了。

「娘子，快來這兒坐。」薛陸到了樹下，殷勤地拿出一塊破墊子鋪在地上。
常如歡對他笑了笑，坐下道：「你也坐。」
薛陸被她這笑容晃花了眼，呆呆地笑著，挨著常如歡坐下，拿出《大學》湊到她跟前，聽著她輕聲細語地講解。
常如歡和鎮上夫子最大的不同，便是每次講解完後都會問他：「理解了嗎？知道什麼意思了嗎？記住了嗎？」
鎮上的夫子只會搖頭晃腦地讀完，然後讓學生自己理解，最後只說：「讀書這事，師傅領進門，修行在個人。大家先自行領悟，若有不懂的再單獨問我。」
薛陸恨極了夫子那副德行，於是常如歡教他時，他便覺得容易了許多。
兩人正看著書，忽聽一吊兒郎當的聲音傳來。「喲，這不是薛五嗎？這是和娘子在這兒看麥場？」
這人聲音帶著輕佻，饒是薛陸也聽得皺眉。他抬頭看見張武正一臉色迷迷地瞅著常如歡，頓時不高興了。
他的媳婦只有他能看，別人這麼看就是不要臉。
他站起來擋住常如歡，對張武道：「張大哥有什麼事嗎？」
張武家境富裕，以前和薛陸也是狐朋狗友，在鎮上玩鬧過。薛陸成親時他也跟著去了，那時他和薛陸一樣，看到新娘子都傻了眼。
有這麼漂亮的娘子，也難怪薛陸最近都不跟他們玩了，就是前些天和他去了趟花樓，也是只喝了酒卻沒睡女人。那時他還想著等薛陸回家少不得有一場硬仗要打，誰知竟然風平浪靜，一點事都沒有。

張武睡過不少女人，可像常如歡這般漂亮的卻是沒有。他心癢難耐，想著若是能睡一次這麼美的女人就好了。可惜常如歡是薛五的娘子，而且黏得這麼緊，他想找機會上前都不行。

張武斜睨著薛陸，突然笑道：「這不有些天沒見著你了，想著什麼時候咱們兄弟再一塊樂一樂？」

說著他往前一湊，猥瑣地笑了笑。「上次那花樓裡的春娘還想著你呢，昨兒還跟我問起你，問你什麼時候去……」

薛陸聽他說這個，急忙打眼色讓他別說了。上次他回來就發現常如歡有些不高興，現在張武居然當著她的面說，豈不更生氣？他還想著晚上讓她幫他弄一下舒服舒服呢。

張武對他的眼色只當沒看見，仍舊笑嘻嘻道：「莫不是你怕了媳婦不敢去？」說著還拿一雙浮腫的眼去瞟常如歡。

常如歡皺著眉，想著回去得和薛陸談談。有些朋友該交，有些狐群狗黨就得斷了關係。

薛陸急了，雖然他不願被別人說怕老婆，可對方實在過分，居然當著他娘子的面說什麼去花樓的事。他喜歡常如歡，也向她保證過今後再也不去花樓，這張武他早先還覺得是好的，誰知今日居然故意給他做難。

「張大哥，你不要胡說八道，什麼春娘、夏娘的我根本不認識。你走吧，以後別來找我了。」薛陸脹紅了臉，有些不安地看了看常如歡，見她臉色果然不好，心裡更加後悔那次為什麼要跟著張武去花樓。

張武「喲」了一聲，嘖嘖稱奇。「薛五，爺給你面子，你還不知好歹是吧？也是爺看得起你，今日才來找你玩耍，你不好酒好菜的招待也就罷了，居然敢說爺胡說八道？難不成那日在花樓裡喝花酒的人不是你？」

張武說著，嗓門也大了起來，這時已經有人往麥場裡送麥子了，聽見張武這話，紛紛探頭來聽。

薛陸臊得不行，他只去過一次花樓，居然被張武在大庭廣眾之下說了出來，他讀書人的臉面都要丟盡了。

第十二章

張武得意洋洋，指著薛陸的鼻子罵道：「別以為你娶了美嬌娘就了不起，等哪一日爺非得嚐嚐滋味不可！」

本來常如歡只看著，並不想摻合男人之間的事，就算要教育薛陸，也等回家後關起門來教育，可現在這無賴居然公然污辱她，簡直不能忍！

就在她要奮起罵人時，就見薛陸突然朝張武撲了上去。「我打死你個臭流氓！」媳婦是他的，哪裡能讓張武這樣的人隨口污辱？

薛陸過去十七年裡闖的禍不少，無非是和人發生口角，或者嘲諷他人，再就是和張武等人在鎮上喝酒玩樂。可正經的打人，這卻是頭一回。

張武沒料到薛陸會打他，鼻子一疼，有血流了出來。他反應過來，大罵道：「你個蠢貨，居然敢打我，看我不打死你！」說著便掄起拳頭朝薛陸打了過去。

薛陸第一拳能打中張武，是因張武沒防備，但張武反應過來後薛陸就不占優勢了。

兩人糾纏成一團滾到地上，你一拳我一腳地打開了。

麥場上的人越來越多，常如歡也急了，薛家雖然不怕事，可張家在鎮上也算小地主，真要將人打壞了，那張家不得來拚命？

於是常如歡便叫人過去勸架，她也上前去拉薛陸，在別人不注意時將手指狠狠擰向張武。

村裡人雖然看不慣薛陸，但也不願看著他被人欺負，很快地來了兩個村民，將兩人拉開。

張武鼻子還流著血，身上也灰撲撲的，跳著腳罵道：「好你個薛五，居然敢掐我，你是個娘兒們嗎?!」完全沒將這事往常如歡身上想。

薛陸哼道：「呸！你才娘兒們呢，我不屑掐你！」

張武眼見人越來越多，怕被圍毆，啐了一聲。「薛五，咱們走著瞧，早晚有一天我要睡了你娘兒們！」

「你討打！」薛陸一聽更憤怒了，又要衝上去打人，卻被村裡人拉住。

「算了，別和這種混蛋一般見識。」

常如歡拉著薛陸的胳膊，淡淡道：「夫君，你還記得有句話叫『君子報仇十年不晚』嗎？今日的恥辱，咱們記著，早晚要討回來。」

薛陸哼了聲。「張武，咱們走著瞧。」

「誰打我兒子！」一聲婦人吼聲突然從麥場外傳來。

有人聽見了，幸災樂禍地道：「這下錢氏要瘋了，誰不知道薛五是她的命根子啊！」

「可不是，這下有好戲看了。」

眾人分開一條路，就見錢氏正一臉怒容地來到跟前，瞪了常如歡一眼，接著走到張武前面，怒聲道：「你敢打我兒子，老娘跟你拚了！」

錢氏直接上去抓張武的臉，張武雖然長相一般，可臉上多了一條血痕後就變得猙獰許多。

「妳這惡婆娘找死是吧！」張武大怒，直接抬腳往錢氏身上踢去。

常如歡嚇了一跳，隨手抄起剛才拿在手裡的木棍朝張武身上打。

張武身子一歪，摔在地上，也讓錢氏免去這一腳之苦，但錢氏還是在踉蹌中坐倒在地上。

常如歡長舒口氣，錢氏年紀大了，這一腳真要落在她身上，可得踢出個好歹來。

張武踉蹌地從地上爬起，惡狠狠的看著三人，惡聲道：「好，很好，今日這虧我張武先吃下了，來日一定報仇！」說著一瘸一拐的走了。

「娘，妳沒事吧？」常如歡扔下棍子，過去扶起錢氏。

錢氏扶著她站起來，卻劈頭給她一巴掌。「常氏！妳居然眼睜睜看著別人打妳的夫君！我們常家娶妳這個媳婦有什麼用！」

常如歡驚呆了，薛家莊的村民們也愣住了，薛陸更是傻眼。

錢氏這是什麼理論！

薛陸身為一個大男人，被人打了，做婆婆的卻打兒媳婦，就因為媳婦沒幫忙打人，他們家兒子是金子做的嗎？

常如歡捂著臉瞪著錢氏。「婆婆，請問夫君今年幾歲？」

錢氏臉上有些不好看，罵道：「別和我說些有的沒的，這和幾歲有什麼關係，我家陸兒是讀書人，是天上文曲星下凡，他手不能提、肩不能扛，哪裡是那人的對手？妳身為他的娘子，居然不攔著，你們常家就是這麼教育女兒的嗎？」

「我們常家確實沒教過出嫁的姑娘要護著男人的事。既然薛家有這樣的家規，怎麼我進門這麼久，婆婆都沒有提醒我？」常如歡看著錢氏，毫不畏懼。

錢氏氣得直哆嗦。「妳、妳，妳忤逆！」

這時反應過來的薛陸趕緊將常如歡拉到身後，對錢氏道：「娘，如歡說得對，我是男人，哪能讓女人保護著？」

「你、你、娘還不是為了你啊！」錢氏見兒子向著常如歡，頓時傷心透了。

看熱鬧的人都捂嘴偷笑，對薛家的笑話是見怪不怪，倒是有人暗地裡替常如歡可惜，這麼美貌的女子竟然嫁了這麼個軟蛋夫君。

常如歡皺眉看湊熱鬧的人群，對錢氏道：「行了，娘，非得在外面丟人現眼，讓人知道夫君被人打了嗎？」

薛陸趕緊附和。「就是，娘，妳趕緊回去吧，爹他們一會兒也該來了。」

錢氏不聽，上前拉他。「你跟娘一起走，回去溫書。外面這麼熱，可別熱壞了，讓常氏在這裡看著就行了。」

「娘，妳幹什麼呀，我在外面又不耽誤讀書。」薛陸看著周圍竊竊私語的人，突然覺得有些不好意思，甚至還臉紅了，這是以前都沒有過的事。許是這些天和常如歡相處的緣故，他覺得從她身上學到許多以前不知道的東西。

這其中有學識，有做人的道理，也有為人處世的態度。雖然他現在不怎麼理解，但他卻理所當然的認為常如歡說的就是對的，她做的也是對的。

所以當他娘和常如歡發生爭執時，他自然而然就站在常如歡這邊。

而且看著常如歡臉上的巴掌印，薛陸覺得可心疼了。他對常如歡很是喜愛，平日更是想盡辦法討她歡心，可他娘居然不講理的打了她。

薛陸頭一次覺得他娘是錯的，心裡很不自在。

錢氏不依不饒，非要讓他回去，這時就聽見薛老漢從遠處喊道：「錢氏，妳給我滾回家去！」

常如歡驚訝地看去，就見薛老漢和薛老三拉著一車的小麥過來。薛老漢黝黑的臉上滿是怒容，先是掃了一眼常如歡的臉，接著對錢氏道：「要撒潑給我回家撒去，在外面撒個啥？回家去！」

薛老漢平時很沈默，在薛家一般都是錢氏說了算，久而久之薛老漢的存在感也低了不少。但這卻不能表示薛老漢說話沒有魄力，就像前幾天關於家裡孩子認字的事，錢氏雖然阻止，最後卻因為薛老漢發話而得以讓幾個孩子可以學習。

錢氏呆了呆，接著開始哭天搶地，薛老漢被她哭得心煩，上去便給了錢氏一巴掌。「再鬧就把妳休回家！」

這話一出，錢氏立刻不哭了。她都這把年紀了，若真的被休，那還不丟死人啊？

薛陸適時上前去拉錢氏。「娘，妳先回家去，中午還得給爹他們送飯呢。」

錢氏抽抽噎噎，有些丟人地回家了。看熱鬧的人見沒熱鬧可看，也紛紛離開，畢竟是農忙時節，誰都不想因為看熱鬧而耽誤了農時。

薛老漢擦了擦汗，對薛陸道：「回頭去鎮上給你媳婦買點好的。」

薛陸點點頭。

常如歡有些尷尬。「爹，不用了。就是那人臨走時放了狠話，不知道他以後會不會來找麻煩？」

薛老漢在來時的路上已經聽聞一些這邊的事情，現在一提醒，頓時皺了眉頭。「唉，都怪老五以前不爭氣，居然交了這種朋友。」說著還責怪的看了薛陸一眼。

薛陸被他爹看得心虛，說到底這張武也是他招惹的，現在卻讓他家人都犯了難。他有些羞愧，尤其是常如歡還因為這事被他娘打了一巴掌，他心裡更不好受了。

「爹，也許那張武只是嚇唬嚇唬咱們呢！他們張家不就是鎮上一個小地主，真要那麼厲害，怎麼不去縣城，非得跑到這鄉下找老五玩呢？」薛老四和薛老大也過來了，看著愁眉苦臉的幾人如此說道。

常如歡看了薛老四一眼，覺得這話也有道理，便道：「走一步看一步吧，他們張家真敢找上門來，咱們薛家也不是好惹的。」

「就是、就是。」薛陸趕緊點頭。

薛老漢瞪了他一眼。「行了，好好唸書，早日考上秀才，也就沒這些人欺負咱們了。」

若是薛陸真的考上秀才，十里八鄉的哪個不高看一眼？更不用說張家那樣的小地主了。

常如歡點頭，對薛陸一本正經道：「夫君，咱們薛家的榮辱可都在你身上呢，你可得用心讀書。」

薛陸內心被她說得激情澎湃，似乎看到了日後張武跪地求饒的畫面。他點點頭，也鄭重地對薛老漢和幾個哥哥道：「爹、哥哥，我薛陸一定不給薛家丟臉。」

薛老漢滿意地點頭。真不愧是寵了十幾年的兒子啊，就是聽話孝順。

而幾個薛家哥哥們則用懷疑的眼光看著薛陸。不是他們不相信自己的弟弟，實在是自己這弟弟劣跡斑斑，沒有什麼能讓他們信任的理由啊。

當然常如歡也能從他們的表情中看出一二，但薛陸卻是一點都沒看出來，只以為幾個哥哥和爹一樣如此的信任他。

他一定會努力的。

中午，薛美美來給兩人送飯，臉色很不好看，瞅著常如歡的眼神跟帶了刺似的。

薛陸看著他妹的臉就心煩，幾句話就將人趕回去了。

「行了，趕緊吃飯，吃完飯還得背書呢。」常如歡盯著他義憤填膺的臉道。

薛陸趕緊點頭，吃起飯來也格外美味。

冬小麥種的不多，一天下來收了有一半多，一家人將小麥攤在麥場上就回家去了。

因為白天發生的事，錢氏臉色很不好看，默不作聲地吃了幾口飯就回了裡屋，而柳氏和吳氏看常如歡的眼神很糾結。

飯後，常如歡對薛老漢說了聲便走了，薛陸緊跟上去，走在一旁，其他人也只能和往常一樣洗碗再帶孩子去睡覺。

回到屋裡，薛陸難得沒有期期艾艾地拉著常如歡要洞房，反而一反常態的洗了帕子給常如歡擦臉。

「娘子，妳別生氣，我一定好好讀書，給妳爭氣。」

常如歡吹了燈躺在炕上，說道：「你讀書不是為了我，也不是為了公公婆婆和幾個哥哥嫂嫂，是為了你自己。書讀得好，最終受益的是你，懂嗎？」

薛陸點點頭。「我知道了。」

「好了，睡吧。」常如歡閉上眼睛，不再去想白天的事，她只盼著這件事能讓薛陸長點腦子、長點記性，這樣她就知足了。

一連幾天，常如歡都和薛陸去麥場看著，後來麥子收完了，薛老漢等人開始壓麥子，兩人才回家去。

這段時間薛陸也確實努力，在書桌前待著的時間明顯長了，讀書的效率也提高不少。

轉眼冬小麥都收完了，薛家人一時閒了下來。

家裡幾個小的又開始跟著常如歡讀書的日子。根據常如歡的觀察，薛東人小也坐不住，學起來最不用心，倒是薛竹和薛博，居然學得最快。尤其是薛博，沒多少時間的功夫就將幾個弟弟、妹妹撇下一大截，於是常如歡便在薛陸休息的時候教他《三字經》和《百家姓》。

至於薛曼和薛菊，學起來就吃力一些。

夏天已經來了，天氣熱得厲害，常如歡終於有時間和薛陸一起去一趟縣城。當然，他們手裡只有錢氏東湊西湊得來的二兩銀子，除此之外兩人身無分文。

清河縣在琅琊郡不算小，縣城裡也還算繁華。在縣城大街偏北的位置有一間本縣最大的書鋪，許多讀書人都喜歡到這裡來買書。

這年頭書本貴重，他們手裡的二兩銀子估計買不到好一點的書。但常如歡過來不是為了買書，而是為了找工作。

他們一進書鋪，就有人上前詢問。「敢問娘子和公子要買什麼樣的書？」說話間還用眼神上下打量了兩人幾眼，見兩人衣著普通，頓時沒了招呼的心思。

常如歡將小二的眼神看在眼裡，只笑著道：「你們這邊的書可有書生代抄的？」

「有的。」小二瞥了眼薛陸，許是猜出他們的意圖，耐著性子道：「不過我們書鋪是縣城最大的，要求也是最高的，一般都是請書法好的書生代寫，其他的則由我們掌櫃的從省城那邊進貨。」

薛陸一聽，頓時有些心虛。他知道常如歡字寫得不錯，但是抄書的要求很高，若是她寫的不好，豈不丟人？

「娘子，咱們……」

薛陸話剛出口，就被常如歡攔住。她還是笑著對小二道：「不知標準如何？」

小二一撇嘴。「寫了讓我們掌櫃的看了，若是掌櫃的說可以便可以了。」

常如歡點點頭。「請小二哥取紙筆來。」

聽她這麼說，小二頓時不耐煩了，他看了眼有些心虛的薛陸，直接道：「請問這位公子現今有什麼功名在身？可考中童生或者秀才？」

他眼光太過明顯，問得薛陸滿臉通紅，繼這些天來又一次覺得自己以前很混帳，沒考到童生或秀才是件很丟臉的事。

薛陸有些不敢看小二，低垂著頭，臉紅得快要滴出血來，恨不能現在立刻鑽到洞裡去。

第十三章

幾人在此說話，原本安靜的書鋪也有人循聲看了過來。

常如歡斂下嘴角的笑意，對小二道：「剛才小二哥只說寫了字讓你們掌櫃的看過就成，現在怎麼又問功名？難不成考不上童生和秀才，就不能到書鋪來抄書？」

小二表情很不耐煩。「我可沒這麼說。」

常如歡寸步不讓。「既然沒這麼說，那便取紙筆過來，或者找你們掌櫃的出來，我和你們掌櫃的談。這麼大的書鋪，我不認為掌櫃的會和你一樣狗眼看人低！」

她後面幾個字加重了語氣，讓小二頓時火大。「妳這婆娘怎麼罵人呢？」

常如歡抬起眼皮冷笑。「你都敢以貌取人，我為何不敢罵你？而且我罵錯了嗎？」

「妳、妳這鄉野潑婦！」小二氣紅了眼，聲音也大了起來，伸手指著常如歡罵道。

薛陸本來很慌張，可忽然聽小二罵他媳婦，頓時不依了，他蹭地站到常如歡跟前，將她擋在後面，對小二道：「你再罵我媳婦，小心我打你。」

「切，還讀書人呢，居然和鄉野村婦一般要打人？」

「就是，真丟讀書人的臉。」

「也不能這麼說，這位小娘子說得也沒錯，的確是小二以貌取人了。」

幾人還在爭論，那邊幾個書生打扮的人則討論了起來。

那小二畢竟長時間在縣城混，仗著掌櫃的和他親戚關係好，自然不將這落魄的夫妻看在眼裡。見剛才還畏畏縮縮的薛陸站出來想打他，頓時不屑道：「我這好說歹說你們不聽，給臉不要臉，非得我找人把你們轟出去嗎?!」

常如歡從薛陸後面站出來。「上門是客，你們書鋪就是這麼對待客人的？」

「你們也是客？簡直笑話！你們買得起書嗎？窮酸！」小二得意地道。

「你說誰窮酸？」

一個聲音突然從門口傳來，小二得意的笑臉頓時僵住，立即狗腿地迎上去。「喲，掌櫃的，您回來了。這兩人來書鋪鬧事，我正想趕他們出去呢！」

這人正是書鋪的李掌櫃，這幾日他去了琅琊郡一趟，沒想到回來卻看到自己書鋪的小二仗勢欺人的一幕。

李掌櫃年近四十，留著兩撇小鬍子，笑起來看著很和氣。他進門先是朝常如歡和薛陸拱拱手，接著板起臉來對小二道：「你去帳房那裡結算工錢吧，明日不用來了。」

小二一愣，當即嚇得跪倒在地。「掌櫃的，好好的為什麼……」

看他不知道自己錯在哪裡，李掌櫃搖搖頭，嘆了口氣道：「你走吧。」又笑著對常如歡道：「這位娘子是要找抄書的活計？可否寫幾個字給在下看看？」

常如歡笑道：「自然可以。」

李掌櫃點頭，親自拿了紙筆過來，放到案桌上道：「請。」

常如歡客氣地點頭，上前拿起筆寫起《三字經》來。

李掌櫃一愣，先是錯愕地看了一眼薛陸，又看向常如歡，不由得失笑。他還以為這娘子是為自家夫君找抄書的活計，卻不想是給自己找活計。

他看向常如歡，驚訝地發現這年紀不大的小娘子拿筆的姿勢很是熟練，待她寫了幾個字，表情瞬間變得有些微妙。

薛陸站在一旁，看著常如歡認真寫字的模樣，心裡複雜極了。

他一直都知道媳婦的學問比自己好，字寫得也不錯，可現在看著她仔細寫出來的字，他又覺得很不是滋味。他是常如歡的夫君，可學問比不上媳婦，寫的字也比不上媳婦，好像他真的很差勁。

薛陸有了羞恥感，看著李掌櫃一臉讚賞，這種感覺更加強烈。

李掌櫃點點頭。「好字！小娘子的字倒是大氣，若不是看著妳親筆寫出來，我都以為是男子所寫的了。」

書鋪本就安靜，李掌櫃話一出口，幾個正在看書的書生紛紛看了過來。

薛陸見這些人看自己媳婦有些不高興，趕緊擋在常如歡身前，對李掌櫃道：「掌櫃的若是滿意，可給個價錢。」

常如歡聽著他略帶不安的話，微微笑了笑，低頭不語，任他去與掌櫃的談論價格。

李掌櫃見多識廣，見他這副模樣，哪裡不知他心中所想，心裡笑了笑，說道：「小娘子字不錯，可以抄四書五經了。這樣吧，你們先拿幾本回去抄，一本書一兩銀子，如何？」

抄一本書一兩銀子，這可不低了。常如歡驚訝地偏頭看向李掌櫃，只見李掌櫃面上帶笑。「同樣一本書，字好些的，賣的價格自然也高一些。」

常如歡很滿意，而薛陸也一臉震驚，他沒想到抄書賺錢這麼容易。

抄書用的紙筆都是由書鋪提供，但要支付一定額度的押金，他們手上雖然有二兩銀子，但還要去買些薛陸日常用的紙筆。

薛陸犯了難，支支吾吾的不知如何開口。

李掌櫃似乎看出他們的窘迫，主動道：「這樣，看你們也都是老實人，押金就免了，就當是給你們的賠禮了。」

薛陸眼前一亮，再三感謝一番，才帶了紙筆和書籍拉著常如歡離開書鋪。

這邊夫妻倆一走，李掌櫃又回了後頭的正屋。

正屋裡，一名二十多歲的青年男子正坐在貴妃榻上看書，見他進來，眼皮都沒抬。「走了？」

「走了。」李掌櫃答道。看了眼書卷氣息濃厚的東家，還是忍不住問：「東家為何肯給這夫妻倆如此高的價格？」

不管字有多好看，一本書給五百文或六百文已經頂了天，可他們東家只看了那女子的字，便開口給一兩銀子。

男子眼皮抬了抬。「因為我有錢，行嗎？」

李掌櫃一噎，知道他不願意說便住了嘴。

等李掌櫃走了，男子還是維持著剛才的姿勢，只是手中的書卻再也沒有翻到下一頁。

難道真的是她嗎？

他失笑搖搖頭。怎麼可能呢？

一出書鋪，薛陸就激動地拉著常如歡的手道：「娘子，妳可真能幹。」

常如歡好笑。「哪裡是我能幹，我看夫君才能幹呢。」

在薛陸與李掌櫃交涉的過程中，常如歡一反常態的沒有參與，而是讓薛陸去說去談。好在經過這段時間的改變，薛陸表現得還不錯，和李掌櫃說話時也客客氣氣的，並沒有表現出「今後要考狀元所以唯我獨尊」的神態。

來來往往的縣城，一對俊男美女站在書鋪旁引來不少人回頭。薛陸想起剛才書鋪裡旁人的圍觀，眉頭又皺了起來。「娘子，咱們快些去筆墨鋪子買紙張和墨，買完就回去吧。」

常如歡點頭。「好，不過回去時我想順便去看看我爹。」

「行，正好我去找岳父請教幾個問題。」

若是剛回門的時候，薛陸還不敢說這話，但現在他讀了不少書，學問也長進不少，應該可以和岳父探討一些問題了。

薛陸心裡盤算著，買完紙張後便開始思索有哪些不懂的問題可以請教岳父。

岳父是他娘子的爹，他可得客氣一點。對了，還有小不點小舅子，上次去的時候他似乎不大喜歡自己啊……

回常家莊正好遇上鎮上市集，薛陸眼前一亮，對常如歡道：「去岳父家總不能空著手去，前面市集拐角處有一間賣糕點的，咱們去買一些？」

常如歡想到錢氏給她銀子時皺眉頭的樣子，搖了搖頭。「算了，不用買了，去看看就罷了。」

當然，她心裡也擔心，家裡沒了進項，地又租賃了出去，常海生和常如年這些天也不知如何過的。

薛陸不答應，執意去買了一些糕點。常如歡攔不住，只能任由他買了一些。

到了常家莊正是午後，村裡沒什麼人，兩人一路順暢地到了常家。

常家大門還是老樣子，歪歪斜斜的掛在門框上，院子裡隱約傳來一陣讀書聲，聲音稚嫩，卻很認真，一聽便知是常如年。

想到小小的孩子在她出嫁那天倔強的模樣，常如歡的心既心疼又柔軟。

還不等常如歡叫門，就見薛陸推開門喊了一嗓子。「如年，我來了！」

在樹蔭下讀書的常如年循聲看來，瞧見常如歡，眼睛一亮，站起來朝屋裡叫道：「爹，姊姊和那廢物回來了！」

在薛陸十七年的人生裡，聽最多的就是他娘說：「你是天上文曲星下凡，生來就是要考狀元的。其他人你都不必理會，只管好好讀書，等你考上狀元，讓娘揚眉吐氣。」

這話他從七、八歲聽到現在，雖然如今他十七，別說狀元，就是童生也沒考上，但這也不能動搖那個已經在他心底長成參天大樹的念頭。

他的嫂子們因為他讀書的事鬧過，那時他不在乎，認為嫂嫂們是嫉妒他生來就是讀書人。

村裡人嘲笑他，他也認為是那些土包子羨慕嫉妒他會讀書。

後來他有了妻子，從妻子那裡學到了不少東西，雖然根深蒂固的思想一時難以改變，但他的內心卻也將常如歡的家人當成了自己的家人。

尤其那兩人一個是自己的岳父，一個是小舅子。

當他知道自己並不受岳父和小舅子歡迎的時候，他真的很沮喪。

如今小舅子脫口而出「姊姊和那廢物回來了」，這廢物指的是誰，他自然明白。

若是以前，他估計早就跳起來和常如年打一架了，但現在他忍住了，只是臉色非常難看。

常如歡也驚在原地，要多尷尬就有多尷尬。

她早就知道常海生和常如年不待見薛陸，只是沒料到剛剛還讓自己覺得窩心的孩子居然脫口說出這麼一句話。

她瞥了眼薛陸，見薛陸萎靡著臉，一臉委屈，簡直一個頭兩個大。

常如年年少懂事，這麼脫口而出後也後悔地捂住嘴巴，眨了眨大眼睛，看向常如歡時也有些無辜，就差沒在額頭上貼著「我不是故意的」了。

好在常海生很快從屋裡出來了，像是沒聽見常如年的稱呼一般，笑道：「如歡和薛陸來了？快進去，外面熱！」

常如歡拋下尷尬，看著常海生，驚喜道：「爹，你的病好了？」

常海生不過三十多歲，長得也好看，之前因為生病整個人消瘦不少，臉色也難看。

常海生臉上掛著溫和的笑意。「好多了，相信再過不久就和以前一樣了。」

薛陸從低落中回神，規規矩矩到常海生跟前施了一禮。「岳父。」

常海生扶起他。「好了，先進屋吧。」

常如歡和薛陸先進了屋，常海生站在門口瞪了常如年一眼，常如年縮縮脖子，小聲道：「爹，我錯了。」

「錯了就去認錯，道歉也不該跟我道歉。」常海生沈著臉，哪還有溫和的笑意。

常如年撇撇嘴，很不甘心。他覺得他說的沒錯，薛陸可不就是個廢物？而且他爹之前也偷偷的說過，他只不過是不小心說出來還被聽見罷了。

可他也讀了不少書，知道自己的做法不對，況且那人就算再廢也是他的姊夫，他只能去道歉。

常如年耷拉著腦袋進了屋，走到薛陸跟前，低頭道：「姊夫，我錯了，您別生氣。」

薛陸看著小孩子低垂著頭道歉，心裡的火居然也壓了下去，他抬手摸摸常如年的腦袋，笑道：「姊夫沒生氣，姊夫以前確實是個廢物，但姊夫以後一定會努力不再當個廢物。」

若說他生氣也不盡然，更多的應該是尷尬和羞愧。現在小舅子主動道了歉，他也沒必要揪著不放。

常如年見他沒生氣，心裡鬆了口氣，又聽他說以後會努力不當個廢物，又覺得有些愧疚。姊夫以前是廢物，但現在也許是真的改了，他這麼不顧面子的說出來，也難怪他爹這麼生氣了。

常海生身體好了不少，便讓常如歡做了幾道菜，翁婿倆喝了幾杯。只是常海生身體不是很好，只喝了一杯，便被常如歡勸阻了。常海生搖頭失笑。「閨女大了，也敢管爹了。罷了，不喝了。」

薛陸眨眨眼。「如歡是心疼岳父呢。我也不喝了，待會兒還得請教岳父功課。」

常海生看著他，已經不驚訝了。適才聽見薛陸與常如年的對話，他便覺得自己這個女婿已經慢慢在改變了。

吃過午飯後，常海生去歇息了片刻，便起來考校薛陸和常如年的功課。末了，常海生讚許道：「不錯，人有進益，好好努力一番，秋天可以下場試試了。」

這話出口，不光薛陸驚喜萬分，就是常如歡也很震驚。「爹，能行嗎？」

常海生聽出她的疑問，瞪了她一眼，解釋道：「他現在學得雖然不是特別全，但記得倒是紮實。離秋天考試還有幾個月的時間，回去多練練書法，再將四書五經學一遍，就可以去試試，但我估計想通過恐怕很難，只是讓他去感受一下氣氛。」

常如歡點頭，就薛陸現在半吊子的樣子，要想考上秀才確實有些難。

薛陸聽完常海生的話，知道自己考不上有一瞬間的失落，但他也明白，自己前頭浪費的時間太多，只這幾個月便被岳父誇獎，也很不錯了。

接著又聽常海生道：「我身體也好了不少，打算秋天去考舉人。」

第十四章

「爹，您真的要去？」常如歡看著常海生，驚訝問道。她知道常海生考中秀才多年，以為他已經不想再參加科舉了，沒想到現在卻要繼續考。

常海生點頭。「是啊，之前身體不好，現在好些了，也該去試一試了。畢竟考中舉人就更上一層，在村裡也不會再有人欺負咱們了，到時候我可以去縣學教書，如年也可以去縣城的學堂了。」

常如歡想想也是，但又想到科舉要用不少錢，又發了愁。依照常家現在的情況，估計根本沒銀子去科考，她嫁人的這幾個月，爺倆在家也不知怎麼過的。

眼見時候不早，常海生便讓他們早點回去。「反正隔得也不遠，若是有不懂的，隨時來問我，不過這幾日我可能要去鎮上教書，在家時間不長，你們若是來了，家裡沒人，可以去鎮上的青松書院找我。」

薛陸一聽到青松書院就有些尷尬，他之前在鎮上讀書時就是在青松書院，沒想到岳父現在要去那裡教書了。若是讓他問到自己之前在書院的德行，那可怎麼是好？

薛陸如坐針氈，藉口上茅廁跑了出去。

常如歡見他出去了，便將自己出嫁時要來的嫁妝銀子拿出來遞給常海生。「爹，這些銀子您拿著，科舉可是要花不少錢呢。就算您去書院教書，恐怕也沒多少銀子吧？」

常海生一怔，隨即拒絕。「這銀子妳收起來做壓箱底，爹不能要妳的銀子，教幾個月書確實沒多少銀子，可爹還有幾個同窗家裡條件不錯，和爹關係也好，到時候借一點周轉一下也是可以的。」

「可別人的總不如自己的，爹您就拿著吧！我剛從縣城找了抄書的活，一本書也能賺一兩銀子呢！」常如歡急了，直接將銀子塞了過去。

常海生嘆了口氣，只得接過。「罷了，就當爹跟妳借的。妳和他好好過日子，若是實在過不下去，爹也會支持妳的。」

他說得隱晦，常如歡卻聽明白了。若是她真的和薛陸過不下去，而常海生考上舉人，自己就算想和離，常海生估計也會想盡辦法達成她的心願。

不過薛陸一直在改變，雖說她現在還不至於愛上他，但至少是不討厭的。

「爹放心，我會好好的，再說他現在真的進步不少。而且……」她笑了笑。「說實話，別看他這樣，他對我挺好的，在婆婆那裡更是維護我，生怕我受委屈。」

聽常如歡這麼說，常海生這才放下心來，餘光掃向門口，笑道：「快回去吧，在娘家待久了不好。」

常如歡點頭，起來摸摸常如年的頭，便和薛陸回家去了。

路上，薛陸期期艾艾地道：「我以前就是在青松書院讀書……」

常如歡看了他一眼，點點頭。「嗯。」

薛陸見路上沒人，伸手拉住常如歡的手，焦急道：「若是岳父知道我以前在書院那樣……會不會很生氣？」

常如歡笑了，敢情在常家時就擔心，原來是因為這個。她看著薛陸，見他臉上面露焦色，寬慰道：「你以前什麼樣，不用打聽，十里八村的人都知道。」

薛陸臉紅了。原來自己這麼出名啊？只是這名好像真的不是很好，也難怪之前岳父和小舅子那麼看不上自己。

常如歡看他如此在意，便笑道：「行了，爹既然早就知道，你又何必在意？他若真的厭惡你，今日也不會給你指點功課了。」

「嗯。」薛陸心裡這才好受了一些。

回到家，一大家子人都在家裡。若是往常，柳氏和吳氏定會酸上幾句，但自從兩房的孩子跟著常如歡讀書，這兩人也消停不少，薛家難得一派和諧。

從常家回來後，常如歡明顯感覺到薛陸比以前更努力了，之前雖然不錯，但還是會找點時間偷偷懶，可現在都看不到他偷懶了。有時看她教幾個孩子辛苦，還會主動接手，給薛博講解時也認真得很。

到了晚上，薛陸也不會糾纏常如歡要求洞房，而是點起油燈溫習白日學的功課。

天氣越發炎熱，可此時卻是農閒時候，薛家幾個老爺們紛紛走出家門去鎮上找短工做，薛博也不例外，雖然他對讀書很用心，這一個多月來已經將《三字經》學會了，但此時也只能暫停識字跟著去鎮上。

錢氏為了小兒子能順利讀書，也做了規定。出門做短工賺的銀子除了一部分要上繳公用之外，其餘的自家可以留著。

小夥子和大老爺們都出門做工了，家裡的女人也沒閒著。雖然農村的女人做的針線不是很精細，但是做出來賣到鎮上或縣城的一般百姓家還是足夠的。

大房的薛曼自小手巧，也被柳氏以姑娘家不用讀書為由拘在屋裡。二房的薛竹倒是堅持下來，而三房的薛函卻被吳氏關在屋裡跟著她學習針線。薛函倒是想讀書，哭著鬧著也沒能打動吳氏。

最後，每日來讀書的只剩下薛竹和薛東兩個小豆丁。

對於兒子，吳氏是當眼珠子疼的，眼見薛陸讀書日益長進，她又有了其他的想法。那就是讓她兒子也能去考試。

吳氏坐在自家炕上，心裡冷笑。若他們不同意，那就分家！憑什麼錢氏的兒子可以讀書，她的兒子活該當個鄉野村夫？在她眼裡，她兒子可比薛老五那蠢貨強多了。

常如歡正在屋裡教薛東幾人，忽然聽見三房那邊傳來哭鬧聲。

她聽出是薛函的聲音，但薛東和薛竹都在這裡，她也不好說什麼。

薛竹看了常如歡一眼，又瞥了眼薛東，欲言又止。

薛東聽見妹妹哭鬧，反而有點煩躁。「臭丫頭片子，整天就知道哭哭哭，吵死了！」

薛陸正在練字，手腕上綁了一個小小的沙袋，聞言將筆放下，對常如歡道：「娘子，看我寫得如何？」對三房的動靜早就見怪不怪。

常如歡看著這些人的態度，眉頭皺了皺，對薛東道：「你要不要回去看看你妹妹？」

薛東撇撇嘴。「我才不去看呢，就是個愛哭鬼。我娘說了，丫頭片子不能慣著。」

「那你好好讀書吧。」常如歡心裡火大，可薛東是三房的孩子，她也不能管太多，就吳氏那德行，她若真的把薛東怎麼了，還不找她拚命？

屋裡一時寂靜，只有薛函的哭聲隱隱傳來。

許是因為這太過平常，其他幾房的人都沒有出去勸阻，最後還是錢氏聽不下去，站在門口訓斥幾句，吳氏這才甘休。

如今人少了，常如歡閒著的時候便多了。待薛東和薛竹都回去後，常如歡將從書鋪帶回來的書拿出來，如今也抄了一半多。

她寫字快，抄得也快，薛陸放下書本湊過來，一臉崇拜。「娘子，妳真厲害。」

常如歡不以為意地點了點頭。「怎麼厲害了？」

薛陸兩眼冒光。「寫得好還寫得快。娘子不知道，我去年參加童生試，那卷子我都做不完，頂多做了一半。」

常如歡手下速度不減。「你還去參加考試了？考得怎麼樣？」

說到這個，薛陸有些後悔自己嘴快，就他這水平，別說童生試，就是最基本的縣試也沒過。雖然試卷看完了，可試題認識他，他不認識試題。也幸好沒公佈落榜人的試卷，若真的公佈了，估計他的臉也丟盡了。

常如歡見他沒有回頭，歪頭去看他。薛陸被她看得臉發紅，支支吾吾道：「不怎麼樣……」

常如歡了然地點頭。她當然知道不怎麼樣了，《千字文》都沒背全就去考試，能考上才是考官瞎了眼。

可她這樣了然於胸的態度卻讓薛陸很受傷，委屈地看了常如歡一眼，見她又開始抄書，這才滿不情願的自去溫習功課了。

因為這事，薛陸一連消沈了好幾日，平常只要看到常如歡就會嘰嘰喳喳說個不停，現在則沈默了不少，將目光定在書本上的時間也多了。

最讓常如歡驚訝的是，他進步的速度簡直是日益增進，她明顯感覺得出來薛陸與之前大不相同了。

常如歡很是欣慰，於是在去縣城交書稿時又回了趟常家莊。只是常海生已經去鎮上教書了，兩人又去了鎮上，見了面，常海生也感覺出女婿的不同，還誇了幾句。

薛陸終於開心了一點，回到家就對常如歡道：「娘子，妳不生氣了吧？」

「生氣？我什麼時候生氣了？」常如歡哭笑不得。

薛陸滿臉驚愣。「那日我說我去年考過童生試的時候，妳不是生氣了嗎？」

「我沒有生氣啊。」

薛陸斬釘截鐵地道：「有，妳臉色都不好看了。」

「沒有啊。」常如歡想了想，自己真的沒生氣啊，這男人是從哪裡看出她生氣的？

薛陸低著頭，不去看她。「我以後會努力讀書的。」說完又坐回椅子上開始唸書。

常如歡有些跟不上他的思路，實在不知道他為何會如此想。又想到這幾天來薛陸的反常，她一時不知該說什麼。

敢情這男人以為自己生氣了，所以努力讀書讓自己高興呢。

晚上躺在炕上，常如歡一反常態地握住薛陸的手，輕聲道：「我真的沒有生氣，但是看著夫君最近如此努力，我心裡是歡喜的。」

被柔軟的手握著，薛陸心裡喜孜孜的，他往常如歡這邊靠了靠，小聲道：「我以後會更加努力的，我要早些考上秀才，考上舉人。」

常如歡很欣慰，但緊接著她就聽到薛陸的下一句話——

「考上舉人才能真正和娘子圓房呢！」薛陸猶自興奮。

常如歡黑了臉。她可以將這人踢到炕下嗎？

還不等她發怒，薛陸靠她更近，拉著她的手往他褲腰帶裡塞。「娘子，為夫難受，幫幫我吧，都好些天沒做了……」

常如歡的手已經被他迅速塞了進去，碰到了那處火熱的地帶。

常如歡心想：好吧，看在你每日洗澡的分上，就滿足你一回。

於是這晚薛陸舒坦了，常如歡的手也痠到不行。

第二天吃早飯時，柳氏忍不住道：「五弟妹就是好福氣，不用幹活，也不用辛苦地做針線賺錢養家。」

薛博不再跟著五房識字，且還因為識些字在鎮上幫著記數，活計輕鬆不少，不必和他爹薛老大他們一樣只能出苦力。柳氏心裡高興的同時，又忍不住對著常如歡酸言酸語。兒子挺聰明，這麼短的時間就學得這麼好，若是從小讀書，也許能考個秀才回來。可現在薛博就算讀得再好，家裡也不可能供兩個人讀書，有婆婆在，被耽誤的只能是她的兒子。

「吃飯也堵不住妳的嘴。」錢氏瞪了她一眼。

柳氏噎了一下，頓時更難受了。「我也是好心，您看看我們四房哪個不是想法子賺錢補貼家裡，就五弟妹和五弟天天在家待著，家裡還能生銀子不成？」

錢氏陰沈著臉放下碗，指著柳氏道：「我就知道妳不消停，你們這一個月給我的連五百文都不到，可老五家的卻給了我三兩。妳拿得出三兩來嗎？」

三兩？

不光柳氏驚呆了，就連吳氏、小錢氏以及家裡的大小爺們都愣住了。

就五房那德行，也能拿銀子貼補家裡？

錢氏得意地哼了一聲，繼續道：「我知道你們看不慣我支持老五讀書，認為老五是浪費家裡的銀子，可你們現在看到了，老五很上進也很努力，已經進步很多，就連親家都說老五秋天可以再下場試試。而且現在他們夫妻還給縣城的書鋪抄書，這已經賺了三兩銀子了，這三兩銀子你們得扛多少大包才能賺得來？」

那日從常家回來後，薛陸就迫不及待地將常海生讓他秋天去考考看的事告訴了錢氏，錢氏自然高興。

本來其他幾房聽見五房交了三兩銀子貼補家用還挺高興的，但又聽薛陸秋天要去考試，頓時又不開心了。

雖然考秀才是在縣城考，花費少，但蚊子腿也是肉啊！再加上薛陸讀書用的筆墨紙硯又是一筆開銷，估計五房上繳的三兩銀子都不夠，到時候還不是大家一起出？

柳氏臉色不悅。「去年老五不是考過沒考上嗎？今年還去……」簡直是浪費銀子。

一旁的吳氏本來幸災樂禍地看著柳氏找事，這會兒聽了錢氏的話，當即說道：「我也想讓東哥兒讀書考狀元。」

錢氏抬了抬眼皮。「家裡沒那麼多銀子讀書。」她頓了頓，接著道：「而且他現在不是跟著老五兩口子讀書嗎？」

吳氏迅速將碗裡的飯吃光，底氣十足道：「跟著老五兩口子只是暫時的，我的意思是東哥兒也要考秀才、考狀元。」

第十五章

「妳瘋了？」錢氏聽見這話，頓時大怒。「家裡供不起兩個讀書人，跟著識字也就罷了，他考什麼秀才，考得上嗎?!」

在錢氏的眼裡，除了薛陸，別人都不是讀書的料，所以吳氏說讓薛東讀書考秀才，她心裡是不屑的。也不是說她不心疼孫子，只是孫子和兒子比起來，還是兒子更親一些。

這話落在薛家各房的耳朵裡，卻很失望。

薛老漢看了老妻一眼，張了張嘴沒說話。

幾個兒子看了他娘一眼，心裡滿是苦澀。

而幾個媳婦除了周氏外，心裡都苦到家了。在婆婆眼裡，除了薛陸，其他人都不配讀書。

大房的兩個兒子大了，柳氏除了嘴上過過癮，也不敢真的和錢氏鬧起來，而吳氏則想鬧大，然後分家。

吳氏聽了錢氏的話，一拍腿坐到地上哭了起來。「這日子沒法過了，我還活著幹什麼呀！憑什麼五弟就可以讀書，我兒子就不能讀書？五弟學了這麼多年，連個童生都沒考到，我兒子卻活該當個睜眼瞎啊……我不活了……」

常如歡坐在那裡覺得尷尬極了，薛家的矛盾，追根究柢都是因為薛陸讀書引起的。

可若要她放棄讓薛陸從此不讀書，她更做不到。

薛陸看著他三嫂大哭，有些不高興了。「三嫂妳哭啥，東哥兒若是想讀書去讀就是了，想考秀才去考就是了，幹什麼要死要活的？況且他現在不是每天都在讀書嗎？」

「你閉嘴。」錢氏瞪了薛陸一眼，轉而氣沖沖地對吳氏道：「吳氏妳是要造反嗎？不願在薛家待著就滾回吳家去。」

吳氏哭聲一頓，不可置信地看向錢氏。「娘您是要休了我？」

錢氏冷哼。「妳若還如此胡攪蠻纏，休了妳也沒什麼。妳現在的行為是不孝，是想逼死我這把老骨頭不成？」

吳氏苦笑。「我逼您？娘，您摸著良心說話，我們幾房為家裡付出的還不夠多嗎？為了薛老五，我們勒緊褲腰帶過日子，他每天好吃好喝地供著，不用幹活，吃的卻是最好的，中午還有娘偷偷送吃的。您再瞧瞧我們幾房的孩子，哪個不是面黃肌瘦的？」

這婆媳倆一鬧，正在吃飯的孩子們都嚇得將碗筷放在桌上，不安地看著大人們。

常如歡嘆了口氣，不得不說吳氏說的都是實話。看著幾房孩子的樣子，她也有些於心不忍。她現在倒覺得分家也好，雖說薛陸科考花費多，但是她現在也能抄書賺錢，而且她也可以去找李掌櫃商量偷偷寫話本子賺錢的事。這樣省吃儉用一些，怎麼也能攢夠薛陸科考的銀子吧？

她這邊還沒開口，那邊錢氏也一拍腿坐在地上哭。「我命苦啊，嫁到薛家幾十年，卻被媳婦這麼指著鼻子罵，我活著還有什麼意思啊！老三啊，娘待你不好嗎？你五弟是讀書的料，可東哥兒真的就有讀書的天分嗎？我不活了我——」

錢氏看向薛老三，希望薛老三和以前一樣站在她這邊，訓斥吳氏。

吳氏也抹著眼淚，苦兮兮地盯著薛老三。

薛老三抿著嘴，抬頭看了薛老漢一眼，將問題拋給他爹。「爹，您怎麼說？」

薛老漢看了兒子一眼，又看了臉色不好的薛陸一眼，垂下眼皮，一聲不吭。

薛老三有些失望，半晌抬頭對錢氏道：「娘，我覺得孩子的娘說得沒錯。兒子也覺得東哥兒聰明，近來他跟著弟妹學了不少字，若是條件允許，去考秀才那也不是不可能的。」

錢氏氣得一頓。「老三，連你也這麼說？你這是在埋怨娘嗎？」

薛老三平日沈默寡言，心裡卻不是沒有想法。「兒子不敢埋怨娘，但是娘，老五是您的兒子，您心疼他是當然的，可我也是您的兒子啊，您能不能也心疼心疼我？」

在薛陸出生之前，錢氏最疼的是大兒子，後來兒子多了也不稀罕了，對兒子多有忽略，因此錢氏從未想到兒子會對她埋怨這麼深。

就算上次吳氏鬧著要分家，也被薛老三攔了下來，可這次薛老三卻站在自家媳婦這邊。

錢氏抹著眼淚，哭道：「都是我的兒子，我自然心疼的。」

薛老三道：「那娘……」

「老三，你想氣死你娘嗎？」一直沈默的薛老漢突然出聲呵斥。

薛老三苦笑一聲，看了看幾個同樣苦笑的兄弟，嘆了口氣。「爹，連您也是這樣，可東哥兒是我的兒子，我不能為了兄弟，不顧兒子的前程。」他閉了閉眼。「爹，把我們分出去吧。」

薛老漢和錢氏瞪大眼。「分家？」

薛老三疲憊地點頭。「與其大家不齊心，倒不如把我們分出去，各過各的，今後爹娘如何疼老五，我們也不管了。」

吳氏眼睛一亮，看向薛老三的眼神充滿了崇拜。

周氏默默抬頭看了眼薛老二，心裡也挺贊成，可她又不敢開口，只能抿了抿嘴，又低下頭去。

錢氏見兒子如此，頓時尖叫阻攔。「不行！想分家，除非我死了！」

薛老漢皺著眉。「父母在，不分家，這是祖宗傳下來的規矩。」

柳氏沒料到自己只是酸了幾句，最後卻引發分家大戰，若是早知如此，她就管住自己的嘴，何必因為一點小心思就鬧得雞犬不寧。更何況分家對他們大房太不利了，她可不願意。

柳氏和薛老大坐得近，伸手偷偷扯了扯他的衣襟。

薛老大對薛老三道：「三弟，這分家的話不要再提了。」說完看向薛老二，希望薛老二也能說幾句。

誰知薛老二開口道：「我同意三弟的說法，分家。」

三房好歹有兒子，可二房連兒子都沒有，這麼過下去，他們二房就是替其他人做工攢銀子了。而且因為沒兒子，他娘不待見，他爹不喜歡，就是媳婦和三個閨女在家裡都受到排擠。他看在眼裡，自然心疼。

「老二！」薛老大氣得瞪眼。

「二哥，三哥胡鬧，你怎麼也跟著胡鬧？」氣得脖子通紅的薛陸突然開口。

常如歡無奈地閉了閉眼。這個笨蛋，現在鬧起來還不是因為你？

「老五，我們兄弟幾個待你不薄，這些年我們為家裡付出那麼多，不都因為你嗎？」家裡心思最活絡的薛老四似笑非笑地看著薛陸。

薛陸吶吶的不知說什麼好，他現在也知道了一些事，不再和以前一樣愚蠢，自然明白幾個哥哥想分家是為了什麼。

可他娘和爹明顯不想分家，這讓他很難過。

看著他這樣子，薛老四輕哼了一聲，對薛老漢道：「爹，分了吧，我也贊成。咱們雖然不怕苦、不怕累，可怕銀子投進去聽不見個響。我還得攢銀子養兒子呢。」

「四哥你們不還沒孩子嗎……」薛陸小聲嘟囔。

薛老四眉頭一挑。「可你四嫂已經懷上了，馬上就三個月了，我得給孩子攢銀子讀書啊。」

薛老漢抬頭看了眼心思各異的兒子，臉色難看極了。

而錢氏則兩眼一翻，砰地摔在地上。

「娘，您怎麼了，您別嚇我呀！」跟錢氏坐得近的薛美美大叫一聲，立刻去扶錢氏。其他人一看錢氏暈過去了，也不敢再說了，七手八腳地將錢氏抬進了裡屋。

「夫君，趕緊去找大夫。」常如歡對薛陸道。

薛陸慌了神，聽見常如歡的話這才反應過來，飛快地跑了出去。
柳氏幾人面露尷尬，紛紛上前，拿毛巾的拿毛巾，端水的端水。
薛老漢皺眉看著。「行了，你們都回去吧。」
薛老二幾個眼見這樣，卻不敢走，一大家子都在吃飯的堂屋等著大夫過來。
村裡的大夫很快就被薛陸拉來了，給錢氏看過後，說道：「老太太是急火攻心，加上天熱，這才暈了過去。吃幾帖藥就好了。」
聞言，眾人終於鬆了口氣。
薛老漢看著幾個兒子，一陣煩躁。「行了，都回去吧，別在這杵著了。」
薛老二等人只能出去，誰也不敢在這時候提什麼分家的事了。
常如歡看眾人都走了，薛陸還蹲在炕沿上看著錢氏，便拉了拉他的手。「先回去吧，讓娘歇會兒。」
薛陸擔憂地看了眼錢氏，點了點頭。
兩人出了裡屋還未出堂屋，薛美美突然跑出來追上他們。「都怪妳這個狐狸精，如果不是妳，我幾個哥哥又怎麼會想分家？我娘怎麼會病了？都是妳這個掃把星，說不定我娘都是妳剋的呢——」
「薛美美，妳閉嘴！」常如歡還沒發怒，薛陸已經怒急，加上他也擔心錢氏，自己媳婦又被妹妹這麼說，直接一巴掌甩在薛美美臉上。
「這是妳的嫂子，妳最好注意妳的態度和語氣，再讓我聽見一次我就打一次！」薛陸怒瞪著薛美美，他自己都捨不得對媳婦說重話，可他的妹妹卻張口就來。

薛美美白嫩的臉頰頓時紅了一片，她捂著臉有些不敢置信地看著她五哥，吶吶道：「五哥，你為了這個狐狸精打我？」

薛陸瞪眼。「妳再說，我還是打。」

「你不是我五哥，我五哥才不會打我！」薛美美流著淚，看著薛陸的目光要多失望有多失望。

薛老漢聽見動靜從裡屋出來，看見薛美美在哭，便看向薛陸。「這是怎麼了？」

薛陸不自在地扭過頭去，拉著常如歡便走。「我們回去了。」

兩人離開後，隱約還能聽見薛美美的哭聲和薛老漢的詢問聲。常如歡皺眉對薛陸道：「其實她也是關心娘，被說兩句也沒什麼。」

薛陸抿著唇，步子邁得很大，卻沒回她的話。

常如歡倒是頭一次見薛陸發怒，有些稀罕，她扯了扯薛陸的袖子。「哎，你剛才的樣子挺男人的。」還怕他不信，又在後面加了兩個字。「真的。」

薛陸還是不吭聲，直到進了他們的屋子，將門關上，才開口道：「什麼叫沒關係，這年頭的謠言還不夠多嗎？他們說我也罷了，畢竟我以前的確混帳。可妳那麼好，他們怎能誣陷妳？」說著他臉都紅了。「再說妳是我媳婦，我都捨不得罵，其他人憑什麼罵？」

常如歡噗哧一聲笑了。當個被維護的女人，感覺似乎還不錯。

薛陸看她笑了，臉更紅了，偷偷瞄了常如歡一眼，小聲道：「還有，我本來就是男人，妳早就知道的。」

常如歡徹底憋不住了，大笑出來。「我知道你是男人，我的意思是你今天的表現挺爺兒們的，很好，不錯。」說著還豎起了大拇指。

薛陸不知道豎大拇指是什麼意思，可還是被常如歡笑得有些著惱。「娘子，妳別笑了……」

常如歡憋住笑意，看向薛陸，見他臉紅得都快滴血了，便忍著不再笑了。

薛陸賭氣般坐到椅子上，嘆氣道：「二哥、三哥、四哥都要分家，這可怎麼是好？娘子，妳那麼聰明，有沒有什麼辦法讓他們不分家？」

在他的想法裡，一大家子住在一起多好，有什麼事也好商量。三個哥哥非得要分家，這在薛陸看來是不能接受的。

「其實，分家也沒什麼不好。」常如歡瞄了他一眼，試探著道。

果然就見薛陸眉頭皺了起來。「爹娘都還在呢。再說了，父母在，不分家，現在若是分了家，村裡人還不知道怎麼看我們。」

這話一出口，常如歡就像看怪物似的看著他。薛家什麼名聲，在薛家莊還能更差嗎？而且這些謠言都是因為誰，難道他一點都不知道？以前他不在乎，現在居然在乎了？

「娘子，為何這樣看我？」薛陸被她看得發毛，戰戰兢兢問道。

常如歡走到他跟前，伸出食指挑起他的下巴。「你覺得咱們家現在在村裡的名聲怎麼樣？」

薛陸嘴角抽了抽，不說話了。

「分家也是為了各家能過得更好些，跟名聲有什麼關係？名聲能填飽肚子嗎？能讓哥哥嫂嫂們沒有怨言嗎？」常如歡看他窘迫的樣子，便放開了手，薛陸明顯鬆了口氣。

她繼續道：「這些年，哥哥嫂嫂們為你付出的夠多了，現在他們想為了自己的小家而努力，你非但不能阻止，還要支持。」

薛陸囁嚅。「可是……」

常如歡挑眉。「可是你爹娘還活著是不是？你爹娘什麼態度，你也看在眼裡，一日不分家，哥哥嫂嫂家的孩子就一日得不到重視。聽聽你娘今日說什麼，東哥兒不是讀書的料？」

她頓了頓，看著薛陸的臉色慢慢變了，卻還是繼續說下去。「薛東現在雖也貪玩，但這幾個月學的東西，跟你前面五、六年學的差不了多少吧？」

薛陸被她最後這句話說得紅了臉。他以前的確很混，學的東西也少，而仔細算起來，薛東這幾個月學的字真的不少。

他知道他娘將目光和希望都放在他身上，以前他並不覺得有什麼不對，可現在聽娘子這麼說，他也認為哥哥嫂嫂的確沒義務拿銀子來供自己讀書，而不是給他們自己的兒子。

薛陸沈默，半晌才充滿希冀的看著常如歡，輕聲道：「我也想等我考上狀元後就報答他們。」

第十六章

常如歡看他這樣，知道他心裡也不好過。不過有這樣的想法總比以前將別人的付出當作理所應當要好。

「你考上狀元後就不認他們了嗎？就嫌棄他們是鄉下人了嗎？」常如歡看著他問道。

薛陸搖搖頭。「應該不會。」

常如歡鬆了口氣，笑道：「那就是了，分家與否跟你以後報答他們是不衝突的。現在家裡的情況你也看到了，娘不同意幾個姪子讀書，但分了家就不一樣了，他們可以依據自家條件決定要不要讓自己的孩子讀書。路是他們自己選擇的，娘和你和我都沒有權利替他們決定。」

她眼睛明亮，照得薛陸心裡一片清明，他從未像現在這樣想得透澈，有一瞬甚至覺得自己前面十七年都是白活了，只有跟常如歡成親之後才真的活了過來。

他望著常如歡，心裡軟軟的，接著伸手拉住她的手，將人拉進懷裡。

薄薄的夏衫隔不住兩人的心跳，他感受著，心竟也慢慢平靜下來。

他可以好好練字，也可以和常如歡一樣抄書賺錢，他也可以想其他法子賺取銀子讀書，而不是一味要求兄長們無償付出。

薛陸下了決定。「娘子，那我去和爹娘說。」

在這個家裡，除了薛陸，沒人能影響得了錢氏的決定。

常如歡看著他，在他唇邊親了一下。「嗯，但是你要慢慢說，將你的決心表現出來，別氣著娘。還有，你問問二老，若是他們願意，讓他們跟著我們過也可以。我現在可以抄書賺錢，再想些其他的法子，應該足夠養活我們了。」

她也可以寫話本子賺錢，添上老倆口和薛美美，應該沒有太大的問題。

薛陸聽到常如歡竟然這樣說，一陣感動。

「怎麼，感動了？要以身相許嗎？」

薛陸感動沒多久，就被常如歡這句話打回原形。

可是看著娘子美貌的臉蛋……他真的想以身相許怎麼辦？

可薛陸有賊心沒賊膽，偷偷摸摸抱了抱常如歡便乖乖去堂屋看錢氏了。當然，他不會傻到這時候說這事，只是去安慰錢氏，又和薛老漢說了幾句話便回來了。

由於錢氏病了，這天晚上吃飯時異常沈默，兄弟幾個有默契地沒有再提分家的事，但是薛老漢卻知道這是暴風雨來臨前的寧靜，等錢氏病一好，估計這事還會再被提出來。

難不成讓錢氏一直病著？薛老漢瞅了幾個兒子，嘆了口氣。

吃完飯各自回了屋，薛老四就圍著小錢氏轉。

「娘子剛才沒怎麼吃，妳想吃什麼，我明日去買給妳。」

小錢氏含笑斜睨他一眼。「你有銀子嗎？」

薛老四狡猾一笑。「當然有，我偷偷存的，少上繳一些，總得給咱兒子攢銀子以後娶媳婦。」

小錢氏摸著還未顯懷的肚子，故意問道：「若是丫頭呢？」

薛老四笑道：「丫頭就丫頭唄！先開花再結果。」

小錢氏滿意地笑了。「這還差不多。」頓了頓又問：「唉，你說分家這事能成嗎？」

薛老四撐著下巴想了想。「我覺得這事關鍵在老五，他若是出面同意分家就能成。」

「老五又不傻，離了咱們幾房就他們兩口子能活得下去？能同意才怪。」小錢氏嘟著嘴，突然覺得剛才的高興都是假的，分不了家他們兩口子還得給家裡做牛做馬，生了兒子還得給薛陸讓路。

薛老四卻老神在在。「這可不好說。」雖然他也沒有把握，可直覺五房兩口子會同意分家。

為什麼會這麼想他也不知道，也許是五房最近賺了點銀子就有底氣了？

他搖搖頭，其實這事前面四房都沒當回事。

他們一致認為五房抄書能賺來三兩銀子已經是頂了天了，沒有哪家書鋪會這麼傻的給那麼多銀子，今後能不能賺到還不好說呢。

「若真分了家，五房兩口子過不下去了，咱們幾房管還是不管？」小錢氏問道。

薛老四想都沒想，便答道：「他若肯腳踏實地的做，咱們兄弟幾個也不會因為分家就不管最小的弟弟，但他若還是一腦門子考狀元，日子過不下去，咱們也只能管他溫飽了，其他的是不能管的。」

聽他這麼說，小錢氏這才放了心。

每個人心裡都有自己的私心，錢氏因為自己疼愛小兒子的私心，讓四個兒子無償為薛陸奉獻了七、八年，自己的孩子耽擱了，家裡的氛圍也變了。

他們已經迫不及待脫離薛家，開始他們的新生活。

錢氏這一病就是三、四天，起初各房的人都還能穩得住，到後來卻都坐不住了。

吳氏氣得在屋裡罵人。「你娘這是裝病呢！不就是為了不分家嗎？前幾年上吊嚇唬我，說我不孝，現在又病了，到時村裡還不得說咱們逼著你爹娘分家，將你娘氣病了呀！」

吳氏是個掐尖要強的女人，被逼急了也不怎麼怕事，雖然幾年前被錢氏強勢鎮壓，但是並不代表她放棄了，況且這次不管是薛老三還是二房、四房都站出來要求分家，所以吳氏覺得她沒必要怕了，必須堅持下去，就算錢氏裝病，也不能將這事糊弄過去。

「薛老三我告訴你，這次若是不能分家，我絕對沒完！」

吳氏氣急敗壞地在屋裡走來走去，繞得薛老三腦仁疼。

「行了，我去找二哥和老四商量商量。」

另外兩兄弟也急得上火，三人坐在一起一合計，決定將薛陸叫來問問他到底是怎麼想的。

不過出乎他們意料的是，在薛東去叫人時薛陸居然來了，而且臉色沒有半分不高興的樣子。

薛老二和薛老三看著薛陸，期期艾艾的不知如何開口，薛老四急了，開門見山道：「老五，今日我們三個叫你過來，就是想問問你，同不同意分家？」

在來之前薛陸已經有了心理準備，這幾天常如歡又不停對他洗腦，否則以那天的狀態過來，非得和幾個哥哥打起來不可。

現在他已經想明白了，對於他們提出來的問題，也知道怎麼回答。「二哥、三哥、四哥，我同意分家。」

這話一出，不光薛老三和薛老二驚訝，就連抱著試試看的態度將他叫來的薛老四都訝異了。

薛老三激動得眼睛都紅了，顫抖著聲音問道：「你、你真的同意分家？」

薛老二和薛老四雖然沒說話，但也眼睛不眨地看著他。

薛陸被三個哥哥看得有些不好意思，眨眨眼道：「當然。」

「你媳婦知道嗎？她同意？」

薛陸抿抿嘴。「就是她說服我同意的。」

薛家三個老爺們若有所思地互看了一眼。他們就想以薛陸這腦子，怎麼也不可能同意，原來是弟妹同意了，而且還說服了這榆木腦袋。看來他們得好好感謝弟妹啊。

薛老二、薛老三和薛老四心裡滿是驚喜，拉著薛陸狠狠誇了他幾句。

薛陸從小到大聽慣了錢氏的誇獎，卻還是頭一次聽見哥哥們的誇讚，心裡也很是高興。

薛老二有些不好意思，問道：「要是分家了，你還打算讀書嗎？」

薛陸一愣。「讀啊，為啥不讀？我娘子說了我最近進步很快，今年秋天可以去試試童生試。」

薛老四又問：「你們哪有銀子去考？這樣你們以後吃什麼、喝什麼？」

薛陸實話實說。「我娘子說了，讓我暫時不用擔心銀子的事，她說她會想法子，只讓我好好讀書。」

薛老二和薛老四對視一眼，哥三個表情很微妙，敢情弟弟同意分家是弟妹的主意，就連以後養家也要靠弟妹。

薛陸見三個哥哥這樣，以為他們是擔心他，趕緊保證道：「困難只是暫時的，我肯定會努力讀書，等我考上秀才就可以到縣城坐館教書，就能賺銀子了。」

看著從前不知人間疾苦的弟弟突然上進，他們三個當哥哥的心裡有種「吾家有兒初長成」的感慨。儘管他們想再勸他讓他打消讀書的念頭，但看薛陸這樣，就知道人家夫妻倆已經商量好了，根本不需要他們多嘴。

薛陸走後，薛老二對薛老三和薛老四道：「要不……分家的時候咱們吃點虧，給老五多分一點算了。」

薛老三和薛老四點點頭，嘆氣道：「只能這樣了，只盼著他真的上進了。要不然咱們也只能管他們溫飽，多了是不能了。」

另外兩人點點頭，默認了這點。

薛老四突然道：「對了，咱們幾個在這兒說，大哥會不會不高興？」

薛老三皺眉。「他怎麼想的你們還不知道？」

他們這麼想，柳氏和薛老大卻不是一樣的想法。

柳氏看著薛東跑來跑去的，便將他叫過來。「你二伯和四叔跟你爹他們說什麼呢？」

薛東十歲了，也知曉些事情，他娘特意叮囑過他不能隨便亂說，且若是分家成功，他娘就將他送到鎮上學堂去唸書，所以柳氏問他時便留了個心眼。「沒啥，就是說說閒話。」說完就跑了。

柳氏站在原地恨得咬牙切齒，接著匆匆回了屋裡。「當家的，我跟你說，老二、老三和老四他們三個在一塊不知道在說些什麼，而且我剛才看老五也從老四家出來，你說他們四個會不會串通一氣要求分家？」

薛老大皺著眉，想了想搖搖頭。「應該不會吧！就老五那德行，能同意分家才怪。爹和娘不願意分家說到底都是為了他，他總不至於被他們幾個攛掇幾下就同意了，再說那五弟妹也不是省油的燈，老五若真的敢私自答應分家，五弟妹能不跟他鬧？」

柳氏一聽覺得也有道理，便放下不提，只是傍晚越想越不放心，便趁著做晚飯時拉著常如歡的胳膊小聲問：「五弟沒跟妳說今日老二他們找他幹什麼？」

常如歡淡淡看她一眼，知道她在擔心什麼，便道：「沒說。」

柳氏一聽急了，拉著她到了外面。「五弟妹，妳可別犯傻，要是真的分了家，你們五房可就啥也沒有了。老五不是個能種地的，妳也不行，你們兩口子吃啥喝啥，大家一塊過多好，你們也不用下地，好好讀書就行了。」
見她不說話，柳氏又忙道：「不是大嫂說妳，男人啊最是心軟，他今日被老二他們叫過去，還不知被灌了什麼迷湯，妳回去可得好好問問，別讓老五被唬住了。」
遠遠的，吳氏過來了，柳氏只能住了嘴，小聲叮囑。「妳可別忘了啊。」
常如歡點點頭。「好。」
這日晚飯，除了大房，其他人都吃得挺開心的。薛老漢不明所以，只以為是因為錢氏病好些了的關係。若是他知道幾個兒子是因為薛陸答應說服他們分家，不知道會不會氣得吐血。
晚飯後，常如歡等人先去看望錢氏後再各自回房，薛陸則和往常一樣留下來跟薛老漢及錢氏說說話，誰都沒有特別注意。
等所有人走後，薛陸便對薛老漢道：「爹，分家吧，別擰著了，對大家都不好。」
薛老漢還以為他要說啥，誰知他突然來了這麼一句，一時沒反應過來。「你說啥？」
薛陸看著他爹，覺得他爹真的老了許多。也是，他爹今年都六十了，身子一日不如一日。都是為了他，爹和娘才那麼壓迫哥哥們，若不是他，家裡也不會成了十里八鄉的笑話。
薛陸看著他爹，重複了一遍。「爹，同意分家吧，分了也好。」
「你個兔崽子！」薛老漢聽明白了，一巴掌拍在他臉上。「連你也這麼說、連你也這麼說！」最後聲音都哽咽了。
薛陸喉嚨發酸，完全感覺不到臉上的疼痛。

病。

雖然他爹不喜歡說話，可他爹是最疼他的；他娘也是，要不然現在也不會躺在炕上裝病。

這是薛陸十七年來第一次挨父母的打。他知道薛老漢為何打他，因為他覺得他看不清形勢。

可錢氏裝病的這幾天，他已經考慮得很清楚了，這個家非分不可，若是強硬的讓各家一塊生活，過不了幾年還是會爆發更大的爭執，那時候這個家可就真的散了。

第十七章

「爹，您和娘疼我我知道，可四個哥哥也有自己的孩子要養，您不能要求他們像養自己兒子一樣養著我，他們沒有這個義務。」薛陸看著他爹緩緩說道。

「就因為我讀書，大哥家的兩個姪子只能種地，大熱天的出去做工。現在三哥家的薛東也大了，難道還要讓他重蹈他們的覆轍？」

薛老漢嘆了口氣蹲在屋裡，拿出許久未抽的旱煙點上。煙霧瀰漫中，薛陸有些看不清他的臉。

今日他必須和他爹說明白，到時他爹就能說服他娘了。他頓了頓接著道：「我前面十七年過得渾渾噩噩，覺得大家讓著我、將最好的東西給我都是應當的，可這些都不是理所當然的。」

薛老漢聽了半晌，也只發出一聲嘆息。「可你是要考狀元的，等你考上狀元——」

薛陸苦笑一聲打斷薛老漢。「爹，我從七歲得了道士斷言就開始讀書，至今已經十年了，若不是娶了如歡，我連《千字文》都背不過。就是現在，我也沒有把握能考上秀才。」

薛老漢臉上有些痛苦，似乎有些不能接受他這番話。

薛陸是天上文曲星下凡，生來就是考狀元的——這句話是支撐他和錢氏十年的支柱。在他們兩口子心裡，他們的小兒子是最聰明的，他們從來沒有想過他會考不上狀元。

可他現在聽兒子說他連秀才都考不上，更別提狀元了。

以前他和錢氏聽著鄰居的嘲笑，只以為是他們嫉妒，現在看來許是薛陸之前真的沒有好好讀書，真的是在浪費銀子而被人笑話。

薛老漢抽完煙，將煙鍋在地上磕了磕，再抬頭，皺紋似乎都多了許多。「分家就能好了？」

薛陸有些不忍心，但還是道：「嗯，分了家，四個哥哥為了自己的小家也會努力上進的。他們可以選擇讓自己的孩子讀書或種地，而不是每日埋怨我拖累了家裡。他們不必再擔心賺了一點點銀子還要上繳公用，連給孩子買件新衣裳的銀子都沒有。」

他指了指自己，笑道：「沒了爹娘和哥哥們無償的付出，我也會努力的，我會為了給娘子一個好的環境而努力，會為了爹娘的榮耀而努力。爹，您看，分家有這麼多好處呢。」

這些話有些是常如歡講給他聽的，有些卻是這幾天他自己想明白的。想明白後，心裡似乎也開闊不少。

也許現在他需要娘子養，但幾年後他一定會讓娘子過上好日子，讓爹娘以他為榮。至於哥哥們，他有能力自然竭盡所能，畢竟哥哥們也是疼他的。

薛老漢嘆了口氣，淡淡道：「你先回去吧，這事我再和你娘商量商量。」

薛陸見他爹聽進去了，鬆了口氣後又有些不忍，走到門口回頭道：「爹，如果您和娘願意，跟著我們過吧。雖然現在日子苦了些，但會好起來的。如歡說了，一定會對您和娘好的。」

薛老漢聽到這話，驚訝地看他一眼，斥道：「胡說什麼！有你大哥在，我們怎麼可能跟著你們，就算沒有你大哥，還有你二哥、三哥、四哥呢，怎麼也輪不到你們。」

薛陸笑笑。「您和娘商量商量，我和如歡都希望您和娘跟著我們。」

薛老漢擺擺手。「行了，趕緊走吧。」

過了許久，薛老漢才起身進了裡屋，對錢氏道：「妳都聽到了？」

錢氏沒睡也沒病，那日暈倒雖是急火攻心，可過了一夜就好了，這幾天她是在裝病。

剛才薛陸和薛老漢在外面說的話，錢氏隔著一堵牆也聽得清清楚楚。

起初她聽見薛陸說要分家，心裡也很難過，她這麼壓著幾個兒子不都是為了他嗎？可他卻要分家！

後面的話她也聽見了，有幾次她真想跳起來去問問他心裡還有沒有她這個娘，最後都沒有動。

錢氏臉上滿是淚水，她當然知道幾個兒子和兒媳婦對她的埋怨，可一想到那道士的話，她就能狠得下心來。只要薛陸考上狀元，薛家全家都能過上好日子。

這是支撐她苛待幾個兒子的信念啊。

錢氏心裡不好受，她看向薛老漢，希望薛老漢能繼續站在她這邊，可薛老漢卻道：「兒子們都大了，老大現在都當爺爺了，分吧，各過各的吧！」

錢氏一聽急了。「老頭子！」

別人不瞭解薛老漢，錢氏卻是瞭解的。雖然在薛家表面上都是錢氏說了算，但這一切都是薛老漢默許的。包括讓薛陸讀書這件事，也是有薛老漢的縱容，否則她一個女人家又怎麼可能拗得過全家？

可現在薛老漢被說動了，錢氏心裡一陣灰敗，失望透頂。

薛老漢坐到炕沿上，看著瞬間老了幾歲的老妻，嘆了口氣。「兒孫各有兒孫福，讓他們自己去闖吧！」

錢氏張了張嘴，哽咽道：「那……那老五怎麼辦……」

他們兩口子最心疼的老五從小到大都沒吃過一點苦，讓他自己分出去過日子，他們兩口子可怎麼活呀。

薛老漢其實也擔心，雖然薛陸信誓旦旦的說他會努力、會養活自己，但做父母的還是忍不住憂慮。

「也許兒媳婦有法子賺錢吧。」薛老漢只能這樣安慰自己。

錢氏卻不同意。「媳婦要是有本事，她娘家會窮成那樣？」

常家大伯娘和嬸娘為了五兩銀子都能逼著姪女嫁人，甚至還逼得姪女差點上吊，這些錢氏後來自然聽說了。

當時她便對常如歡不喜，但耐不住薛陸對這媳婦言聽計從、疼愛有加，這才讓她忍了下來。雖說這一個月常氏給家裡交了三兩銀子，可全家包括錢氏都不相信這賺錢的法子能夠長久。

錢氏看著薛老漢，斬釘截鐵道：「就算要分家，那也得給老五多分一點。」

薛老漢點點頭沒有反駁。「這是自然。還有美美的嫁妝也得提前準備好。」

錢氏皺眉。「一個丫頭片子罷了，嫁妝少些無所謂，給老五的絕對不能少了。」

薛老漢又道：「老五說想讓咱倆跟著他們過。」

錢氏想也不想就道：「那不成，老五家本來就困難，咱們可不能再給他們添麻煩，況且還有老大在呢。」

薛老漢點頭。「我也這麼想的。」

就這樣，老倆口總算是同意分家了。

薛陸從堂屋出去時，就看見了探頭探腦的薛老三和薛老四。

兩人看著他臉上頂著偌大的巴掌印，心頓時沈了下去。

難道爹還是不同意分家？否則為什麼會打老五？要知道老五可是老倆口的心頭肉啊。

薛陸看著兩個哥哥臉上滿是擔憂，扯了扯嘴角。「爹說考慮考慮，估計是成了。」

薛老三和薛老四一臉驚喜。「真的？」

薛陸臉疼得厲害，只點了點頭便回屋了。身後薛老三和薛老四已經抑制不住興奮，跑回去和老婆孩子宣佈這個好消息了。

薛陸苦澀一笑，關上房門，正對上常如歡擔憂的臉。

頓時臉上的巴掌印更疼了，特別需要娘子的關懷。

「爹打的？」常如歡站起來看著他的臉問道。

剛才還一臉堅強的薛陸頓時委屈地垮了臉。「嗯，爹打的，可疼了。」

常如歡不由得好笑，她端了盆水回來，將帕子打濕遞給他。「捂一捂，試試看管不管用。」

薛陸眼珠子轉了轉，不伸手接，而是將臉往前一湊。「娘子幫我捂。」

常如歡看著他的無賴樣，氣得笑了笑，將帕子摁在他的臉上。

薛陸吃痛，一手摸著臉，一臉幽怨的看著常如歡。「娘子……」

常如歡上輩子見多了各色男人，對於薛陸這年紀的小鮮肉自然也見了不少，但她的那些學生對她都有深深的恐懼，而不是和眼前這個一樣，敢眼巴巴地對她賣萌。

「娘子，我今天表現得是不是很好？」薛陸很快忘了常如歡給他的「傷害」，轉眼又邀起功來。

若是娘子好說話，說不定晚上可以讓他舒坦舒坦。薛陸腦子裡愉快地想著。

看著他這副德行，常如歡真是討厭不起來，甚至看他挨打，心底還隱隱心疼。

對於這樣的男人，她還不想放棄。

「嗯，不錯。不過別人打你，你為什麼不躲？」常如歡看著他被打腫的臉，可想而知薛老漢是真的動了怒氣。

薛陸眼皮垂下，有些低落。「爹娘一直都疼我，挨一下也沒什麼。」

看薛老漢動怒，薛陸也是不忍心。

常如歡嘆口氣，摸摸他的臉。「事已至此，只能看爹娘如何決定了。」

再說薛老三和薛老四，從薛陸這裡得了好消息後便迫不及待回了自己屋裡。薛老三對薛東道：「去告訴你二伯，事情成了。」

薛東將好消息告訴薛老二，一時間三房皆大歡喜。

到了第二日做早飯時，幾房人心照不宣，一片和諧，除了柳氏，每個人臉上都掛著若有若無的笑容。

薛老漢看兒子和媳婦們這副表情，哪裡還不知道他們心中所想？他心裡頓時有些難受，喝了碗粥便放下了筷子。

已經「痊癒」的錢氏看著薛老漢的樣子，皺了皺眉，開口道：「我和你們爹商量過了，我們同意分家。」

原本還在吃飯的眾人一聽，都停了下來，不管大的、小的都抬頭看著錢氏，等著她繼續往下說。

錢氏苦笑一聲。「以前我阻攔分家，只不過想著一家人還是在一起生活得好，現在人心不齊了，硬逼著在一起過日子也沒意思，倒不如稱了你們的意分了家。」

錢氏是個強勢的女人，在薛家當家這麼多年，第一次露出這種苦澀的笑意。

薛老大幾個兄弟看她這樣，心裡有些不忍。尤其是薛老二，差點就要脫口說不分家了，當然他忍了下來，因為他知道自己的媳婦和孩子多麼盼著分家。

錢氏斂了斂眉，繼續道：「至於怎麼分法，待會兒你們將里正還有你們大伯叫來一起商量。有句話我先說在前頭，老五剛成親，你們幾個做哥哥的應該多多照顧他，還有美美，再兩年也該嫁人了，嫁妝銀子也要單獨拿出來。」

薛老四點頭。「娘您放心，絕對不會虧待了五弟和小妹。」

錢氏看了他一眼，臉上沒有什麼表情的點了點頭。「這個你們幾個兄弟和你們爹商量。當然了，分了家也都是一家人，誰家有困難，其他家也不能坐視不理，你們沒意見吧？」

柳氏張了張嘴，剛要說話，就被薛老大拉住瞪了回去。

錢氏只當沒看見，哼了一聲。「當然，我們老倆口還是跟著老大，其他家就每年提供糧食或是奉養銀子。好了，都吃飯吧。」

說完錢氏就站了起來，回了裡屋。

薛老漢也站起身。「你們先吃，我去找里正和你們大伯。」

其他人也不吃了，趕緊收拾東西，準備分家的事宜。

二房、三房和四房的人臉上都喜氣洋洋，薛老大似笑非笑地看著幾個弟弟，神色莫名地問：「這下你們滿意了？」

薛老二和薛老三有些尷尬，笑容僵在臉上。

倒是薛老四毫不在意地笑了笑。「大哥，分了家難道就不是兄弟了？我們心裡怎麼想的，大哥肯定也知道；大哥心裡怎麼想的，我們也清楚。都是為了自己的小家，這事沒有什麼滿意不滿意的。做弟弟的只希望兄弟們以後能將日子過得好，那就是對爹娘的最大回報了。是吧？二哥、三哥？」

薛老二和薛老三趕緊點頭稱是。

薛老大苦笑一聲，坐到一旁不吭聲了。

柳氏自錢氏說出分家開始，臉色就難看得厲害。昨日她還找過常如歡讓她勸著薛陸，誰知一點作用都沒有。

「五弟妹，五弟傻，難不成妳也傻？居然就這麼同意分家了？」柳氏聲音不小，尖酸地看著常如歡。

常如歡看了她一眼，淡淡道：「爹娘都開口了，哪有我這個新媳婦插嘴的道理？再說分家不分家也不是我夫君說了算，大嫂若是有意見，剛才娘說時您怎麼不反駁？」

「妳！」柳氏氣到不行。「五弟妹真是不識好人心，既然如此，那大嫂就看看五弟和五弟妹能將日子過得如何紅火，做大嫂的還等著托弟妹的福呢！」

常如歡微笑。「好說好說。」

柳氏氣得翻了個白眼，坐到一邊，完全不搭理其他幾房的人。

很快的，村裡的老里正和薛大伯過來了。

第十八章

老里正倒還好，村裡所有分家的人家都要找他，可薛大伯進了屋後卻臉色陰沈，環視了自家姪子一圈，生氣道：「你說說你們，非得鬧著分家，一大家子在一起過日子難道不好？父母在，不分家，你們年紀也不小了，就是這樣為人子的？」

薛老漢拉著薛大伯坐下。「大哥，你別生氣，是我和老婆子要分家的。老五現在也成親了，只剩美美沒嫁人，分家讓他們各過各的也好，知道當家不容易就會更加努力了。」

薛家幾個兄弟被大伯說了一頓，都老老實實地蹲著，沒一個敢反駁，就連薛老四也只撇了撇嘴，沒敢說話。

薛大伯見兄弟都這麼說了，也不再多管，便跟里正道：「該如何分就如何分，咱們就是做個見證。」

老里正點頭。「那是自然。」

分家沒女人的事，常如歡便回去屋裡抄書。

上次她抄了五本書，得了五兩銀子，上交給錢氏三兩，自己留了二兩。這事薛陸知道，當時還說留著給她買首飾。

但是常如歡知道，他們現在需要銀子，所以這二兩她存了起來，然後又從書鋪接了幾本抄書的活兒。

難得薛陸不在，常如歡靜下心來，洗淨手，端坐在書桌前，開始一筆一劃地抄書。

也不知過了多久，外面太陽大了，正屋裡的人許是分配好了，幾個爺們又去了地裡。中午，常如歡睡午覺起來，太陽已經西斜了，她去後院洗了把臉，一回來就見薛竹站在門口徘徊。

「怎麼在門口站著，進來吧。」常如歡推開門讓薛竹進屋。

薛竹不動，欲言又止地看著她，半晌才道：「五嬸，我以後真的不能來妳這兒跟妳學認字了嗎？」

小姑娘不過十歲，若是放在現代就只是個小學生，可在這裡卻因為認字，糾結地站在門口。

常如歡笑了笑，將她拉進來。「能啊。」

薛竹眼睛一亮。「真的？」接著又黯淡下去。「可我娘說，分了家我們就不能來麻煩五嬸了。」

「沒事，不用擔心，以後妳還是過來，不過只能一個時辰，多了可就不行了。」常如歡斟酌一下，覺得挪出一個時辰教她認字還是可行的，畢竟抄書抄累了也需要休息，就當休息好了。

薛竹點點頭，很是滿意。「謝謝五嬸。」

常如歡摸摸她的頭。「一家人客氣啥？好了，回去吧，我要抄書了。」

薛竹開心地出了門，正好碰見回來的薛陸。

「五叔好。」

薛陸心情還不錯，點了點頭。「嗯，快回去吧，妳爹也回去了。」

他進了屋，常如歡已經開始抄書了，見他進來便放下筆。「分完了？」

薛陸點點頭，將手中拿著的紙遞了過來。「都分好了，四個哥哥為了照顧我，非多分給我一畝地，銀子還多給了一兩。」

「咱們家現在沒多少銀子吧？」常如歡驚訝道。

薛陸點點頭，將分家的情況說了一遍，末了又道：「還有分到其他的東西，妳待會兒再去取來。後院的豬我沒要，太髒了，不過雞倒是要了兩隻，想給娘子補身子的。還有，咱們每年得交給娘一兩銀子養老錢或是給二百斤糧食。」

常如歡對這些也不在意，兩人又說了些話，眼見天色不早，常如歡才去領分給他們的鍋碗瓢盆。其實就連農具都分成五份，不過他們倆不打算種地，便沒要這些。

後院的雞有二十多隻，最後常如歡他們家分了五隻，一隻公雞、四隻母雞。當天下午薛老漢便給他們圍了一個小院子，將雞攆了進去。

柳氏見狀，酸酸地道：「五弟妹就是好福氣，這都分家了，爹還惦記著你們。」

常如歡沒說話，對柳氏這副德行只當沒看見。

柳氏一拳打在棉花上，要多憋屈就有多憋屈。按理說，薛老漢兩口子都跟著他們大房過日子，就該和他們大房一條心才對，可這老倆口還在為老五家的操心，讓她實在高興不起來。

還有那個未出嫁的小姑子，也是個懶惰的主，窩在屋裡連門都不出，更別提幫她幹點活了。

柳氏碰了一鼻子灰，又湊到吳氏跟前咬耳朵。「三弟妹，妳瞧五弟妹那副德行，還不想種地，到時候有他們的苦頭吃。」

吳氏瞅了她一眼，笑道：「我瞧五弟妹是有本事的，咱們還是操心自己吧！就那麼點地，還得想法子賺銀子才行。」

以前她的確不喜歡常如歡，可這次分家卻多虧薛陸兩口子，而且剛才也說好了，五房的四畝地租給他們家兩畝，剩下的兩畝讓二房去種。自家的地都是精心照顧的，他們租給自己家，她也得領情不是。

柳氏沒料到吳氏也被常如歡拉攏過去，一口氣差點沒上來。再看周氏和小錢氏，兩人都喜氣洋洋地收拾東西，心裡更不是滋味了。

分完家後，常如歡和薛陸才去鎮上找常海生說這事。

其實分家是要女方家裡來人一起見證的，但薛家這次卻迅速分了家。

常海生聞言，卻鬆了口氣。「分了也好，以後自己當家做主，不用擔心上頭有婆婆壓著了。」這話當然是背著薛陸說的。

常如歡笑道：「您覺得您閨女會吃得了虧？」

常海生失笑。自從成親那日後，閨女就像變了個人似的，哪裡還會吃虧？

常如歡卻解釋道：「別看薛陸這樣，他很維護我，我在薛家還真沒受過委屈。」

常海生看了眼認真背書的薛陸，搖搖頭。

「也就這點好處了，不過他進步很多，腦子也活，縣試應該不成問題，府試還是別去參加，等明年再來一回，就能過了。」

常如歡了然地點頭。「我知道了。」

「不過妳還真有當夫子的潛質。」常海生身體已經恢復，面色亦紅潤起來，也有心情開玩笑了。

常如歡只是笑笑。在古代，還真沒有哪個女子當夫子呢！

回去的路上，薛陸興奮地對常如歡道：「岳父說我學問大有長進，而且我也去聽了兩節課，現在夫子講的我大多都能明白了，娘子，這都是妳的功勞。」

常如歡笑道：「沒有你的努力，我再厲害也沒用，這還是夫君努力的結果。」

薛陸回頭瞅了眼，此時天氣炎熱，路上沒什麼行人，便伸手拉住她的手，嘿嘿直笑。「娘子，這是咱倆的功勞，等我以後當了官，也保證只對妳好。」

常如歡失笑。雖然薛陸現在知道要努力讀書，可人情世故還是不行，看來她還是任重道遠呢。

回到家，天色已經不早，兩人剛放下東西、洗了臉，就見錢氏偷偷摸摸地過來了。「快關門。」

薛陸莫名其妙的關上門，問道：「娘，怎麼了？」

錢氏瞥了眼常如歡，從袖子裡拿出一個油紙包。「娘給你留的好東西。」

隨著紙包拿出，一股香味撲鼻而來，薛陸吸吸鼻子。「娘，這是……」

錢氏開心道：「照哥兒媳婦有身孕了，你大嫂高興便燉了隻雞，這雞腿是娘特地留給你的，千萬別在外面吃。好了，快吃，我先回去了。」

薛陸臉一黑。「娘……」

以前他娘也是這麼給他藏東西再偷偷送來，那時他覺得這是理所應當的，可這段時間他的心態慢慢變了，再遇到他娘偷偷送東西來，他都覺得臉紅。

錢氏眼一瞪。「怎麼？娘說的話你還不聽了？是不是常氏說你了？」說著還拿眼去瞪常如歡。

遭了無妄之災的常如歡暗地裡翻了個白眼，心想：就這老太太偏心眼的樣子，薛家五兄弟沒整天打架還真是薛家祖上燒了高香。

薛陸急了。「娘，不關如歡的事，這都分家了，妳偷偷拿大嫂家的雞給我送來，讓大嫂知道還得了？」

「她又不知道，娘沒讓別人看見——」錢氏話沒說完，就聽外面傳來柳氏的聲音。

「娘，您怎麼能做這樣的事！」屋門被柳氏從外面推開。

這次常如歡真的翻了個白眼。得了，被抓包了。

錢氏急忙去藏雞腿，可也來不及了，柳氏已經快步進了門，看著油汪汪的大雞腿大叫一聲——

「娘啊，您怎麼能這樣啊？這雞可是我燉了給照哥兒媳婦補身子的呀，她肚子裡懷著薛家的種呢！」

錢氏臉上尷尬，難得沒了以前的強硬。「這……那麼一大鍋，她……她也吃不完啊……」

柳氏嫌棄的目光從薛陸身上移到了常如歡身上。「五弟妹，咱們可是分家了啊，你們這樣不太好吧？難不成你們讀書人都是這樣？」

常如歡躺著都中了槍，實在不知如何說。「不是我讓娘來的。」

「呵！」柳氏嗤之以鼻。「誰知道！」

薛陸臉色紅得快要滴血。「大嫂，娘以後肯定不會了，我保證……」

他還沒說完就被錢氏拉住，錢氏梗直了脖子朝柳氏道：「柳氏，妳眼裡還有沒有我這個婆婆了，就這麼隻雞腿，妳還捨不得給我吃？」

柳氏瞪大眼睛。「娘，給您吃我捨得，可您不能拿著大房給懷了身子的婦人燉的雞給五弟啊！」

錢氏眨眨眼。「我是要拿過來這邊吃，不是給老五的。」

常如歡和柳氏被錢氏這胡說八道的本事驚呆了，常如歡簡直不忍直視，柳氏則瞠目結舌。「您、您跟著我們大房過日子，拿著大房的雞腿到五房這裡吃？呵，這事我可得跟爹好好說道說道！」

錢氏大怒。「這事跟妳爹有啥關係？這事就是我一個人的問題，老五兩口子啥都不知道呢！」

柳氏冷笑。「他們知不知道，我反正是不知道，這事我必須讓爹給我個說法。」

錢氏瞪眼。「妳！」

常如歡被吵得頭疼，只得對薛陸道：「夫君，你去後院抓隻雞給大嫂送去，就當賠罪了。」一隻雞讓她消停也算划得來了。

可這話讓錢氏更加生氣。「常氏妳閉嘴！那雞可貴著呢，別拿著我兒子的東西亂送人！」

柳氏冷笑一聲，突然奪過錢氏手裡的雞腿扔進院子裡。「給狗吃吧！」說完就大步離開了屋子。

錢氏一怔。「這、這……」她突然瞪了常如歡一眼。「敗家的娘兒們！」

薛陸一聽，頓時生氣了。「娘，您以後別這樣了，這都分家了，您拿大房的東西偷偷給我吃算什麼事啊？這事傳出去我還有什麼名聲？人家不得說我分了家還惦記兄長家的東西？」

只要涉及到薛陸，錢氏立刻變啞巴了。「娘也是想讓你補補身子，看你這段時間瘦得……」

常如歡看了瘦下許多的薛陸一眼，滿頭黑線。

這段時間薛陸雖然瘦了，可身子也變得結實，個頭更是拔高了，現在常如歡只到薛陸的肩膀了。

薛陸見他娘這樣，又有些心軟了。「好了，娘，您快回去吧。」

錢氏擔心的看了他一眼。「好好吃飯啊。」

薛陸點點頭。「我知道。」

錢氏走後，常如歡道：「夫君打算怎麼辦？」

薛陸嘆了口氣。「我待會兒去找大哥，給大哥賠罪。」

常如歡點頭。「是該如此。」

從五房那裡回去後，柳氏自然將這事鬧了起來，因此整個薛家都知道了此事。

薛陸低垂著頭，臉都紅透了。常如歡也很尷尬，這錢氏可真夠疼兒子的，好像除了薛陸外，其他幾個都不是她生的一樣。

薛陸到了大房那兒，對薛老大道：「大哥，這事是娘不對，我、我替娘跟你和大嫂賠不是了，我保證娘以後不會這樣了。」

薛老大看著這個五弟，心裡很是無奈。

他還未開口說什麼，就見錢氏像炸了毛般跳腳。「老大，我哪裡做錯了？既然柳氏說捨得給我這雞腿，那就是我的，我給老五吃怎麼了？我自己還不能決定了？」

本就在氣頭上的柳氏頓時尖叫起來。「哈！要不要讓全村的人都來聽聽娘說的是什麼話？全村的人誰不知道幾天前薛家分了家，這才幾天，您就拿著大房的東西去給五房，這日子長了，我們大房的東西是不是就都變成五房的了？」

分家後柳氏簡直是翻身做主人，大房所有的一切都是她說了算，對上錢氏的時候也有了底氣。

錢氏當了一輩子的家，沒料到老了分家了卻被兒媳婦指著鼻子罵，頓時委屈，張嘴便哭了起來。

「老大啊，這就是你媳婦啊，這是要你娘去死她才甘心啊！」

柳氏皺著眉。「娘這話說得可就誅心了，分家之前我們都敬著您，分家後咱們也一樣敬著您，怎麼到您嘴裡就成了我要逼著您去死呢？難道我說的不是事實？難道不是娘拿著大房的東西去補貼分家了的五房？」

「行了，妳少說兩句。」薛老大怕錢氏哭出個好歹來，趕緊呵斥柳氏，接著又去安慰錢氏。「娘，您別說這話了，回頭我訓她。」

薛陸眼見這樣，拔腿去了後院，從自家圍欄裡捉了隻雞提著去了大房屋裡。

「大哥、大嫂，這事是娘不對，這雞我賠給你們。」說著放下雞就走。

薛陸回去將話說給常如歡聽。

「以前也不覺得這有啥，甚至覺得這都是應該的，可現在卻覺得很丟人，這是為什麼呢？」

常如歡笑道：「這就是羞恥心，以前你認為全家對你付出是應該的，現在還這樣想嗎？」

薛陸搖頭。「唉，生活可真難，都是銀子惹的禍。」

「好了，既然雞賠給他們了，這事過幾天也就過去了。大嫂也不是小氣的人，就是被娘氣狠了，沒事。」

常如歡一臉無所謂，可也知道今日這事已經傳出去了，村裡人又有了可以談論的話題。不管是分家前還是分家後，薛家都是村裡話題的來源，從未改變。

第十九章

村裡人如何談論薛家，常如歡和薛陸已經沒有工夫去管了。天氣逐漸變化，來到了七月底，由於童生考試是在秋收前，薛陸在考試前半個月還得去縣城報名，為了照顧他，常海生要與他一起去，非但如此，還做了薛陸的擔保人。

薛陸既高興又忐忑，高興的是常海生考校他功課時還算滿意，忐忑的是他怕再一次失敗。

報名後，薛陸比往常更緊鑼密鼓地學習，常如歡也暫時停下教薛竹認字和抄書的工作，每日都幫薛陸複習。

轉眼就到了縣試前一天，由於常海生是參加鄉試，要到琅琊郡去考，所以早在七天前就已經出發了。為了方便照顧薛陸，常如歡便跟著去清河縣，順便將之前抄完的書也帶了過去。

到了縣城，兩人找了間便宜的客棧將東西安置妥當，薛陸便出門去看考場，而常如歡也出了門，將之前抄的書送到書鋪。

上次來時李掌櫃不在，是一個夥計招待她，這次倒巧，李掌櫃居然在。常如歡便將自己想寫話本子的想法與李掌櫃說了，李掌櫃很是支持。

最後李掌櫃跟她結算抄書的酬勞，兩人這才告別。

常如歡這次依然得了五兩銀子，她去筆墨鋪子買了紙張後便回到客棧，薛陸卻還沒回來。

直到夜幕初上，薛陸才一身酒氣地進門了。

常如歡皺起眉。「你喝酒了？」

油燈下，薛陸看著常如歡，卻沒看到她臉上的不悅，笑嘻嘻道：「今日遇見幾個昔日的同窗，大家一起喝了幾杯。」

「明天要考試，夫君可還記得？」常如歡陰沈著臉看他，真想拿根皮鞭抽他一頓。

薛陸點點頭。「嗯，我記得，所以我只喝了兩杯，兩小杯。」說著還湊近她比劃了兩下。

常如歡被他身上的酒氣醺到，往後退了幾步。「那夫君早些歇著吧，明日還得早起考試。」

誰知薛陸也不知是喝酒壯膽還是在外面被別人說了什麼，不聽常如歡的話去休息，反而整個人倒進常如歡懷裡。「娘子，為夫不想睡，為夫想與娘子親近親近。」

「親近親近？呵！」常如歡的臉徹底冷了下來，她甩開薛陸，瞪著他道：「夫君可還記得答應過我什麼？難道喝了酒就不記得了？」

薛陸不勝酒力，喝了兩杯便有些迷迷糊糊的，他看常如歡發怒，有些不解道：「娘子……可為夫難受啊……跟我這麼大的同窗都有孩子了……他們每日都能親到自己的娘子，每日都能和自己娘子睡在一起，為何我就非得要等到考上舉人之後呢？」

常如歡看著他，終於明白薛陸今天不只是和同窗喝酒這麼簡單，那些人不知還與他說了什麼，於是他就借著酒勁到她這裡撒野來了。

薛陸沒看出她的臉色不好，繼續道：「娘子，妳疼疼我好不好？為夫真的很想……」

常如歡怒火升了起來，恨不得立即找條鞭子教訓這個笨蛋，但是想到這個笨蛋明日還要考試，她生生忍下了。

她咬牙看著他，強忍住怒氣。「夫君，我很失望。」

薛陸不解地看著她，晃晃腦袋道：「嗯？」

「我原以為夫君只是以前不上進，這段時間我看見了夫君的努力，以為我的夫君以後定是有出息的人。」她看著他，眸子比天上的星星還要亮。

薛陸有些恍惚，就聽常如歡繼續道：「可沒想到夫君是如此容易被他人擺布的人。我不知今日你那些同窗說了些什麼，或是做了什麼讓你瞧見了，我只問夫君一句，你若是考上了，他們可會真心為你高興？」

薛陸呆呆地看著她嘴巴一張一合，眨眨眼道：「他們……」

「哼，夫君早些歇著吧，明日一早我叫你起床。」說完，常如歡頭也不回的出了房間，留下還處於混沌中、尚且不知自己得罪娘子的薛陸站在原地。

常如歡在樓下稍微吃了點東西填飽肚子，再回到房間時就見薛陸已經躺在床上睡熟了。

她看著燈光下還有著些許稚嫩的臉，皺起眉頭。

看來他的那些狐朋狗友也該處理一下，不能讓他繼續和那些人來往了。

第二日考試，常如歡起了個大早將薛陸叫醒。

薛陸呆坐在床上看著常如歡給他準備筆墨紙硯和吃食，突然記起自己昨晚對常如歡說了什麼。

「娘子……」薛陸有些不安地看著她，低聲開口。

「嗯。」常如歡淡淡的應了一聲。

見她的態度不慍不火，又捉摸不出別的意思，薛陸一下子急了，心裡滿是後悔。「娘子，昨晚……我不是故意的，妳別生氣。」

常如歡抬頭看了他一眼，似笑非笑。「夫君還記得昨晚說了什麼？」

薛陸紅著臉，不安地點頭。「嗯，記得。」

「夫君就這麼想和我圓房？咱們的約定就那麼不值錢？」

「不是的！」薛陸趕緊搖頭，解釋道：「娘子，是我錯了，以後我再也不喝酒了。我知道娘子做什麼決定都是為了我好，我再也不會這樣了，妳別生氣。」

常如歡點頭。「嗯，我不生氣了，你趕緊洗臉吃飯去考試。」

薛陸一聽她不生氣了，立刻應下，最後在常如歡的催促下趕去了考場。

常如歡在客棧裡等著他，今日沒什麼事，她便拿出筆墨構思起話本子。

要寫什麼樣的故事才能吸引別人的注意？

常如歡想了想，決定學習曾經看過的那些網路文章，寫些大家閨秀勇敢追求真愛的故事。因為據她瞭解，看話本子的大多是有錢人家的小姐或少爺，她若寫這類題材，無疑將市場定位在閨閣姑娘身上。

清河縣看似不大，但有錢人家卻不少，且那書鋪掌櫃的生意似乎不止清河縣一處，倘若他能看上自己寫的話本子，放到別處的書鋪定也一樣熱賣。

常如歡提筆思索，最終定了《落魄書生的名門妻》這個書名。

話本子與規規矩矩的科舉書籍不同，越是通俗易懂就越容易被人接納。常如歡先在腦海中構思一番，這才認真落筆，務必保證沒有錯誤。

這一寫就忘了時辰，直到外面響起薛陸的聲音，她才抬起頭來。

薛陸一進屋就興奮道：「娘子，今日考試的內容我全都答上了，去年我可是只填了不到一半呢……」說到這裡，他突然意識到自己將醜事都暴露出來，趕緊打住，尷尬地看著常如歡。

常如歡笑道：「好了，看來夫君考得還不錯？」

薛陸笑了笑。「娘子，我背出來給妳聽聽吧？」

常如歡道：「不用，等爹考試回來，讓他幫你看看吧。」

薛陸點頭。「也行，那咱們明日回家？」

「好。」常如歡瞥了薛陸一眼。「你不用和你的同窗喝酒了？」

說到這個，薛陸就有些氣憤。「別提那些同窗了，都不是什麼好東西！今日看我神色正常地進了考場，都像看怪物似的看著我。考完後我本想和他們說說話，卻意外聽到有兩個同窗背地裡說我壞話。娘子，我以後再也不和他們聯繫了，現在想想，他們昨晚肯定是故意說那些話的，我可不能上了他們的當。」

他說得氣憤，好像真的很在意那些人一樣。

常如歡也沒問他那些人背地裡說了他什麼、昨晚又幹了什麼，只誇了他兩句便叫來伙計點了飯菜。

第二日一早，兩人便退了房打算回薛家莊。

如今已是八月初，秋收在即，平日喜歡碎嘴的婆娘也不見蹤影，常如歡和薛陸暢通無阻地回了家。

除了錢氏和薛老漢，其他人對薛陸考科舉都是抱著不看好的態度。薛老四正要出門，瞧見兩人大清早的回來了，揚聲笑道：「喲，五弟回來了，聽說你考試去了？」

薛陸笑笑。「嗯，昨天考完的。」

薛老四不置可否地點點頭。「那祝你考個好成績，我先去幹活了。」

薛陸去了正屋和錢氏說話，常如歡便獨自回屋繼續構思話本子。

沒一會兒薛陸回來了，見常如歡皺眉想著事，便問道：「娘子在想什麼？昨日下午就見妳在寫東西？」說著拿眼去瞄鋪在桌上的紙。

常如歡昨日也只寫了第一回，眼下正在構思第二回，瞧他好奇的樣子，便道：「縣試考完了也不可大意，還是趕緊讀書才是正經。」

薛陸有些遺憾，但還是聽話地點頭。「我這就去讀書。」

常如歡寫了一上午的話本子，薛陸則看了一上午的書。到了下午，薛陸實在憋不住了，便道：「娘子，妳和我說說話吧。」

常如歡抬眼。「說什麼？」

「說什麼都行。」他總覺得常如歡還在生氣，可她昨日明明說不生氣了，只是看著她現在的樣子，他心裡實在沒底。

「沒事多讀書吧！縣試是最簡單的一次，雖說今年你只考這一次，但明年還要重新考，不但有縣試，還有府試和院試。」常如歡頭也不抬地道。

薛陸耷拉著腦袋，不情願道：「娘子，妳是不是還在生我的氣？我那日實在是太難受了……我覺得那幾個同窗定是在我的酒裡下了藥，我才會那樣，娘子妳別生我的氣了好不好？」

常如歡嘆了口氣，抬頭看他。「我真的沒生氣了，我在想其他的事情，我得給咱家裡增添進項，還要想這季的糧食該如何收割，哪裡是為了那點小事生氣？你不也保證過以後再也不和那種人聯繫了嗎？我是相信你的。」

「真的？」薛陸可憐兮兮地看著她，有些不確信。

常如歡點頭。「抄書雖然能賺銀子，但還是不夠，你今後科舉花銀子的地方多著呢。」

聽她這麼說，薛陸有些慚愧。別人家都是男人賺銀子，女人在家，他們可好，媳婦想方設法地賺銀子，他一個大老爺倒是一點主意都沒有。

常如歡看出他的低落，安慰道：「你也別覺得自卑，我可等著你考上狀元做現成的狀元夫人呢。」

薛陸眼睛一亮，趕緊點頭。「娘子，我知道了，我一定好好讀書，讓妳早日當上狀元夫人。」

是啊，他是要考狀元的，只要他早點考上，娘子就不用這麼辛苦地每日抄書賺銀子了，他得努力才行。

有了動力，薛陸讀起書來也更起勁了。

過了幾天，去琅琊郡考試的常海生回來了，回來後還讓人捎了口信，讓他們先不要過去了。

本來薛陸還打算去找岳父將自己的答案默寫下來讓他看看，現在也只能暫時擱下。好在縣試結果出來得快，沒幾日便到了放榜的日子。

一大早，薛陸就和常如歡去了縣城，縣衙門口早就擠滿了人，薛陸怕人多推擠到常如歡，便對她道：「妳到樹下等我，我去看看就回來。」

常如歡點頭，見不遠處有棵大樹，便走了過去，只是樹下還有其他人，她便找了個沒人的地方坐了下來。

樹的另一邊是一位二十多歲的青年男子，身穿天青色袍子，正坐在樹下喝茶。青年望著一處發呆，並沒有注意到一旁的常如歡。

這時一道熟悉的聲音傳來。「東家，二少爺縣試過了，雖然只是第三名，不過府試應該沒有問題。」

常如歡抬頭，就見書鋪的李掌櫃正帶著一個滿是沮喪的少年站在青年跟前說話。

常如歡驚訝地看了一眼，沒想到那青年居然是書鋪的東家？

李掌櫃也看見了她，笑著打招呼。「小娘子陪著夫君過來看結果？」

常如歡點點頭，李掌櫃便笑著介紹。「這位是我們東家，這位是二少爺，也參加了今年縣試。」

常如歡神色如常地與兩人打了招呼，遠遠的看到薛陸過來了，那臉上興奮的神色擋都擋不住。

「娘子，我過了！我通過縣試了！」

參加縣試的有幾百人，但真能通過縣試有資格考府試的卻不過百人，薛陸說他過了，那就是說成績在百名以內。他讀書多年，考了兩次縣試，這次總算是通過了，雖說今年的府試他不打算參加，但能通過縣試已經讓他萬分高興。

薛陸跑到了常如歡跟前，無視其他人的目光，笑著拉著常如歡的手道：「娘子，九十三名。」

常如歡點頭，誇獎道：「不錯，明年繼續努力。」

薛陸高興得臉都紅了，不住地點頭。「我會加倍努力的。」

一旁被忽視且本就很沮喪的少年突然道：「考個九十三名有什麼好得意的？」

「李紀！」那身穿天青色袍子的青年突然呵斥。

那名叫李紀的少年當即如同鬥敗的公雞耷拉了腦袋，只是嘴裡還嘟囔道：「都是考試，憑什麼我非得考到第一名，考了第三還要挨訓，人家考了九十三名卻要受表揚……」

李讓將茶杯放下，站起身朝常如歡夫婦行禮道歉。「小弟不懂事，還望見諒。」

常如歡這才看清青年的面容，只是一看之下有些驚訝，這青年長得很像她前世的一個朋友，那朋友還曾熱烈追求她……

李讓似乎感覺到她的視線，眉頭微挑，不動聲色地觀察常如歡的神色，見她面帶驚訝，滿意地轉頭繼續呵斥李紀。「科舉本就是萬人過獨木橋，李家只你一人在讀書，父兄對你嚴厲些，你倒是有意見了？」

李紀從小就對大哥又敬又怕，噘著嘴不說話了。

常如歡則從驚訝中緩過神來，對李掌櫃等人道：「那我們先回去了。」

李掌櫃笑道：「好，只是小娘子前幾日說的話本子，什麼時候能帶來看看？」

常如歡沒料到他突然問起這個，只能答道：「已經寫了一些，再過半個月就可拿來給李掌櫃看。」

兩人說好了時間，常如歡便和薛陸一起走了。

第二十章

李讓看著遠去的兩人，心裡的感覺更加肯定。只是上輩子沒得到的人，這輩子似乎又錯過了。

薛陸本來興奮的心情因為李紀的一句話而變得有些低落，待走得遠了，他瞄著常如歡的臉色道：「娘子，我是不是挺沒用的？」

「別這麼說。」常如歡看了他一眼。「每個人的情況不一樣，要求也不一樣，沒必要非得和別人攀比什麼。」

薛陸還是有些難受。「那二少爺看起來比我還要小一、兩歲，可人家都考了第三名，我只有九十三名……」

他一副自尊心受挫、急需安慰的樣子，讓常如歡有些無奈。「他的目標是考頭名，可是他的目標沒有達成，你的目標是過了縣試，現在你的目標達成了，還有什麼可傷心的？」

「話是這麼說沒錯……」薛陸看著她。「可我心裡還是覺得不舒服。」

常如歡翻了個白眼，拉著他進了一家小麵館，叫了兩碗麵這才道：「你要真覺得不舒服就好好讀書，明年也考個第三名回來不就行了？」

薛陸眼睛又是一亮，猛地點頭。「我一定努力讀書，明年考個第三名回來。」

這時麵上來了，常如歡往他跟前一推。「行了，趕緊吃飯，吃完飯去鎮上給爹報喜。」

一聽到這個，薛陸又高興了，趕緊吃麵。「娘子，這次岳父應該能誇獎我一下了吧？小舅子不會叫我廢物了吧？」

常如歡到嘴的麵條差點噴出來，敢情這傢伙一直記著這事呢！

她憋住笑。「爹一定會誇你的，放心吧，如年也不會亂說話了。」

「嘿嘿！」薛陸滿意的點點頭，吃起麵來簌簌作響，別提有多香了。

兩人吃過飯便去了鎮上，找到常海生和他說了這好消息。果然，常海生誇讚了薛陸一番，將薛陸誇得差點找不著北了，多虧常如年翻了幾個白眼，這才讓他矜持地把持住了。

等兩人回到家時天色已經黑了，剛到屋門口，便看見錢氏鬼鬼祟祟的蹲在那裡。常如歡心想這錢氏不會又偷偷帶什麼東西過來吧？若是讓柳氏知道，又該是一番風暴了。

錢氏瞧見兩人，蹭地站起來，衝到薛陸跟前問道：「好兒子，考得如何？過了沒？」

薛陸看清是錢氏，笑著道：「娘，我過縣試了，不過成績不大好，九十多名而已。」

只一句「過了」就讓錢氏高興地蹦起來。「我就說我兒子是天上文曲星下凡，是天生考狀元的！看看，我兒子多出息，縣試都過了，真好，府試再過就是童生了，那可是咱們薛家莊頭一個，到時看看誰敢再嘲笑咱家？兒子，你可真替娘爭氣！」

薛陸聽到最後一句，有些心虛。別人不知道他考試的目的，他自己卻是知道的，他完全是為了早日和媳婦圓房才這麼努力的！

不過他也不傻，這樣的理由在心裡想想也就罷了，萬不能說出來。

「娘，我暫時不打算去考府試——」薛陸話還沒說完，就被錢氏打斷。

「不考了？為什麼？是不是沒銀子？別怕，娘給你想辦法，你儘管去考。」

薛陸見錢氏著急，解釋道：「不是，娘，我這次只考了九十三名，就算去考府試也考不過，還不如明年再去，多學一年，學問也能精進一些。」

錢氏不聽，拉著薛陸不放。「是誰說的？是不是常氏？」

遭了無妄之災的常如歡還未發作，就見錢氏放開薛陸轉頭對上自己，拉著她呵斥：「常氏，不要以為妳是秀才的女兒就如此瞧不起我兒子，我兒子娶了妳這女人，是你們常家八輩子的福氣，妳最好別扯我兒子的後腿，否則等我兒子考上狀元，頭一件事就是休了妳！」

自從分家後，她被柳氏壓迫，過得並不如意，這會兒有個會讀書的兒子撐腰，立刻覺得揚眉吐氣了。她的兒子考過縣試，只要再過府試那就是童生，以後看誰還敢給她氣受，說難聽的話給她聽！

「娘，您說的是什麼話！」薛陸被錢氏的話嚇了一跳，不安地看了常如歡一眼，趕緊阻攔錢氏說下去。「我這次只考了九十三名，能考過已是僥倖，再不識趣去參加府試，那也是考不上的，白白浪費銀子不說，也讓人笑話，還不如我再學上一年，明年再去考個好成績，豈不更好？」

錢氏愣了一下，薛陸見她聽進去了，繼續道：「娘啊，別說如歡配不上我這話，這話說出去也要被人笑話，十里八鄉的人哪個不知道我薛五不學無術，讀書不成，幹活不行，出去問問絕對沒有哪個姑娘敢嫁給我。您好不容易讓我娶了如歡，我也喜歡如歡，現在和她過得也不錯，您何必說這傷人的話？」

他眼含柔情的看了常如歡一眼，又對錢氏道：「娘，若不是如歡督促著教我讀書，現在兒子恐怕還和以前一樣，連《千字文》也背不下來呢，更別說去考縣試了。」

他這句話似乎壓垮了錢氏最後一點希望，她看著薛陸，不敢置信。「這、這次真的只能這樣了？不能考上童生了？」

薛陸疲憊地點點頭。「娘，兒子一定用功讀書，明年考個童生回來，讓娘高興高興。」

「嗯，娘相信你。」錢氏聽完，一步三回頭不捨的回正屋去了，就好像生離死別似的。

薛陸開了門點上燈，看著忙著收拾東西的常如歡，囁嚅道：「娘子，妳別生娘的氣，她也是關心我。」

好不容易在回來的路上將娘子哄好了，他娘又來將人得罪，他命怎麼這麼苦啊！

誰知常如歡並不在意。「放心好了，我沒生氣，真要生氣早就氣死了，也不用等到現在了。」

聽她這麼說，薛陸有些心疼。在薛家人多是非多，娘子不僅要應付這麼多人，還要教他和薛竹讀書，的確很辛苦。

「行了，早點洗漱休息吧，過兩日該秋收了。」常如歡看他糾結的樣子，搖了搖頭。這人改變還真不是一時半會兒的，不過現在可比以前強多了。

薛陸聽話地去後院洗漱完畢，帶著一身水氣進了屋，而早就收拾好的常如歡已經躺在炕上發出均勻的呼吸聲了。

聞著娘子身上好聞的香味，薛陸躁動的心又一次不安起來，比那日喝醉時還更加厲害。

可是想到常如歡和他的約定，以及對他的期待，他也只能按捺下來。藉著窗外明亮的月光，薛陸看著常如歡，輕輕翻身將人攬進懷裡，嗅著她身上的味道，慢慢睡了過去。

之後幾天因為秋收，兩人都沒了其他興致，常如歡連話本子也停下了，而薛陸則為自家的幾畝地急得上火。

原因無他，他們夫妻倆都不會種地，收糧食這事更是一竅不通。

雖然錢氏要來幫忙，但還是被薛陸勸了回去。開玩笑，他們薛家都分家了，錢氏老倆口若是明目張膽的來幫他們幹活那還得了？別說村裡人的閒話，就是柳氏都能鬧個天翻地覆。

最後還是薛老四來幫忙，兩人才鬆了口氣。

等糧食收了倉，薛陸和常如歡這才有工夫考慮自己的事。

薛陸讀書，常如歡抄書、寫話本子，這日子過得也自在。

這日晚上，柳氏一臉笑容地來了。

常如歡驚訝，問了來意，才知大房想賃五房的地。

待常如歡說已經將地賃給了二房和三房，柳氏頓時惱怒，口不擇言。

薛陸惱了。「大嫂如果只是想說些有的沒的就趕緊走，別在我們五房這裡胡說八道。」

柳氏氣急敗壞，對常如歡道：「五弟妹，說句不中聽的話，五弟是什麼德行，這十里八鄉的人再如何瞭解，也不如我們這些做哥哥嫂嫂的清楚，難道妳就不想聽聽？」

薛陸憤怒地瞪著柳氏。「大嫂，妳若是再繼續危言聳聽，就請妳出去！」

柳氏眉頭一豎，不以為意，只看著常如歡。

薛陸也焦急地看著常如歡，生怕柳氏說出什麼不像樣的話來。誠然，以前的他是很不堪，無才無能，經常惹禍。可他現在都改了，為什麼身為他大嫂的柳氏卻不想放過他？

就在柳氏以為常如歡會生氣，想聽她繼續說的時候，常如歡微微笑了笑。「我的夫君如何，我想這幾個月我比大嫂還要清楚。大嫂若是想說他以前如何不著調、如何惹是生非、如何一無是處，那麼大可不必。」

她頓了頓，看著柳氏的臉慢慢變黑，又笑了笑，繼續道：「即便我的夫君以前再混帳，那也是以前。現在的夫君聽我的話努力上進，還過了縣試，這就是最大的進步了。女人最大的成功不是在別人家裡撒潑，而是能管得住自己的夫君，讓自己的夫君更上一層樓。

「大嫂，您覺得呢？」常如歡笑咪咪地看著柳氏的臉變青，卻沒有感覺到一點優越感。這不過就是個被生活壓迫的女人罷了，即便在口舌上贏了她又能怎麼樣？

柳氏來回瞪了他們夫妻一眼，招呼也不打便往門口而去。

等到了門口又轉過身來，神色莫名的看著常如歡道：「五弟若真的出息了，那五弟妹可得看好了。」說完冷哼了一聲便匆匆走了。

柳氏一走，薛陸立即垮了臉，湊到常如歡跟前討好道：「娘子，妳可別聽她胡說八道，雖然我以前很混，可現在都改了。」

常如歡幽幽地瞥他一眼。「嗯。我知道了。」

薛陸見她這態度，不禁急了。「娘子，我真的學好了，今後肯定聽妳的話，早日考中舉人、考上狀元……」
「嗯，我說我知道了，早點歇著吧。」常如歡心裡憋著笑，面上卻不動聲色。
薛陸有些鬱悶地點點頭，端著盆子去了後院，洗澡時還在想回去該怎麼哄他娘子？可等他回來時才發現娘子已經睡了。
薛陸唉聲嘆氣地將盆子放好，這才脫衣服上炕睡覺。
第二天一大早，夫妻倆是被一陣喧鬧聲吵醒的。
薛陸迷迷糊糊地開了門，就見錢氏一臉興奮的站在門口道：「老五啊，告訴你一個好消息——你岳父中舉了！剛才有人捎了口信過來，讓你們兩口子過去一趟。哎呀，你這孩子，趕緊叫如歡起來，兩人帶上點東西去你岳父家吧！」
岳父中舉了？薛陸一下子清醒了。
錢氏見他這樣，笑道：「你看你這孩子，我當初就說如歡適合你，你看娘的眼光不錯吧？這親家以後可是舉人老爺了，你以後可得好好跟著你岳父讀書才行。」
薛陸迷迷糊糊的點頭，心裡卻是五味雜陳。
岳父是舉人了，可他現在連個童生都不是，若是他晚些娶妻，恐怕那時如歡就不能嫁給他了。
「你這孩子，快點洗臉去。」錢氏笑得一臉摺子，回頭又去和跟著來看熱鬧的婦人吹噓自己的親家有多麼厲害了。

薛陸回了屋，見常如歡已經起來了，正在梳頭髮。

常如歡見他進來，問道：「外面出什麼事了，這麼吵？」

薛陸眼神複雜地看著她，呆呆地道：「娘說岳父中舉了。」

「真的？」常如歡驚喜地叫道。

薛陸點點頭。「娘說剛才有人捎了口信過來，讓咱倆過去一趟。」

常如歡沒注意到他的神色，點頭加快手上的動作。「嗯，是該如此。走，快點去洗臉，咱們早點過去，估計家裡正在請酒席，咱們過去幫忙。」

薛陸沈默地跟在她身後去了後院打水洗臉，一路上，他的哥哥嫂嫂們都用異樣的眼光看著他，讓他更加鬱悶。

他知道他的哥哥嫂嫂們心裡肯定在想：常如歡嫁給薛五是糟蹋了。

這些他都知道，現在常如歡是舉人的女兒，而他還只是個農家子，連個功名都沒有，的確配不上常如歡。

況且他和她連房都沒圓，若是娘子想和離再嫁，應該也是很簡單的事吧？

想到這裡，薛陸心裡著急，臉都嚇白了。

直到上路後，常如歡才發現他的異樣。「你怎麼了？」

薛陸扯扯嘴角。「沒、沒事。」

「真的沒事？」常如歡不信，繼續追問。

薛陸抿了抿唇，欲言又止。

「有話就說。」常如歡最討厭男人這樣了。

薛陸可憐兮兮地看著她，突然道：「娘子，妳不會不要我了吧？」

常如歡噗哧一聲笑了，見路上沒什麼人，伸手扯了扯他的嘴角，笑道：「瞎想什麼，我怎麼可能不要你呢？」

薛陸委屈地斜睨她一眼。「如今岳父是舉人老爺了，舉人都可以做官了。而且、而且咱倆都沒圓房，若是岳父讓妳和離再嫁，那可怎麼辦？若是妳嫌棄我了，不想和我過日子，可怎麼辦……」

常如歡啞然，她沒想到薛陸竟然這麼敏感，只不過是知道常海生中了舉人，就這麼有危機意識了。

不過這也說明了這個男人對她的重視和喜歡，她應該高興才是。

「放心吧！」常如歡捏捏他的手心，肯定地道：「嫁雞隨雞，嫁狗隨狗，只要你別在外面亂來，我不會不要你的。」

一聽這話，薛陸又高興起來，拉著她的手保證道：「娘子，妳放心，我只喜歡妳一個，就算哪天我考中狀元做了大官，也只要妳一個！」

常如歡笑笑。「乖。」

薛陸垮了臉，為什麼他總覺得娘子對他就像對待一個孩子？

兩人到了常家莊，隔得老遠就聽見村裡喜慶的熱鬧聲。到了常家所在的胡同，更是能清楚聽見李氏和馬氏笑著招呼人的聲音。

這一人得道，其他人也跟著升天了。之前恨不能跟常家二房劃清界限的大房和三房這會兒居然也厚著臉皮貼了上來，還不是看在常海生考上舉人的分上？

常如歡不願在這樣的場合找不自在，更不願與李氏等人糾纏，隨意糊弄幾句便去了灶房幫忙。

第二十一章

到了下午，喝酒的人陸陸續續都走了，屋裡的兩桌人也都散了。

李氏和馬氏笑容滿面地跟常海生說著村裡人和那兩桌客人送來的禮，與有榮焉道：「咱村裡的人就是眼界短小，竟然拿著兩枚銅板就來了，真是丟人現眼，瞧瞧縣城裡來的客人就是不一樣，直接送上一百兩銀子。嘖嘖，我這輩子都沒見過這麼多的銀子。」

李氏說這話時，眼睛盯著托盤裡的銀子都快要發光了。

常海生面帶淡淡的笑意。「今日多謝大嫂和三弟妹了。」

李氏和馬氏趕緊訕笑擺手。「不客氣、不客氣，都是一家人，說這些話做什麼。」

常海生點頭。「天色不早了，大嫂和三弟妹早些回去歇著吧。」

本想得些好處的李氏和馬氏一噎，臉上的笑頓時掛不住了，李氏忍不住尷尬開口：「二弟……你看青遠今年也五歲了，能不能……」

馬氏眼珠子一轉，也接過話去。「是啊、是啊，如英和如朋年紀也不小了，能不能跟著二哥去讀書？」

常海生淡淡一笑。「不是我不幫忙，而是我已經答應縣令大人去縣學教書，像孩子啟蒙這樣的事，我實在挪不開時間。」

聽到這話，李氏和馬氏一陣失望，敢情她們今天白忙活一天了？心裡這麼想著，臉上也不好看了，可到底礙著常海生舉人的身分，沒敢說出不好聽的話。

「那……那二哥可有推薦的學堂？二哥現在是舉人老爺了，鎮上或縣城的學堂也該給二哥面子，不如二哥幫忙送進去？」馬氏到底比李氏聰明些，知道也可以靠常海生的關係將兒子送到好的學堂去。

常海生瞥了馬氏一眼，並未答應。「讀書一看天分，二看後天的努力，如英和如朋可以先去鎮上的學堂讀書，若是可以，夫子自然喜歡，不必我說也會照顧他們，若是兩人不會讀書，就是我去找也是白搭。」

常海生自認為不是良善之人，自己對常家人的感情也早在李氏和馬氏合夥將如歡嫁進薛家時耗盡。雖然如歡現在過得不錯，薛陸也肯上進，但這都不能讓他忘記大哥家和三弟家對他家做過的事。

若說他大哥和三弟不知家裡婆娘做的事，他是不信的，雖然昨日他三弟還親自上門解釋過，但也只是看在他考中舉人對他們有用的分上罷了。

所以對於李氏和馬氏，常海生能敷衍就敷衍，不能敷衍那就任憑她們怎麼想。

馬氏臉色很不好看。「二哥這是不肯幫忙了？都是常家人，我們當家的和二哥可是親兄弟，二哥這麼做不怕寒了自己兄弟的心嗎？今日一大早我和當家的還有大哥大嫂就來幫襯，可不見其他人來幫忙，為的是什麼，還不因為我們是一家人？或許大哥還在為如歡的事生氣，可事情已經過去了不是嗎？我們當初也拿了銀子出來補貼了。」

馬氏說完，李氏便接過話。「就是，二弟啊，上陣父子兵，打虎親兄弟呢！有什麼事都不能抹去親兄弟這樣的事實，當初如歡的事就當是我們錯了，大嫂在這裡給你道歉還不行嗎？你的兩個姪子也不小了，姪孫也五歲了，二弟發達了就不能想想自己的兄弟？若公公還活著，看著二弟這般行事，難道就不傷心難過？」

馬氏和李氏一唱一和，常如歡看得精彩至極，一旁的薛陸也瞪大眼、張大嘴，滿臉不可思議。他突然覺得自家幾個嫂嫂真是太善良了，對待他這個小叔子也是好得沒邊了！

他得看看岳父是如何對付這樣的女人！

常海生並沒有因為李氏和馬氏的話心軟，而是反問道：「大嫂和三弟妹這是覺得我錯了？我不幫你們就是沒人性不顧兄弟情誼了？我倒要問問大嫂和三弟妹，這些年你們對我們二房如何有兄弟情誼了？若是真說出個四五六來，幫你們倒也無妨。」

「這……二弟，今日大好的日子，幹麼非得說些以前不開心的事情呢……」李氏訕笑，還不死心。

常海生淡淡一笑。「怎麼就不能說了？若是我現在還躺在床上下不來，大嫂和三弟妹可願意進我家門？」

李氏和馬氏住了嘴，不知道該如何說了。

這時外面傳來常大伯的咳嗽聲，就聽常大伯喊道：「妳個臭婆娘在那幹啥？趕緊回家去！」

李氏不甘心地看了屋內的人一眼，有些鬱悶地走了。

「三嬸不回去嗎？」常如歡笑咪咪的對馬氏道。

馬氏站起來，訕訕道：「這就走了。」

等屋內沒了外人，常海生長舒一口氣。「這口氣我憋了好多年了。妳娘病的時候找她們借銀子，妳大伯娘和三嬸不借，我還當是妳大伯和三叔不知道，可後來才知道，其實他們都是知道的，他們不好意思拒絕我，就讓自己的婆娘出面。現在他們有求於我了，還是這樣。」他抬頭看了薛陸一眼，繼續道：「男人最不應該做的就是躲在女人的身後，一點小事都依賴著女人，那麼這個男人一定是沒出息的。」

薛陸的臉蹭地紅了。他知道常海生這是在暗示自己。自己沒本事，事事靠著如歡，可不就是沒本事的男人嘛？

「我、我知道了，我以後會努力的。」薛陸憋紅了臉，頭都快垂到地下了。

常海生見他這樣，搖搖頭笑道：「我倒不是藉機教訓你，只是你今後走科舉的路，遇到的事情很多，尤其是做官後會更多。如歡再能幹，有些事也不方便出面，還是要你自己去處理。一個家需要女人打理，更需要男人將家撐起來，你明白嗎？」

薛陸看著溫和的岳父，趕緊點點頭，鄭重道：「岳父，我知道了，我一定不會辜負您的期望。」

常海生滿意的點頭。「今日給你介紹的人裡大部分是縣學裡的夫子，過幾天我就要去縣學教書了，不知道你有沒有興趣去縣學上學？」

「去縣學讀書？」薛陸驚訝地看著常海生。「可、可是我一直跟著娘子讀書……也挺好的。」他說著說著聲音就小了下去，他覺得跟著娘子讀書比跟著那些夫子好多了，他捨不得離開娘子。

常海生因為他這話都要笑了。「如歡的學問的確不錯，但和科舉還是有差距的。再說了，縣學裡有許多像你這樣的學子，你們一起讀書也能相互進益，更能學到許多為人處事的道理，這些你在如歡這裡學到的總歸是少些。」

這道理薛陸也明白，可他就是有些捨不得娘子。

薛陸偷偷瞄了常如歡一眼，希望常如歡拒絕這個提議。

可常如歡卻覺得常海生說得不錯，點頭道：「爹說得不錯，去縣學的確是個最好的選擇。而且縣學裡的夫子大多都是舉人，對科舉很是熟悉，當然，他們學問各有不同，對書本上的理解也不一樣，更能讓你集眾家所長，對你有益無害。」

常如歡這話可謂壓倒薛陸最後一根稻草，他也不是不想去縣學，按常理來說，一般只有考中童生的人才有資格進去。現在他有機會進縣學，定是岳父從中出了力。

可他還是捨不得他的娘子，若是娘子能一起去縣城就好了……

常海生見他這樣，知道他是答應了，又對常如歡道：「不如妳也去縣城吧。」讓女兒一個人待在薛家，他還真不放心。

而且看薛陸那樣子，明顯是捨不得自己的娘子。不過這一點他能理解，都是過來人，他們成親沒多久，如此正說明這小倆口感情好，自己更應該放心才是。

這話讓薛陸眼睛一亮，一下子燃起了希望。他盯著常如歡道：「娘子，咱們一起去縣城住吧！反正咱倆又不會種地，留在家裡也沒事可做，去縣城妳抄書也方便些，我也能天天看見娘子了。」

看他的表情，常如歡還真不好拒絕，不過她本來就沒打算放薛陸一人去縣城。就薛陸現在的定力，她擔心一個沒看緊，又和以前一樣了。

常海生看著小夫妻倆的對話，心裡滿是欣慰。「行了，這次中舉，有人送了套一進的宅子在縣城，雖然離縣學遠了些，但也是個落腳的地方，咱們就擠著住吧，反正也沒外人。」

常如歡一聽，自然欣喜，否則就他們倆現在的存款，到縣城租了房子就該喝西北風了。

「天色不早了，你們早些回去，薛陸去將事情和親家說明白，過幾日我讓人帶話給你們，咱們一起搬到縣城去。」常海生喝了些酒，有些困頓，便開口趕人。

常如歡失笑，點頭告辭離去。

常如年送他們出了屋門，小聲對常如歡道：「姊，其實姊夫現在也不怎麼討人厭了。」

常如歡瞥了眼走在後面沒注意到他們說什麼的薛陸，點點頭笑道：「如年長大了，可得好好讀書。」

常如年挺起胸膛。「那是自然的。爹說會在縣城給我找間好的學堂去上學，以後我要考狀元，到時候看誰還敢欺負咱家。」

常如歡笑道：「那姊姊可等著了。」

到了門口，常如年扭扭捏捏地對薛陸道：「姊夫路上照顧好我姊。」

常如年難得對他擺出好臉色，薛陸心裡高興極了，點點頭保證道：「放心吧。」

天色有些晚了，路上也沒什麼人，薛陸拉著常如歡的手，心裡高興得不得了。「娘子，我去了縣學妳就不用那麼辛苦了，抄書也能輕鬆一些，等我字練得好一些了，我再與妳一同抄書，妳就多休息休息。」

常如歡用餘光看見薛陸滿是興奮的臉，心裡也暖洋洋的。真好，她爹病好了，還中了舉人，夫君現在也上進，還知道心疼自己，就這麼生活下去似乎也不錯。

到了家，還沒進門錢氏就過來了，拉著常如歡的手是又誇又讚，弄得常如歡尷尬不已。

「娘，您來了正好，岳父說讓我去縣學讀書，他已經幫我安排好了。」薛陸見常如歡尷尬，趕緊將她的手從錢氏那裡拉出來，然後對錢氏道：「過幾天就要去了。」

「啥？去縣學？」錢氏一聽，臉都變了色。「好好的去縣學幹啥？在家學不是一樣很好嗎？怎麼，常氏妳不願意教老五了？」錢氏想到去縣學又要花一大筆束脩，且還不能時常看見兒子，一定是老五媳婦使的壞。

常如歡心想剛才還受到熱烈誇獎，接著就被無情的責難。

嘖嘖，這薛家的媳婦可真不好當。

薛陸見他娘誤解了，趕緊解釋：「娘，您先進來，咱們進屋說。」

等母子倆進了屋，薛陸才道：「娘，縣學是什麼地方，那可是秀才和童生才能進去的。妳兒子我能去讀書，還是岳父仗著舉人的身分幫我求來的，這機會是別人想得都得不到的。」

錢氏看著兒子，囁嚅道：「可是……可是……」縣城那麼遠，以後她想兒子都見不著，她捨不得兒子啊！

薛陸抿抿唇，繼續道：「娘，您不是最希望我能讀好書考中狀元嗎？雖然只跟著如歡也能學到學問，但那只是一家之長，去縣學卻能學到更多。」

被他這麼一說，錢氏又猶豫了。她只是捨不得兒子，可若是對薛陸好，她又不忍心拒絕。

錢氏想著，突然掉下淚來。「可你十七年從沒離開過娘，娘捨不得你啊！」她想到常如歡，突然道：「要不這樣，你自己去縣學，讓常氏在家待著。」

這樣好歹有人和她一樣想念兒子，自己也不至於那麼孤單了。而且媳婦在家，兒子肯定會時常回來，她就能見到兒子了，否則小倆口都去了縣城，兒子被媳婦攛掇著不回來了可怎麼辦？

薛陸明白錢氏的想法，想也不想就拒絕了。「娘，我現在還靠著如歡抄書賺來的銀子讀書呢，若是如歡不去，您覺得岳父會讓我住到他那兒？他能盡心地幫我？」

錢氏瞪大眼睛，連連擺手。「還要住到常家去？那不成了入贅嗎？不成不成。」

薛陸耐心地解釋道：「娘，岳父現在得了一座宅子就在縣城，我和如歡過去住也方便照顧岳父，更方便我討教學問，不然我們哪有銀子在縣城租房子？」

「娘這裡還有一些，給你——」錢氏急忙道。

薛陸阻止。「別，娘，您可別再動您手頭上的銀子了，那是小妹的嫁妝和您二老的養老錢，我可不能要。再說了，我們只是借住在岳父家裡，又不是入贅，咱們十里八鄉的哪個不知道我是明媒正娶如歡的啊？」

錢氏斂下眼皮，嘴唇顫抖。「那、那你要時常回來看娘，娘年紀大了，腿腳不方便，去不了太遠的地方……」

薛陸趕緊保證。「娘，我們肯定會時常回來看您和爹的。而且逢年過節，縣學都有假期，我們到時候就回來了。」

錢氏這才抹著眼淚答應。「有啥事別自己扛著，有娘在呢。」

「知道、知道。」薛陸笑著，替她擦去眼淚。

常如歡在錢氏離開後一會兒才從外面進來，她手裡拿著一個荷包，笑道：「竹丫頭的手還挺巧的，這荷包做得真好看，繡的竹葉跟真的一樣。」

薛陸舒了口氣。「竹丫頭自小就聰明，可惜生在農家院裡。對了，娘那邊我已經說好了，過幾天咱就跟著岳父進縣城。」

常如歡點點頭。「這幾日我就收拾東西，另外新收的糧食怎麼處理？」

薛陸想了想。「咱們就帶些日常吃的，剩下的存到地窖吧。」

兩人說了會兒話後便吹燈上炕，黑暗中，薛陸聽著常如歡輕淺的呼吸聲，心裡突然又緊了緊，有一種躁動，總想著向常如歡靠近再靠近……

第二十二章

常如歡將睡之際，忽然感覺身邊的男人慢慢朝自己靠了過來。

她翻個身朝向裡面，就聽身邊的聲音頓了頓，接著溫熱的身子靠近，一雙胳膊攬過她，一顆毛茸茸的腦袋埋進她的頸窩不動了。

可再如何不動，都不能阻止常如歡屁股上的炙熱，她心裡突然有些不忍。明明是夫妻，薛陸本可以行使做丈夫的權利，而只要薛陸要，她就沒有拒絕的立場，可薛陸為了和她的約定，就算身體上不舒坦，還是生生忍住了。

常如歡心裡有些感動，心也軟了軟。

薛陸許是太過難受，靠著她的身子動了動，嘴裡不禁發出一點聲音。

常如歡翻身過來，將手伸了過去，便感覺到薛陸繃緊了身子，一動都不敢動了。

「娘子……我……我……」饒是在黑暗中，薛陸還是脹紅了臉。「我不該……今天娘子都很累了……我……都是我不好……」

薛陸的聲音充滿了自責和內疚，聽得常如歡心裡一陣溫熱。

她挪了挪身子靠近他的懷裡，在他驚訝的目光下，親了親他的嘴角。

薛陸驚呆了，半晌沒反應過來，而後才欣喜若狂，在常如歡手裡的那物都跟著跳動了兩下。

常如歡：「……」

果然，男人都是順桿子爬的動物，不能慣……

過沒幾天，常海生讓人捎了口信過來，讓他們帶上行李先去常家莊，兩家再一起去縣城的宅子。

縣城的宅子不大，好在麻雀雖小，五臟俱全，廚房、水井一應俱全。

常如年自己可以有一間屋子，高興得上躥下跳，常海生看著，只笑著搖頭。

晚飯是常如歡掌廚，置辦了一桌子菜，一家人圍在一起，和樂融融。

常海生難得喝了一杯酒，感慨道：「幾個月前，我都以為自己必死無疑了，可誰知竟然莫名其妙的好了，還中了舉人，這都是如歡帶來的福氣啊。」

常如歡有些不好意思，笑道：「爹是好人，好人有好報，老天爺都看著呢，不捨得您再苦下去了。」

常海生搖頭失笑。「這世道，好人不一定有好報，但往正路上走總歸是不錯的。好了，以前的事咱們不說了，咱們往前看，薛陸好好讀書，早日考取功名，如年也努力上進，如歡照顧好家裡，一家人和和美美過日子。」

薛陸被岳父說得有些激動，端著酒杯的手有些顫抖。今日是自家人在一塊兒，薛陸在取得常如歡同意後也端了酒杯，見常海生說完了，便道：「多謝岳父栽培之恩，小婿一定不忘岳父恩情。」

他說得情真意切，常海生看著他澄澈的雙眼，心裡為自己的閨女欣慰。這人以前是差了些，但品性不壞，這幾個月的工夫倒像是變了個人一樣。怪不得聖人說「成家立業」，男人有了家就有了上進的動力，這話一點都不假。

只是……

常海生道：「賢婿不必客氣，我用了法子讓你進縣學，說到底是看在如歡的分上，你若對如歡不好，我自然不會管你。」

薛陸領會，趕緊搖頭表示忠心。「岳父不必擔心，我自然會疼愛如歡。」說著情意綿綿的看了常如歡一眼，有些不好意思。「如歡那麼好，我怎麼可能不對她好？她既是我娘子，又是我先生呢！」

聽見他這話，常海生很是滿意，點頭道：「你記得就好。」

一旁眼睛滴溜溜轉的常如年突然對薛陸道：「姊夫，如果你以後做了官，敢對我姊不好，我可是會打上門的！」說著還伸了伸他的小胳膊和小腿。

其他三人很不給面子地被逗笑了，常如年臉都憋紅了。「我說的是真的。我要好好讀書，考狀元做大官，給姊姊做靠山。」

「好，姊姊等著如年給我做靠山。」常如歡笑著去揉常如年的頭，心裡暖暖的。

常海生先帶著薛陸去縣學辦手續，又帶著薛陸拜訪了縣學的夫子，一轉眼便過去了幾日。

縣學開學的日子固定在每月初八，薛陸一早便收拾好東西，帶著書本，一臉忐忑地去了縣學。

臨走時，他嘴裡還跟常如歡唸叨：「若是我跟不上進度怎麼辦？若是同窗笑話我連童生都不是怎麼辦？」

常如歡看了他一眼，邊給他整理裝書的袋子，邊道：「與其擔心這些，倒不如想想如何將書讀好。如何與同窗相處也是門學問，你好好學吧，至於進度……」她挑了挑眉。「家裡有一個舉人，還怕進度跟不上？」

薛陸想想也是，就算一開始進度跟不上，回來問岳父或娘子就是了。

想到這些，薛陸又開心起來，高興地跟著常海生去了縣學。

縣學離他們住的地方有些遠，中午只有一個時辰的休息時間，根本不夠來回，於是常如歡便早起做了兩份便當讓他們帶去。

而常如年也去學堂了，學堂裡有包一頓午飯，所以家裡三個男人一起出門後，家裡就只剩下常如歡一人。

這宅子距離買菜的地方倒也不遠，常如歡便出門買菜去了。

到了傍晚，薛陸和常海生連同下學的常如年回來了。

常如年一臉興奮地和常如歡說在學堂裡認識了幾個小夥伴。而看薛陸，面上則有些失落，常如歡想著定是在縣學發生什麼事才會如此。倒是常海生一如既往，整個人看起來淡淡的，竟有些世外高人的姿態。

晚飯後，夫妻倆躺在炕上，薛陸憋了半天才對常如歡道：「娘子，我覺得自己好笨。」

「嗯？今日可是不順利？」

薛陸嘆了口氣。本來今日信心滿滿的去了縣學，誰知去了之後才發現自己和別人的差距不是一般的大。他們那一批人裡最差的也是童生，有幾個還是秀才，他一個白丁在裡面很是突兀，不出所料，他受到前所未有的關注。

好在其他人知道他是常海生的女婿，看在常海生的面子上，夫子對他也算照顧，其他人也沒敢說什麼，可明顯的排斥他卻感受到了。

「我覺得他們都看不起我，覺得我是走後門進去的。」他翻個身接著道：「娘子，我怎麼覺得還不如考上童生之後再進縣學呢？」

常如歡想了想，道：「你有後門可走，這是你的優勢，他們只能靠自己的實力進去，那是他們的本事。不管怎麼進去的，這都是各憑本事。你若覺得他們瞧不起你，那你就努力讀書，明年考上童生、考上秀才就是了，到時候他們還能瞧不起你？」

薛陸想了想也是，他娘子就是聰明。他立即高興起來。「不過，娘子，今日夫子給我安排的功課我都提前完成了，夫子還誇我有悟性呢。」

常如歡看著他如同孩子般的討賞，笑道：「這不是很好嗎？所以不要再說自己笨了。人情世故是需要慢慢累積的，等他們熟悉了，知道你是什麼人後也就不會排斥你了。等你功課進步，得到夫子越多的誇讚，他們也就釋懷了。」

薛陸嘿嘿直笑，情不自禁地將常如歡攬進懷裡，在她臉上親了一口。「娘子，妳真好。」

薛陸嘿嘿笑著，就是不放開她。常如歡也任由他抱著，慢慢睡了過去。

日子如此平淡地過去，距離常如歡和李掌櫃說定的日子也到了。

等三個大小男人出了門，常如歡也帶上自己的手稿和抄好的書本去了書鋪。

書鋪在縣城繁華的街上，離他們住的宅子有些距離。常如歡一早出門，到書鋪時已是人來人往，熱鬧非凡。

在她看不見的角落裡，有一男子鬼鬼祟祟地躲在牆角。他狠狠吐了口唾沫，嬉皮笑臉地對另一人道：「老大，那娘兒們就是薛陸新娶的媳婦。」

被稱作老大的人臉上有道疤痕，看起來凶狠無比。他抬了抬眼皮，不置可否的點了點頭。「是個不錯的貨色，可惜不是黃花大閨女。不過等爺嚐了鮮，再賣到琅琊郡去，應該也能賣個好價錢。張武，這事幹得不錯。」

嬉皮笑臉的人正是張武，他爹是鎮上的地主，家裡有點小錢不假，但他爹膽小怕事，從不敢輕易得罪人。那日他被薛陸和常如歡一家子羞辱，他時刻都記著，好不容易等來這機會，自然不願放過。

「給老大做事，我心甘情願。」張武義正辭嚴地道。

「行了，等爺玩膩了也賞你玩玩，一個女人罷了。」那老大哼了一聲。小娘兒們可真水靈啊，只遠遠看了一眼，身上都跟著了火一樣，都快燒起來了。真想立即將人壓在地上好好快活一番。

「等她出來就跟著，找個人少的胡同就動手。」

張武哎的一聲答應了，心裡也興奮起來。

不過這些常如歡並不知道，她帶著書稿進了書鋪，就見李掌櫃坐在一處整理書籍。

李掌櫃見她進來，笑著將她迎了進去。「我也想著妳該來了。」

常如歡笑了笑，將書稿遞送過去。「我們搬到縣城來了，只是離得有些遠，過來還是耽擱了時辰。」

李掌櫃無所謂地笑笑，將書稿接了過去。「這就是妳寫的話本子？」說著翻開看了起來。

李掌櫃的表情從最初的漫不經心到越來越投入，儼然已經沈浸在故事中。

常如歡帶過來的只有短短幾回，李掌櫃已經看得入了迷，等幾章看完，急忙問道：「這後面的故事什麼時候能寫出來？」

他常年與話本子打交道，自然明白什麼樣的話本子受歡迎。而且話本子的買家大多是有錢人家的閨閣小姐用來打發時間的，這些小姐們可不就最喜歡這種情情愛愛的嗎？

這小娘子年紀不大，寫出來的話本子也通俗易懂，最難得的是故事新穎，能將人吸引進去，他已經可以預見這話本子一上市將會帶來多少利潤。

「這個……需要些時間。掌櫃的也知道，我除了寫話本子外還要抄書，時間上總得分配著來。」常如歡仍舊笑著回答。

李掌櫃嘆了口氣。「小娘子好文采。」當初東家對這小娘子另眼相看，他還有些不解，現在看來倒是東家慧眼識珠了。

「這樣，這手稿先放在我這裡，回頭我問問東家如何印刷成冊，到時候酬勞也一併回了東家，妳回去後接著寫後面的故事，妳看如何？」李掌櫃鄭重地將書稿遞給夥計，交代了幾句，便對常如歡道。

常如歡自然沒有不應的道理，這間書鋪是清河縣最大的書鋪，若是這裡都沒有好價錢，別的書鋪也就更不可能了。更何況她覺得李掌櫃和那小李東家都是實在人，在實在人手裡賺銀子，總不會吃大虧。

「那我先帶幾本書回去了。」常如歡交代完便道。

等她走後，李讓從後堂出來，信步出了書鋪，跟了上去。

只是走了一段路後，他發現情況有些不對——有人跟蹤常如歡！

常如歡出了書鋪後便往回去的方向走，因為心裡想著事，完全沒注意到被人跟蹤了。到了一個胡同，後面跟著的張武和另一個混混快走幾步攔在常如歡跟前，常如歡這才發現自己被跟蹤了，而且情況似乎有些危險。

張武不懷好意地看著她，語氣輕佻。「小美人，妳說妳嫁給誰不好，偏偏嫁給薛陸那個廢物，倒不如跟了哥哥去，保證有妳的好日子過。」

常如歡看著張武，冷笑一聲。「薛陸是廢物，那你是什麼？人渣還是畜生？」

「妳……」張武臉色變了變，冷哼道：「給臉不要臉，妳以為今日我二人將妳攔在此處還能讓妳跑了？將妳賣進窯子都是妳的造化！」

這胡同行人稀少，有幾個路過的看到這種情形也紛紛躲開了，誰都不願意插手。

常如歡雖然嘴上不饒人，心裡也是著急。就算她是穿越過來的，可她也打不過兩個大男人呀！

張武見她變了臉色，有些得意。「怎樣，想清楚了沒？給哥哥道個歉，哥哥就把妳帶回家，不將妳賣進窯子裡了。」

常如歡還未說話，他旁邊的混混卻對張武道：「張哥，老大說了，要先將人帶回去給他玩玩的。」

張武立時拉下臉，他居然帶了個笨蛋來，這呆子難道看不出來他只是調戲小美人、嚇唬小美人的嗎？

況且當著小美人的面被拆穿自己也是跑腿的，多沒面子！

「閉嘴！」張武咬牙切齒。

那混混卻沒明白，瞪著眼睛道：「咱們快點動手吧，老大還等著玩呢！」

「哈哈，我看你們兩個笨蛋，腦子都有問題啊！」

常如歡正在想法子，突然聽到這話，回頭一看，居然是書鋪的老闆李讓。

雖然對方看上去文質彬彬，不是混混的對手，可她居然奇異地安下心來。

李讓信步上前，安撫地看了常如歡一眼，才站到張武跟前。「大兄弟，你們老大是誰？」

張武狐疑地看著這男人，見他一身書卷氣，穿著不錯，皺眉道：「你是誰？少管閒事，趕緊滾。」

那混混則哼道：「說出我們老大的名字嚇死你！」

李讓笑道：「哦？那你快說出來嚇死我呀。」

第二十三章

張武來不及阻攔，就聽那混混道：「我們老大是何老大，在清河縣誰敢不給我們老大面子？這小娘子是我們老大要的人，你趕緊滾，不然別怪我們不客氣！」

李讓繼續笑。「你打算怎麼不客氣？」

張武皺眉。「別在這兒瞎扯，你若是不走，那別怪我們先收拾你了，反正小娘子也跑不了。」

常如歡擔憂地看了眼李讓，心裡卻道：這人可來得巧啊！

李讓似乎讀懂了她的擔憂，給了她一個安心的眼神，接著轉頭對張武兩人道：「我正等著你們來收拾我呢。」

本來不該笑的場合，常如歡卻很不厚道地笑了，心想這李讓似乎有點意思。

張武被嘲諷，當即惱怒，對那混混使了個眼色，掄起拳頭就朝李讓衝了過來。

李讓不慌不忙地將常如歡擋在身後，常如歡還沒看清楚，便看到張武被掀翻在地。

這下常如歡真的驚訝了，這李讓看上去就像個文弱書生，不想居然有這本事。

張武牙齒磕斷兩顆，血都流了出來，大罵道：「奶奶的，老子不發威當老子是病貓！陳三兒，一塊上！」說著跳起來又揮拳過來。

沒一會兒，這兩人都躺倒在地上。

李讓淡笑著對張武道：「回去告訴何大，要想在清河縣待下去，就老實些，不該惹的人最好別惹，否則下一次我李讓可就不會手下留情了。」

張武不認識李讓，那陳三經常跟在何大身邊卻聽過李讓的名字。所以張武還想破口大罵時就被陳三拉住了。

陳三飛快地爬起來，對李讓哈腰道歉。「李爺，我們錯了，我們再也不敢了。張哥，我們快走。」說著就去拉張武。

張武猶不甘心，罵罵咧咧道：「怕個啥，咱老大多大的人物，還怕他不成？」

陳三急得冒汗，尷尬地強行將張武拉走了。

隔了老遠，常如歡還能聽到張武的罵聲，她心裡除了驚訝還有了不安。看來這縣城也不是那麼安全。

「我送妳回去吧。」李讓慢條斯理地撫平身上衣服的褶縐，笑著對常如歡道：「放心吧，他們不敢再來招惹妳了。」

「你是練家子？」常如歡狐疑地看著他。「那些人真的不敢來了？」

李讓並沒有因為她的懷疑而不悅，點頭嗯了一聲。「走吧。」

對於救命恩人，常如歡沒再拒絕，畢竟在名聲面前還是小命比較重要。「多謝了。」

兩人一前一後走著，一直到了小院門口。

常如歡長舒一口氣，道：「相公和爹爹都不在家，我就不留李老闆了。今日之事，多謝李老闆出手相助。」

李讓看著她疏離的模樣，心裡滿是苦澀。「嗯，我回去了。」說著轉身便走。

常如歡怕薛陸和常海生知道這事會擔心，所以二人從縣學回來後她提都沒提。其實連寫話本子這事她都沒敢和常海生說，以他的脾氣，估計會將她臭罵一頓。

誰知她不說，幾天後薛陸卻從別人那兒聽來了其他閒話。

「娘子，聽說那日是李老闆將妳送回來的。」薛陸有些委屈的看著常如歡。「就是妳說去書鋪送書稿那日。」

常如歡正在想話本子下面的情節，聞言筆尖頓了頓，抬頭看他一眼。「你聽誰說的？」她記得那日胡同裡並沒有其他人，況且他們來的時間短，並不認識街坊四鄰，他們也不太可能到他跟前嚼舌根。

不想薛陸卻有些不自在。「是、是那日有人看見了和我說的。」

常如歡挑眉。「哦？」

薛陸知道瞞不過去，索性坦白。「是張武與我說的，他說他親眼看見妳與那李老闆舉止親密，一前一後到了咱家門口。」他瞅著常如歡，小聲道：「娘子，聖人講究女子三從四德、三綱五常，妳是不是也該注意一些？若是讓村裡人看見了，指不定如何說呢。」

「三從四德，三綱五常？」常如歡放下筆，站起來看著他。「你倒是長進了，知道三綱五常和三從四德，然後頭一件事居然是拿回來想用這束縛我、要求我？」

常如歡朝他走了兩步，薛陸倒退兩步，抿了抿唇，並不覺得有什麼不對。以前他混帳時她不喜歡，現在他進步了，知道聖人之言了，她怎麼還是這副模樣？

「娘子，為夫不是要求妳，只是這都是女子該遵守的。娘子也讀過書，學識比我好，一定知道這個道理的，對不對？」薛陸說得口乾舌燥，看著常如歡的臉越來越黑，他又有些不確定了。明明是她做錯事情，為什麼他會心虛？

況且她已經跟他成親，是他的娘子了，怎麼能讓別的男人送回來？這讓別人知道會說她給他戴綠帽子的。

薛陸越想越覺得是這樣，所以底氣也足了許多。「俗話說『出嫁從夫』，娘子，咱們成親時妳說得並不準確，女子出嫁應該將夫君放在首要位置才是，夫君的聲譽就是妳的聲譽。我是讀書人，妳得為我考慮。」

常如歡看著眼前這個越說越起勁的男人，突然發現薛陸真的和以前不一樣了。當然，這樣的成長如果用在對付她上頭，那就讓人不怎麼開心了。

「你學了這些天，倒是學了不少東西。」

薛陸抿了抿唇，眼中帶了喜色。「那是自然。縣學的夫子都是有學識的，加上岳父從旁指點，我自然能夠進步。」

常如歡點頭。「嗯，長進了是好事，只是你倒是現學現賣，將那些狗屁倒灶的理論用在我身上了。」

她說得雲淡風輕，薛陸卻有不好的預感，可想到張武說那些話時的表情，又梗著脖子道：「這不是針對娘子，我只是說出事實。」

「事實？」常如歡瞇了瞇眼。「你寧願相信那混蛋，也不相信你明媒正娶的妻子？」

「我、我沒有……」薛陸覺得自己可能又惹事了。

常如歡步步進逼。「沒有？」

薛陸趕緊點頭。「沒有。」

「那你為何因為張武的話來質問我、教訓我？」常如歡盯著他。「薛老五，你長能耐了啊你。」

薛陸眨了眨眼，突然發覺娘子怎麼和以前有些不一樣？

常如歡瞪眼。「老虎不發威，你當老娘是病貓啊！」

娘的，古代就這點不好，裝了這麼久的淑女都快讓她忘了自己是什麼德行了。

還好，她沒有忘記自己的本性。

薛陸被常如歡嚇到了。

在他的眼裡，娘子學識過人，聰明能幹，貌美如花，可誰知道他娘子也有如此懾人的時候。他不由得想起新婚夜娘子對他的粗魯……

「怎麼？覺得我可怕？」常如歡眯眼看他，接著悠然自得地坐下，倒了杯茶水喝了一口。「是不是覺得我不三從四德、不守婦道？」

薛陸嚇得趕緊搖頭。

常如歡看他這樣，哼了一聲。「別以為我不知道你心裡在想些什麼。」

她啪的一聲將茶碗放下，聲音拔高。「薛陸，我告訴你，張武那些人你最好離得遠一點。」

薛陸趕緊點頭。「娘子說得是。」

常如歡滿意地點頭。「好了，溫書去吧。」

薛陸鬆了口氣，趕緊走人，可又覺得不對。

問題沒解決呢！

他期期艾艾地看著常如歡，鼓足勇氣道：「那娘子以後不可與那李老闆多有來往。」

對方那麼有錢，家世又好，要是娘子嫌棄他怎麼辦？

常如歡翻了個白眼，點點頭。「好。」

薛陸得寸進尺道：「以後要去交書稿，等我縣學每旬休假時再一起過去，或者我單獨送過去。」

常如歡再翻了個白眼。「好。」

薛陸心裡滿意許多，又丟出之前的問題。「娘子真的沒有和李老闆舉止親密？」

常如歡怒了，一拍桌子。「你這麼信任張武，乾脆你和他一起過啊！」

薛陸搖頭。「那不成，他是男的，」頓了頓，小聲道：「再說了，他也沒有娘子好看……」

常如歡都快被他氣笑了，看來今日不說清楚他是不會安心，索性也過去幾天了，說了也沒事，於是道：「那日我從書鋪回來碰上張武和一個混混攔路，是李老闆路過救了我，人家擔心路上不安全才送我回來，全程沒說一句話，人家守禮得很。」

薛陸不知道這些，乍聽見嚇了一跳。「娘子妳沒事吧？張武那混蛋，我一定要給他好看！」

知道他是關心自己，常如歡也沒生氣，哼了一聲道：「你能怎麼讓他好看？你打得過他？還是你家比他家有權勢？張老爺再膽小，也不會看著他兒子被打。況且，你是要考科舉的人，身上哪能背上這種打人的污點？要想為我報仇，那就好好讀書，早日考上功名，到時候自然有人搶著幫你報仇。」

這個世道就是如此，你無權無勢，別人不會把你放在眼裡，等你有朝一日做了人上人，自然有人巴巴地往上趕。

薛陸眼神有些黯淡，覺得自己無能極了，連自己的娘子都保護不了，又算什麼男人？他憋著一口氣，半晌對常如歡道：「今後娘子還是少出門為好，就算出門也讓人陪著。」

看著他擔憂的模樣，常如歡點點頭。「知道了，快去溫書吧，爹不是說晚點還要檢查嗎？」

除了縣學夫子安排的功課，常海生也會根據薛陸的情況給他布置一些。

聽常如歡提起，薛陸立刻端正態度道：「娘子放心，我一定用功讀書，然後給妳報仇。」

常如歡笑了笑。「好，我等著。」

薛陸滿懷信心地讀書去了，常如歡臉上的笑容也斂了下來。

這張武還真是陰魂不散，上次帶薛陸去花樓這事還沒找他算帳呢，現在又弄出這事來。

只是她低估了張武找事的程度，等她看到薛陸被抬回來的時候，頓時傻住了。

常如年下學回來正好碰上幾人抬著他的姊夫，也嚇壞了，一看見姊姊立刻哇的哭了。

「姊，姊夫會不會死啊？」

「既然送回來了，那我們就先走了，趕緊請大夫吧！」將人送回來的是薛陸在縣學的同窗，其中一人見薛陸的娘子漂亮，忍不住多看了一眼。「也是那人不講道理，惹惱了薛兄，薛兄氣不過才動手的。我們幾個書生實在不敵，最後就成了這樣。」

常如歡瞥了對方一眼，見對方衣衫整齊，面色如常，不像方才打過架的樣子，淡淡道：「多謝了。」

那人被戳破心思，有些不好意思。當時他與薛陸及另外兩人去書鋪買書，路上碰到那無賴，對方對薛陸娘子言語侮辱，惹惱了薛陸，才上前動手。照理說，他們有四人，對方只有兩人，他們的勝算應該頗大，可因他們這些書生不想惹事，便眼睜睜地看著薛陸被對方打成這樣。

最後薛陸被打暈過去，他們怕出事又顧忌常海生，這才阻攔下來，將人抬著送了回來。

他們都是靠著本事進去縣學的，對於薛陸走後門進去委實看不上眼，所以這次才沒幫忙，甚至冷眼旁觀。

只是被常如歡盯了幾眼，這幾個書生竟然覺得羞愧。

他們自詡是讀書人，本該心中充滿正氣，卻因為一己私心，置同窗於不顧，著實有失讀書人的氣度。

「薛兄應當無大礙……我們……就先回去了……」這書生紅著臉說完，招呼著另外兩人匆忙走了。

「如年，去請大夫。」常如歡轉頭看著嚇壞的常如年，趕緊吩咐。

常如年擦擦眼淚，嗯了聲後跑了出去。

常如歡看著躺在炕上一動不動、被打成豬頭的薛陸，心裡不由皺起了眉頭。

今日之事絕非偶然，看來那張武還不死心，還想算計他們。

炕上，薛陸動了動，接著睜開了眼，看見他娘子黑了的臉，緊張地要坐起來。

常如歡一根手指將他戳回去，冷聲道：「薛陸你了不起，居然敢打架?!」

薛陸一動嘴，疼得齜牙咧嘴，可又怕常如歡生氣，趕緊解釋：「娘子，實在是張武欺人太甚，我不教訓他們實在氣不過。」

「那你可打得過人家？」常如歡冷哼一聲。

薛陸頓時有些失落。「是我沒用……」

若他和幾個哥哥一樣常年勞作，身上有一把力氣，碰上張武也不至於被打成這樣。

常如歡看他滿心愧疚，有些心軟。「想打架起碼也得回來商量商量，看看怎麼行動，既不讓人知道，又能報仇。看你衝動的下場，這副模樣和豬頭也差不多了。」

「真的這麼難看？」薛陸一聽像豬頭，嚇得差點跳起來。自己渾身上下一無是處，也就這張臉還能看，若是娘子嫌棄他了怎麼辦！

常如歡翻了個白眼，將人又戳回去。「行了，如年去請大夫了，好好躺著吧。等傷好了，咱倆再算總帳。」

明明女子該以夫為天，該三從四德，事事以他為重，可為何他聽見常如歡這句話，會覺得頭皮發麻呢？

「娘子，我現在就交代……」趁著現在自己受傷，或許娘子會捨不得罵他？不得不說薛陸難得聰明了一回。

常如歡瞅著他可憐兮兮的樣子，哼了聲，到底心軟。「先養好傷再說。」

「娘子妳真好。」薛陸笑嘻嘻地拉著她的手。他看到常如歡眼底的心疼，知道娘子這麼說就是放過他了。

雖然事情因娘子而起，但他是娘子的夫君，維護娘子的聲譽義不容辭。

如今想到張武言語間的侮辱，薛陸一想便來氣，恨不得將張武吊在樹上打。就是這事再來一次，他還是會這麼做。

常如年剛把大夫請回來，後腳常海生就回來了。

常海生臉色不好，皺眉進屋瞅了薛陸一眼，對大夫道：「老先生，如何？」

老大夫摸了摸鬍子，道：「都是皮外傷，無大礙。我先開跌打損傷的藥，按時服用就好。」

本來薛陸看見常海生進來還有些害怕，一聽這話急忙問道：「可有損顏面？」

第二十四章

老大夫呵呵笑。「無礙。」
薛陸這才放了心，瞥見常海生正皺眉看過來又洩了氣，忙露出討好的笑容。那一臉的無辜讓常海生一口氣憋在喉嚨裡出不來，只能起身送老大夫出門。
「岳父越來越嚇人了。」薛陸吁了口氣，對常如歡撒嬌道。
常如歡斜睨他一眼。「行了，也不怕人笑話。」
薛陸顧不上傷口疼，嬉皮笑臉道：「我跟自家媳婦說話，誰會笑話？」
常海生送大夫回來後，站在門口聽見屋裡小倆口的談話，腳步頓了頓，轉身拉過正要進去的常如年離開。「先去煎藥吧。」
常如年不疑有他，早先常海生病著時他沒少煎藥，這活兒他最拿手。
晚上吃飯時，薛陸沒有出來，而是躺在屋裡養傷。
常海生放下碗筷，對常如歡道：「如歡，薛陸是個男人，該面對和扛起的責任，他都得接受，不可能萬事都靠著妳。今日之事他雖遭了罪，可也長了教訓，總歸是為了妳，今後妳該放手讓他自己去努力了。」
常如歡頓了頓，點點頭。「爹，我知道了。」
「嗯，明日我給他請假，先在家養幾天傷，等傷好了再去縣學吧。」他眼神在常如歡短了一截的衣袖上一頓。「明日去裁些布和棉花，做些棉衣吧。」
常如歡手上動作不停。「我知道了，明日我就去。」
常海生剛想點頭，又想起了什麼，轉而道：「這兩天也還暖和，等薛陸傷好了讓他和妳一起去，或是等我休沐時與妳一道去。」
「我也陪姊姊一起去。」常如年道。
常如歡知道爹和弟弟是擔心自己再碰見張武等人，便也沒拒絕。

薛陸一個人待在屋裡很是忐忑。在他的印象裡，岳父對他有諸多不滿意，就連小舅子也是在這兩個月才對他假以顏色。
他躺在炕上也顧不得傷口疼，翻來覆去的就怕岳父和小舅子對他的印象更差了。
他們會不會認為他太沒用了？他們會不會覺得他配不上娘子？
每個擔心都讓他抓耳撓腮，恨不得立即跑去堂屋看看岳父的表情是否有丁點不滿？
而且事後他也回過神來了，今日他的魯莽可能會釀成更大的危險。以前他時常與張武一起鬼混，張武什麼德行他一清二楚。張武他爹雖然膽小怕事，但對這唯一的兒子言聽計從，而張武又是那等我好大家好，我不好別人也別想好的人。他雖然被打得厲害，可張武也挨了他的打，加上上次在村裡那件事，他擔心張武會報復。
雖然他是男人不怕這些，可娘子一個女子，實在是危險了點。
常如歡提著食盒進屋時，就看到薛陸像翻麥子似的翻來覆去。

「身上招蚊子了？」她一邊將食盒裡的飯菜端出來，一邊打趣。

薛陸有些不安。「娘子，那張武是個睚眥必報的人，上次的事他沒找咱麻煩，我以為就這麼過去了，可現在我覺得事情沒有這麼簡單，我擔心他以後還會找咱們的麻煩。」

常如歡一頓。「嗯，這事遲早要解決。」

薛陸眼睛一亮。「娘子有法子？要不咱花點銀子找幾個人將他打一頓？」

常如歡丟個白眼給他。「你還怕鬧得不夠大？」

「那怎麼辦？張地主就他這一個兒子，看得跟眼珠子似的，想必不會甘休，咱家又不如張家有錢……」薛陸有些氣餒，不安地看著常如歡。「而且今日我還揍了張武，雖然他傷得沒我重。」

常如歡驚訝地瞥他一眼，繼而笑道：「不錯，起碼這頓打沒白挨。不過我想著那日李老闆能讓另一個小混混害怕，或許咱可以借用李老闆的人脈？」

一提到李老闆，薛陸就想起那日李老闆送常如歡回來的事，現在又聽娘子提起借用李老闆的手教訓張武，他心裡的醋罈子立刻就翻了。

可他又怕娘子說他小心眼，心裡悶悶不樂，翻身對著牆不說話了。

常如歡已經將飯菜擺好，扯了扯他的衣服道：「行了，怎麼這般小心眼，滿大周找不出比你更小心眼的男人了。」

「哼！」薛陸輕哼一聲。「我倒是好奇那日李老闆為何就這般巧的正好路過？」

常如歡何嘗沒有考慮過這個問題，甚至在與李讓接觸時，總會想起上輩子在現代的一個同事。無疑的，李讓身上有不少與那人相似的地方。

不過她覺得沒有幾個人會如此倒楣的穿越到這古代，更遑論兩個相識的人一起穿越過來了。

甩去腦中的不可能，她看著眼前醋罈子翻了一地的男人，不由道：「還來勁了你，一個大男人竟然吃這種醋，真不害臊。」

薛陸不為所動，默不作聲。

常如歡無奈。「好了，不找他行不行？張武來找麻煩就找唄！大不了我不出門就是了。」

薛陸雖然欣喜常如歡以他的心情為主，可又不得不承認李老闆或許比自己更有能耐些，一時間竟然糾結了，進退兩難。

「再不吃菜都涼了，我可是沒陪爹爹和如年，特地過來陪你吃的，你不吃我可自己吃了。」常如歡拿起筷子開始吃飯，還不忘去哄小心眼的男人。

小心眼的男人得了臺階，肚子又適時地咕嚕響起，便坐了起來，在炕桌上一口口的吃飯。

常如歡專心吃菜，默不作聲。

薛陸偷偷觀察常如歡的表情，見她表情淡淡的，心想難不成娘子又生氣了？

兩人安靜地吃完飯，常如歡將食盒提了出去。薛陸繼續躺下，外面天色已經黑透了，他盯著院子，聽著堂屋裡輕輕的說話聲，心裡很不是滋味。

如果他是有錢人家的公子就好了……如果他有個有本事的爹就好了……

常如歡回來時，薛陸已經睡了，她也沒點燈，摸黑上炕，輕輕躺下，靜靜感受著夜晚的寧靜。

「娘子，我是不是很沒用？」

就在常如歡迷迷糊糊要睡著時，身側本該睡了的人忽然冒出這麼一句話。

常如歡清醒過來，含糊道，「不會，只要你好好讀書，就不是沒用的人。而且就算考不上狀元，你也可以做其他的，開館做先生教書育人，也可以買上幾畝地學著種田。不管幹什麼，總歸是正途。」

許是這話並沒有安慰到薛陸，過了許久常如歡也沒等到薛陸的回應，她翻了個身，眼睛正對上薛陸睜大的眼睛。「怎麼還不睡？」

薛陸在黑暗中嘆了口氣。「娘子，我以前真是太自以為是了。」

常如歡一愣，不明白他為何突然覺悟了？

就聽薛陸繼續道：「小時候娘說我是天上文曲星下凡，天生就是考狀元的，那時候小夥伴們還有同窗都笑話我，說我連書都背不熟，怎麼考狀元？可那些年我卻從未覺得有問題，一直以為等我考狀元時，那些都是小問題，根本不會難倒我。

「直到我遇見了妳，娶了妳進門。」薛陸眼睛亮晶晶的。「我才發現以前我錯得多麼離譜，人生過得多麼糟糕。我想努力讀書，得到夫子和同窗的認可，更想得到娘子的認同。我以前覺得成功是輕而易舉的事，如今才發現不簡單，以前多麼傻啊……」

薛陸嘆了口氣，聽著常如歡清淺的呼吸聲，小聲道：「娘子，我會一輩子對妳好。我會加倍努力，給妳掙個誥命回來，讓誰都不能欺負妳。」

他再也不要做以前的薛陸了。

可惜常如歡已經睡著了，沒有聽見他的表白和決心，若是常如歡聽見了，一定會覺得欣慰吧？

這一夜小院很寧靜，可薛家莊的薛家卻不平靜。

錢氏聽見別人帶回來的消息，立刻坐不住了。「不行，我得去縣城看看老五去！我可憐的老五，這才搬過去幾天就被人打了，我的心肝喲！」

不光錢氏心疼，薛老漢也心疼得厲害，將幾個兒子叫回來一商量，決定第二天一早就去縣城看薛陸。

天亮後，薛老大過來，見薛老漢已經坐在門檻上抽了一袋煙了。

薛老漢見他過來，說道：「去了先弄清楚怎麼回事。還有，好好看住你娘，怎麼說親家現在也是舉人老爺了，你娘若是吵吵鬧鬧的也不像話。」

薛老大點點頭。就他娘疼老五的性子，估計會把怨氣全都撒在五弟妹身上。要是真的惹惱了親家叔，他們薛家可就真的麻煩大了。

「你爺兒倆說啥呢？收拾好了就趕緊走。美美，妳去灶上拿幾塊乾糧，我們路上吃。」

錢氏聽見兩人說話，趕緊催促。「如果老五有個好歹，我非得讓常氏賠命不可！」

薛老漢不置可否地站起來，不放心道：「去了先弄清楚事情經過，別瞎吵。」

薛老漢不說還好，他這一說，錢氏當即惱了，瞪眼道：「我能怎麼吵？我兒子跟著岳父在縣城住卻被人打了，他連信都不給咱們捎一封，這還有理了？說不得老五被打就是因為他們常家人做事不厚道，才報應在咱們兒子身上。」

聽錢氏蠻不講理，薛老漢氣道：「少在這裡胡說八道！親家是難得的厚道人，又是舉人，能做啥事？」

若親家不是厚道人，早就在中舉時讓常氏回娘家另嫁了。再嫁的女人是不好嫁，但在這種小地方，舉人的女兒就是嫁過一回那也是香餑餑。

錢氏還要再說，薛老漢卻不給她機會。「閉上妳的嘴，否則就在家待著！」他平時雖不吭聲，但不代表能任由錢氏在大事上胡來。

錢氏不服氣地閉上嘴。薛陸是她的心肝寶貝，從小到大都沒捨得動他一根手指頭。那次張武找事，她都恨不得撕了張武，現在沒在自己眼皮子底下又出了事，她自然便將責任怪到常家人的頭上。

薛陸是因為他的娘子和岳父才會去縣城，常家人理應照看好薛陸。況且薛陸被打，自己卻是從其他人那裡知曉了這事，說不定就是常家人心虛。

可她心裡再不滿，這會兒也不能說了，就算想發洩也得到縣城找到常如歡才行，否則薛老漢發起狠來不帶她去，那她就見不到兒子了。

不能知道兒子是否平安，比剜她的心頭肉還要痛苦。

幾人出發得太早，路上竟然沒有碰到去縣城的牛車，只能靠雙腳。待縣城城門一開，幾人就朝薛陸之前帶信回來說的地址過去了。

昨夜睡得晚，錢氏拍門時，常如歡還在睡。

只是那拍門的動靜實在太大，她只能皺著眉起床。

薛陸翻了個身，嘟囔道：「這麼大清早的，誰啊……」

常如歡穿好衣服下了炕，頭也不回道：「聽著像是娘的聲音。」

薛陸瞬間睡意全無，跳了起來。「娘？她怎麼來了？」

常如歡也納悶，難不成錢氏從別人那裡知道薛陸被打，所以過來給兒子報仇了？可報仇也不該找她呀。

「常氏，妳趕緊給我開門！」

錢氏在門口大喊，常如歡不作他想，匆匆出去開門。

一開門，迎來的便是錢氏的一巴掌。常如歡下意識往旁邊一躲，讓錢氏撲了個空，一個趔趄差點摔倒。

「常氏妳這個惡婦，我要休了妳！」錢氏完全忘了出發之前薛老漢的警告，劈頭蓋臉的又是一巴掌過去。「我兒子跟著妳來縣城，妳居然沒照顧好他，妳枉為人婦——」

常如歡被她的舉動弄懵了，但很快便反應過來。她一邊躲一邊道：「娘不知從誰那裡聽來的胡言亂語，竟然跑到我家裡來撒潑了？」

錢氏見她敢躲，氣得大叫：「妳這個不孝的媳婦，居然敢對婆婆不敬?!」

在錢氏不分青紅皂白打人時，薛老漢和薛老大就覺得不好，還不等他們阻攔，就見薛美美也撲了上去。「都是妳這個狐狸精，要不是妳，我五哥也不會被打！」

薛陸以前雖然不幹正事，但也沒惹過太大的麻煩，更沒有無故被人打過，這常如歡嫁進門不到半年，薛陸居然被打了。因此薛美美和錢氏一樣，都覺得是常如歡的問題。

好在薛老大這次有了防備，將薛美美拉住了。如果他娘打了常如歡還能說得過去，可若是自家妹妹打了嫂子，那可就不得了了。

薛美美被拉住，自然不甘心，回頭去瞪薛老大。「大哥你拉我做啥？我要教訓這個不守婦道的狐狸精！」

錢氏一愣，卻覺得不妥，她雖然討厭常氏，但也知道女兒這麼說是不對的。她對薛美美道：「大人說話，妳一個姑娘家別插嘴。」

薛美美委屈地看了錢氏一眼，站在一邊瞪著常如歡不吭聲。

常如歡冷笑道：「我倒不知我如何不守婦道了？還請娘和妹妹給我個解釋。」

薛老漢尷尬一笑，瞪了薛美美和錢氏一眼，對常如歡道：「老五家的，別聽妳娘和妳妹妹胡說八道。」他餘光瞥見旁邊的宅子有人出來了，接著說：「先進去再說，讓外人看見不好。」

這會兒倒是知道臉面了？常如歡不置可否地讓幾人進來。

這時心裡不安的薛陸一瘸一拐地出來了，看見錢氏等人，驚訝道：「爹、娘、大哥，你們怎麼來了？」

而常海生這會兒也聽見動靜出來了，立刻看見了薛家眾人。

錢氏聽見薛陸的聲音，自然看不見其他人。她一個箭步衝上去，哭喊著「兒啊」，用力將薛陸抱進懷裡。

第二十五章

雖然這些年薛陸是被錢氏寵大的，可當著這麼多人的面被娘抱在懷裡，薛陸還是感到很不好意思。

錢氏剛才只顧著抱兒子，沒注意到薛陸身上的傷，這會兒被兒子推開，看清了那些傷口，頓時嚎啕大哭。「我可憐的兒啊！是哪個天殺的將你打成這副模樣？你要是有個三長兩短，讓娘怎麼活呀！」

錢氏哭聲震天，一干眾人全都尷尬不已。

尤其是薛老大，都是錢氏的兒子，可沒見他娘對他們幾個如此上心過，就是早些年自己上山摔斷腿，他娘也是毫不擔心，誰知到了最小的弟弟這兒，卻是一點皮外傷都是能要命的大病。

「娘，我沒事，您看我好著呢！」薛陸笑嘻嘻的安慰他娘，見眾人在院子裡站著，忙道：「娘，外面冷，咱進屋再說。」

錢氏不管兒子說什麼都說好，甚至都忘了找常如歡算帳了。

這時常海生才上前邀請薛老漢父子進屋說話。薛老漢滿臉尷尬，在常海生這個舉人面前更是有些手足無措。

「他娘就這樣，將老五看得比誰都重要，這不聽我們村人說看見老五被打了，這才過來看看……」

他似乎覺得自己說得不妥當，趕緊閉嘴給大兒子使眼色。

可薛老大也是老實人，面色通紅道：「親家叔別生氣……」

薛老大都是當祖父的人了，年紀甚至比常海生還大上幾歲，叫對方叔其實也是有些不自在的。

一直跟著的薛美美哼了聲，對常如歡道：「五嫂，我五哥被人打成這樣，你們家不給個說法？」

常如歡瞥了一眼如鬥雞般的小姑娘，冷冷道：「難不成是我找人打夫君的？」

「妳！」薛美美瞪眼。「我五哥是跟著你們常家來縣城的，可不得你們負責？」

「美美！」薛老漢額頭急出汗來，趕緊呵斥。「再開口就滾回家去！」

薛美美再次當眾被呵斥，眼眶都紅了，可她並不覺得自己哪裡有錯，她不也是怕五哥在常家被欺負？

薛老漢更加尷尬了，搓著手不知如何說話。

常海生一直淡淡的聽著、看著，並不插話，可常如歡卻不是吃虧的主，轉頭對薛老漢道：「爹，當初我和夫君跟著我爹來縣城是夫君和你們商量好了的，我爹並沒有逼迫過夫君什麼，況且，」她瞥一眼猶不甘心的薛美美繼續道：「我爹是出於好心，費了多大苦心才在縣學中給夫君留一個位置，現在倒是我爹這好人做錯了。」

薛美美猶不忿，瞬間忘了薛老漢的警告。「就算沒有你們，我五哥也一樣能憑著本事進縣學。」

「妳給我閉嘴！」薛老漢氣急，一巴掌拍在薛美美臉上。「妳五哥能有親家幫扶，有妳五嫂這樣的娘子，是咱們薛家的福分，若沒有親家，妳五哥能有這麼好的機會？」

這幾個月薛老漢將薛陸的變化看在眼裡，以前他雖然固執地認為錢氏是正確的，但這幾個月薛陸的變化實在太大，加上幾個原本孝順聽話的兒子們堅決分家，也讓他察覺到以往做錯了，可就算他不肯認錯，現在也不能不承認，老五是因為娶了常氏才會進步這麼多。

薛美美捂著臉哇的一聲哭了，錢氏被哭聲吸引過來，將目光落在常如歡的臉上。「常氏，妳眼裡還有沒有我這個婆婆？美美是妳的小姑子！」

薛老漢怕她再說出過分的話，趕緊呵斥。「妳也給我閉嘴，一邊待著去！」

這時候薛陸也過來了，拉著錢氏不贊同道：「娘，您怎麼能怪娘子呢？娘子待我好著呢。」

「待你好，你會被人打成這樣？」錢氏心疼地摸著他的傷口，轉頭對常海生道：「親家，你得給個說法吧？」

「給什麼說法？人是我爹打的還是我打的？」

雖然在古代頂撞婆婆不對，但關係到自己娘家人，而錢氏又不分青紅皂白地冤枉人，那就別怪常如歡不客氣了。

「您說我不孝順，說我眼裡沒有您，可到底是您眼裡沒我這兒媳婦，還是我眼裡沒您呢？您口口聲聲讓我爹給個說法，我爹能給什麼說法？我爹到現在都不知道相公為何會挨打呢！」

錢氏兀自嘴硬。「那我不管，你們兩口子是親家帶進縣城的，理應負責！」

薛老漢在一旁急得不知如何是好，看常海生臉色越來越難看，恨不能立即上前堵住錢氏的嘴。

常如歡冷哼。「這樣好了，我和相公回村裡，以後相公考不上秀才也別怪別人，省得娘又說我爹耽誤了相公。」

「那不成！」薛老漢急忙道：「老五家的，是妳娘不對，不該亂說話，別聽她瞎說。妳和老五安心在縣城讀書，別管妳娘，妳娘老糊塗了。我們只是聽說老五受傷了才過來看看他，並沒有其他的意思——老五你說句話啊！」

薛老漢扯著薛陸的袖子，讓他趕緊解釋。

錢氏心疼地站在一旁看著他，突然抹起眼淚。「老五從來沒吃過苦……我這當娘的還不能說兩句了……」

薛陸皺眉道：「娘，您擔心我、心疼我，這些我都知道，可您也不能把事怪到岳父身上。我是被張武打的，他還惦記著上次在咱村吃的虧呢。我雖然受了傷，可他也沒得了好，您看我這不也沒事嗎？您別哭了。」

錢氏只哭不說話。其實她只是找個發洩的由頭罷了，她當然知道兒子在縣學才能學到更多的學問，她也不想兒子回去。

但讓她拉下臉來和兒媳婦及親家道歉，那更不可能，只能任由薛老漢在那道歉。

半晌常海生才冷著臉開口道：「親家一路辛苦。如歡，先去做些早飯，等吃了早飯再說。」

接著又叫來常如年，讓他跑一趟縣學幫他請半日假。

薛老漢和薛老大很是不好意思。「別這麼麻煩……」

對於薛老漢和薛老大，常如歡並沒有多少反感，當即笑道：「不麻煩，都是現成的，先坐下等會兒，什麼事也等吃完飯再說。」

薛老漢本來想說路上他們已經吃過了，可看著兒媳婦又說不出來了。

早飯做好，一幫人坐上桌，薛老漢和薛老大很拘謹，錢氏則悶不作聲，薛美美更是埋著頭不肯吃。

常如歡只當沒看見，照顧薛陸用了早飯才倒了茶水，讓薛陸將事情的來龍去脈說清楚。

最後薛陸道：「這事怨不得別人，都怪我以前識人不清，與張武這樣的人來往，若不是這樣，也不會有後面這些事，也不會讓娘子無辜受牽連了。」

他現在都不敢相信，自己以前竟然如此蠢笨，將張武當成好人，跟著他做了多少荒唐事。還好有了娘子，才能讓他懸崖勒馬。

一直坐在薛陸身旁握著他的手的錢氏心裡挺不是滋味，自己寵大、養大的寶貝兒子現在眼裡只看得見自己的媳婦，她一把年紀為了他奔波，倒比不上他的小媳婦了。

薛老漢倒是很欣慰，兒子長大、懂事，現在又能承擔責任了，似乎分家也有好處。

他看著常海生，滿含歉意道：「老婆子說話不經腦子，親家兄弟別生氣。您能幫著老五進縣學又讓他們住在這裡，已經是對我們薛家有大恩了，實在不該說些過分的話。」

常海生不是得理不饒人的人，他看得明白，薛家甚至薛陸會變成這副模樣，雖然與薛老漢的縱容脫不了關係，但說到底問題還是出在錢氏身上。

錢氏太過溺愛薛陸，絲毫不將其他幾個兒子放在心上，這麼多年讓幾個兒子無私奉獻，已經是最大的錯處。

還好薛陸沒有徹底變壞，否則再過幾年還不知會成什麼模樣。

「薛老哥不必如此，說到底我願意幫他也是看在女兒的面上，我不願如歡過苦日子，所以才想盡辦法將薛陸弄進縣學。當然進縣學只是第一步，日後有什麼造化還得看他自己。」

薛老漢笑道：「這是自然、這是自然。」轉頭又對薛陸道：「老五，你可聽見了？日後可得好好努力，不要辜負你岳父的一片心意。」

薛陸頂著豬頭臉嚴肅地保證。「我一定努力讀書，明年考個秀才回來。」

薛老漢樂開了花，連連點頭。「這敢情好、這敢情好啊！」

薛老漢等人看過薛陸，知道傷的都是皮外傷，也就放了心，趕在中午前就走了。

臨走時，錢氏不大樂意，想留下來照顧薛陸，被薛老漢呵斥著拉走了。

她說這話時讓常如歡很無語，就算薛陸住在這裡，可這裡是常家，一個婆婆跟著媳婦住在娘家，也不怕人笑話。

好在薛老漢不糊塗，即時阻止錢氏，否則又得鬧一齣笑話。

錢氏無奈，出了院門還在對常如歡囑咐。「老五吃不得苦，平日給他吃的好些，若是實在沒銀子也別硬撐著，讓人帶信給我，我來想辦法。」

她一片愛子之心，常如歡雖然不喜，但也不能阻止，畢竟錢氏疼愛的是她的夫君。不過若她是柳氏，估計每天都要和這樣的婆婆打一架吧？任誰都不喜歡跟著自己過日子的婆婆整天想著補貼分了家的小叔子。

薛家人走的時候還早，常海生又請了半日假，索性便和常如歡一起去街上買些布料和棉花，好讓常如歡準備冬天的棉衣。

常如歡將薛陸安頓好，又拿了書稿，對常海生道：「正好這些天抄的書也好了，一起送過去。」

路上，常海生突然問道：「怎麼妳抄的書如此貴？我雖然沒抄過書，但聽幾個學生說抄書抄得好的也就五、六百文，妳就算寫得再好也不至於這麼貴吧？」

常如歡驚訝。她是門外漢，不知道市價多少，這會兒一聽，她也摸不著頭腦，疑惑道：「或許是李老闆看我們不容易才照顧我們？」

她想不明白，應該也不是因為她寫話本子的事，畢竟她寫話本子是最近才開始的，而且報酬都是另計的。

常海生皺眉搖頭。「商人重利，不會做賠本的買賣。」

待他得知上次是李讓送常如歡回來之後，常海生道：「以後交書的活兒還是讓薛陸來吧，妳一個閨閣女子與外男接觸總歸不好。」

常如歡一愣，最終無奈地點了點頭。

反正酬勞已經談妥，剩下的交給薛陸去談也是一樣。

回到家，常如歡便將和李讓談的話告訴了薛陸。

「他對話本子很感興趣，並且打算以連載的方式在書鋪進行販售。收益他七，我們三。」

薛陸眼睛一亮。「當真？」

常如歡點頭。「這是自然。不過印刷成本高，而且能買得起閒書的總是少數，咱們也不能指望可以賣大錢。只能靠著掙點小錢，一點點積攢。」

薛陸嘆了口氣，有些失落。家裡的進項似乎都在娘子這裡，而他當真成了百無一用的書生，吃住在岳父家，還要靠著娘子攢錢科舉。

他真是沒用極了。

「娘子，我以後一定要賺大錢，讓妳過上好日子。」薛陸堅定地對常如歡道。

常如歡毫不留情地潑他冷水。「你見哪個秀才或哪個狀元經商的？還是好好讀書吧。」

說到讀書，薛陸一下子又蔫了。

成親之後他才發現，讀書好難，科舉好難，掙錢好難！

張武是個大麻煩，大家都知道。

好在他們是平頭百姓，但是常海生現在卻是舉人。在大周，舉人也是可以做官的，雖然常海生現在只是縣學裡的夫子，但想對付張武這等人還是有些門路。
於是常如歡和常海生商量了一下，由常海生出面會會那個張地主，看看他到底是什麼態度？若和他兒子同一副德行，那他們就不必客氣，直接想法子給他們教訓。就算他們在清河縣底子薄，沒什麼人脈，也不能咽下這口氣。
誰知還不等他們上門，張地主就帶著禮品，手裡拽著張武來到常家。
張地主今年五十多歲，張武算是老來子，自來嬌慣得厲害。這會兒張地主滿臉笑意，點頭哈腰地對常海生道：「舉人老爺莫氣，您大人不計小人過，小兒不懂事，在下今後一定好生管教。」
常海生似笑非笑。「貴公子脾氣大得很，在下可不敢當他的道歉。」
張地主快急出汗來，拿腳去踢兒子。「你再不道歉，小心回家再也不要出來了！」
像張武這等貨色，一日不出門都做不到，更別提關在家裡永遠不能出來。看他爹這樣，恐怕今日他不道歉是不能走了，遂只能心不甘情不願地點頭，小聲道：「常老爺，對不住了。」
這態度沒誠意不說，還帶著不甘心。
常海生冷哼一聲，一拂衣袖，對張地主道：「張老爺還是請回吧。我常家門窄福薄，就不留張老爺和張少爺了。」
「你還不好好道歉！給舉人老爺發誓，今後再也不找薛老五的麻煩了！」張地主眼一瞪，真動了怒。他雖然有些小錢，但也就在清河縣還有點小名氣，昨日他在縣城也打聽過，這常海生雖是鄉下人出身，但學識不錯，就是縣令都對他讚賞有加，並說常海生明年春闈考上的可能性很大。

他們現在不來道歉，若有朝一日常海生做了官，那第一個收拾的不得是他們張家？

他兒子在外面這些年可沒少惹禍，但張武是他唯一的兒子，平日嬌寵了些，有些事他這當爹的能擋下就擋下。但這種一不小心就會惹上大麻煩的事還是謹慎些好，只能讓自己兒子委屈些來常家道歉了。

第二十六章

張武沒辦法，只能大聲道：「對不住！我以後再也不敢找薛老五的麻煩了。若再找麻煩，天打雷劈，不得好死！」

張地主渾身一哆嗦，有些後悔讓兒子發這麼重的誓了。

他甚至有些埋怨常海生得理不饒人，竟然真的看著他的兒子發重誓。若不是對方是舉人，且明年還要進京趕考，今後可能做官，他怎麼可能委屈自己的寶貝兒子來道歉。

可話一出口，也不能收回。張地主臉上的肉抖動兩下，僵硬道：「在下不便久留，就先帶小兒回去了，舉人老爺莫怪。」

臨走時張武餘光瞥見隔壁屋子一抹紅色衣裙一閃而過，眼中迸出怨毒的目光。他暗哼一聲，心裡卻道：薛老五，咱們走著瞧，就是你家小娘子，我也非得嚐嚐滋味不可！

常海生關上門時想著張武臨走時的目光，眉頭深皺。這張武雖然嘴上道歉也發了重誓，可他總覺得這張武並不甘心，甚至還想要搞鬼。

「他們走了？」

由於不便見外男，常如歡便躲回屋裡，是以只有常海生招待張地主父子兩個。

常海生撫平衣衫上的縐褶，甩開腦中的不安，看著她道：「薛陸好些了？」

想到剛剛還拽著她的裙子撒嬌要親親的男人，常如歡無奈地笑。「好多了，反正都是些皮外傷，正好讓他長長教訓。」

她搖搖頭。「他也是傻，真的想教訓張武何須親自動手？花幾個大錢就能請幾個乞丐將張武拖到暗巷裡揍一頓。」

常海生沒料到她會這麼說，搖頭輕笑。「妳一個姑娘家可不興這般霸道潑辣。」他沒說的是，男人都喜歡溫柔小意的女子，自家女兒如此粗魯，有朝一日女婿做了官嫌棄女兒可怎麼是好？

不過若他能考中進士，就是女兒的靠山，女婿怎麼也不會辜負糟糠之妻吧！

但他不知道的是，薛陸對此甘之如飴。不管是一無是處的鄉下小子，或是後來位及高官，他都會將自己的娘子捧在手心裡，終其一生都離不開。

常如歡挑眉，得意地笑。「爹，這您就甭擔心了，調教自己夫君，您女兒還是可以的。他今後若敢胡來，哼哼，待我準備一條小皮鞭，看他能否翻出我的手掌心？」

思想守舊的常海生被女兒的大逆不道嚇到了，但想想以前聽話溫柔卻受人欺負的女兒，再想想現在的潑辣，他突然覺得這沒什麼不好，最起碼不用受委屈。

他這輩子只有這兩個孩子，只要他們過得自在，就算與世俗有異，那又怎麼樣呢？

薛陸在炕上當了幾日的爬行動物，待傷好得差不多了便回到縣學讀書。

誰知路上居然又遇上張武。

張武滿身酒氣，對薛陸道：「喲，這不是薛家莊有名的廢物嗎？怎麼如今入贅進了岳父家就不認識人了？好歹咱哥倆也相識好幾年呢！」

薛陸氣得咬牙，暗暗告訴自己一定要鎮定，就把對方看成一坨屎就是了。這樣想著，薛陸瞪了張武一眼扭頭就走。

張武似是不經意道：「常家那小娘子可真是水靈啊！」

薛陸猛地轉身，衝到張武跟前伸手抓住他的衣領罵道：「張武你別太過分，別忘了前兩日你爹才帶你去我岳父家道過歉，看在你爹的面子上我們才沒報官，別以為我們怕了你了！」

張武聞言絲毫不怕，哈哈大笑。「報官？你知道縣令是誰嗎？你知道我們家和縣令是什麼關係嗎？在清河縣，還沒人敢告我！別看我爹是個小地主，我姑媽卻是縣令夫人！」

張武得意笑道：「想告我，等你考上狀元再說！」他輕蔑地掃視薛陸一眼，嗤笑道：「不過就你這廢物能考上狀元？癡人說夢！」

張武說完，看都不看呆傻的薛陸，囂張地走了。

薛陸到了縣學時，臉色還很不好看，他一路上都在思考張武說的那些話，以至於到了縣學碰見之前將他送回家的幾個書生還沒回過神來。

那幾人見他這副表情，以為他還在為前幾天的事耿耿於懷，頗為不自在。

晚上回到家，也不知是羞恥心作祟還是什麼，他沒有將又遇見張武的事告訴常如歡，只在心裡暗暗發誓——一定要爭氣，一定要努力，他現在切身知曉只有當人上人才能不被欺負。

常如歡見他吃飯時心不在焉，回到屋裡便問他發生了什麼事。

薛陸一陣猶豫，只問道：「娘子，我明年能考上秀才嗎？」

「只要你好好學，一定能考上。」常如歡鋪開床褥，頭也不回的回答。

薛陸眉頭皺著，想著還得再努力一些才是。

他上炕看著常如歡又在收拾新買來的布料，便道：「離過年還早著呢，我的不用急著做，先做妳和岳父的吧。」

常如歡扭頭看他，笑道：「虧你還是做小叔的，臘月薛湘嫁人，咱們做叔叔、嬸嬸的可不得回去參加？」

薛陸瞪大眼睛，有些臉紅，期期艾艾道：「我都不知道這事……」

敢情以前哥哥嫂嫂家有什麼事他都不關心呢。

不過常如歡不會糾結這些。「薛湘和薛竹一向懂事，我想等她成親時買支包銀邊的簪子給她做壓箱底。」

薛陸對錢財本就不大在意，只點點頭。「娘子看著辦就好。」

常如歡也只是和他知會一聲，到了第二日便去首飾鋪子裡置辦包銀邊的簪子。她有心多幫襯二房一把，但他們自身也沒有多少銀兩，就這包了銀邊的簪子都花了一兩銀子。

進了臘月，天氣冷得厲害。常如歡和薛陸趁著天暖和時收拾了東西一起回薛家莊。

回去前，薛陸去書鋪與李掌櫃結算了抄書的帳目，而已經完成的話本子《落魄書生的名門妻》，李掌櫃將全書分成四冊，已經開始印刷，過兩日第一冊便會開始販售。

李掌櫃長時間和薛陸打交道，也知道常如歡的父親是個舉人，對薛家的事也知道一點，再加上自家東家模糊又熱絡的態度，他甚至都有些為常如歡惋惜。

但人家夫妻和睦，自家主子又沒做什麼出格的事情，他也不便多說什麼，至今仍按高價收常如歡抄的書。

常如歡兩口子穿戴一新，又帶了禮品雇了輛牛車便往薛家莊去了。

離開幾個月，他們還是頭一次回來。路上遇見村民，看著他們一身新衣裳，無不豔羨。

薛陸感慨道：「現在想想，以前他們看我就笑不是因為我會讀書，而是因為我自詡讀書人又不會讀書而拖累全家啊。」

說著他自嘲一笑。「就是去年這個時候，我也還自大地以為自己是文曲星下凡呢。」

常如歡看著薛家莊，還是和她進薛家時一個模樣。她對薛家莊沒什麼感情，甚至對薛家人也沒什麼感情，若不是因為薛陸，她可能都不願意在這窮鄉僻壤的地方待著。

但時間久了，她也發現了古代的好處。古代人淳樸，沒有上輩子的勾心鬥角，好歹能過安穩日子。

到了薛家，他們才發現整個家除了二房，並沒有什麼辦喜事的氣氛。

畢竟是分了家的，薛湘雖然是薛家第三輩頭一個出嫁的姑娘，但也只能從二房的偏房出嫁。

幸好幾個兄弟都是老實人，媳婦也不是大奸大惡的，這會兒都在二房，收拾嫁妝的收拾嫁妝、添妝的添妝，還算熱鬧。

常如歡和薛陸先回屋放下東西，又洗了把臉，這才帶著禮品去了堂屋。

錢氏老倆口還是帶著薛美美住在正屋，一見他們進來，錢氏驚訝地站起身。「回來怎麼不提前說一聲，好歹讓娘給你準備好吃的。」

說完她才想起已經分家了，別說管家權，就是老倆口養老的田都在大房手裡呢。柳氏被錢氏壓了這麼多年，總算喘口氣，所以掌權後錢氏也沒以前自由了。

錢氏想起柳氏心裡就不高興，瞥見常如歡穿著嶄新的襖子，而薛陸還穿著去年她省吃儉用做的棉襖，心裡的氣就不打一處來。再看常如歡面色紅潤，早不似剛進門時的營養不良、面黃肌瘦，心裡更不痛快。

要不是薛陸在這裡，又是個護媳婦的主，她今日非得和常氏說說女子的三從四德不可。

而薛美美自從上次在常家被薛老漢當著眾人的面呵斥後，對自己的五嫂更加不待見，甚至恨上了常如歡。

前兩日她還想磨著她娘給自己做一件新棉衣，誰知卻被錢氏罵了一頓，心情本來就不好，這會兒又看到常如歡穿了新衣，滿心的醋意和羨慕都要溢出來了。

「五嫂這身衣服可真好看，我五哥都沒新衣裳穿呢！」薛美美酸溜溜地說著，低頭擺弄自己已經洗得發白又硬的衣服。

薛陸見不得別人欺負他娘子，卻愛聽別人誇他媳婦，他像是沒聽懂薛美美話中的酸意，笑道：「可不是？妳五嫂這身衣服的花色還是我選的呢！」

薛美美瞪眼，哼了聲。「五哥，你才是一家之主，哪有丈夫穿著舊衣，自己穿新衣的？」

錢氏年紀大了，眼皮也耷拉了，她淡淡看了常如歡一眼，認同地點頭。「是這個理。早些年家裡窮，我們做女人的哪個不是勒緊褲腰帶，為的就是家裡的爺們能夠吃飽肚子，好不容易攢塊布料，那也是先給爺們做。女人自己的衣裳那是新三年舊三年，縫縫補補還能穿三年。」

常如歡撇撇嘴，對這對母女很是無語。「那娘的意思是我自己賺的銀子也不能花唄？」

錢氏贊同地點頭。「讀書人都說女子三從四德，妳比我懂，可不就是這個理？而且老五是要考科舉的，以後進京趕考也得花費不少，妳這麼浪費，怎麼給老五攢銀子？」

常如歡冷笑一聲。「我自己賺的銀子還不能花了？」

她都有些後悔給這些人帶禮品了，真是不知好歹。

錢氏大怒。「常氏，妳別太囂張，我還是我兒的娘呢！」

常如歡忙不迭點頭。「嗯嗯，我知道。」

「妳！」錢氏氣結，張口就要破口大罵。

好歹薛陸知道他娘的脾氣，趕緊拉住錢氏。「娘，您少說兩句，沒有娘子，我哪來現在的日子？又怎麼可能去縣學讀書？」

錢氏一下子閉了嘴，心裡卻恨恨道：若不是我兒現在還指望常海生，我怎麼可能受這氣？

既然錢氏閉上嘴，常如歡也不是得理不饒人的性子，便也不搭理她了。

薛陸對常如歡道：「娘子，快把給大家的禮品拿出來吧！」

常如歡點點頭，取出一件碎花的新衣遞給薛美美。「這是小妹的。」

薛美美滿臉驚喜地接過新衣，也不記恨常如歡了，當即開心道：「謝謝五嫂。」

錢氏見女兒叛變，冷哼一聲，心道：也不知給她買了什麼？

常如歡心裡好笑，將給薛湘買簪子時順道買的耳環拿了出來。「娘，這是給您的。」

錢氏裝作不高興的接過來，摸著道：「這得花多少銀子啊？你們就算抄書賺了點銀子也不能這麼花啊……」嘴上雖然這麼說，但還是愛不釋手。要不是為了維持形象，她真想立即戴上看看，她這把年紀了還是頭一次有銀耳環啊！

這次常如歡只給薛美美和二老單獨買了東西，其他幾房她只準備了一些細棉布，畢竟薛美美沒嫁人，而其他房的人又分了家。他們現在銀子的確不多，明年考舉人的銀子都還不夠，但好歹是過年，過年不應該過得苦哈哈，只能盡自己的能力對家人回報一二。

常如歡瞥見錢氏眼中的欣喜，並沒有解釋，只輕輕冷哼了一聲，等著薛陸去對付他娘。

薛陸笑嘻嘻地坐到錢氏身邊，拉著她的手道：「娘，不用擔心，這不是過年了嗎？這算是提前給您準備的。來，娘，我給您戴上。」說著便拿過耳環幫錢氏戴上。

最疼愛的兒子給她買了銀耳環，還親手幫她戴上，錢氏臉上樂開了花，等明日孫女成親時戴著，還不把村裡那些老太婆羨慕死！她要讓那些以前笑話他們的人看看，她兒子就是有出息，這才去縣城幾個月，回來就給她買銀耳環了！

當然，她刻意不去想買耳環的銀子是兒媳婦賺來的，反正夫妻一體，女子以夫為天，媳婦賺的就是兒子賺的唄！

薛老漢回來後也得了一桿新煙袋，喜孜孜地蹲在門口抽了幾口，連聲說好。

幾人正說著話，柳氏就帶著薛曼和薛繡來了。

薛繡性子內斂，當初薛曼幾個跟著常如歡認字時就沒去，平日就待在屋裡做針線，不過她和薛湘關係倒是不錯。

柳氏進屋後掃了一圈，眼睛在錢氏的耳環上打了個轉，最後定在薛美美手裡的新衣上。

柳氏笑道：「小妹什麼時候裁的新衣裳，我竟然都不知道？」

薛美美得意一笑。「這是五嫂買給我的。」

薛曼和薛繡都是愛美的年紀，豔羨地坐在小姑旁摸著衣裳。

柳氏瞥了眼常如歡道：「五弟妹倒是厚此薄彼了，怎麼只買給小妹，把我們這勞心勞力的兄嫂們給忘了？想當初老五讀書，我們幾房可沒少出力，現在你們一發達，倒是將我們拋到腦後了？」

她話裡意思就是指責常如歡兩口子忘恩負義，早就忘了兄嫂這些年對薛陸的付出。

常如歡笑道：「瞧大嫂這話說的。各房兄嫂對相公的付出，相公和我永生不會忘記，更不敢忘。只是現在我們餘錢不多，和兄嫂又分了家，所以這次就先準備爹娘和小妹的了……」

她話還沒說完，柳氏立刻接過話。「說白了還是眼裡沒我們嘛！」

第二十七章

常如歡心裡翻了個白眼，不願和柳氏計較，反倒拉過薛繡道：「繡繡過來，將布料拿回去和曼曼做件新衣裳。」

柳氏聽見這話，心裡一喜，目光落在那一大塊布料上，頓時滿意了。

薛繡坐在常如歡身邊，低眉道謝。「謝謝五嬸。」

常如歡笑道：「別謝，都是一家人。」

其他各房的人知道兩口子過來了，紛紛帶了孩子來到正屋。

常如歡親熱地拉著薛竹說話，對眾人道：「都來得正好，我不用跑一趟了，布料都自己拿回去。」

自從分家後，周氏面色紅潤不少，性子也開朗多了，本來忙著大女兒出嫁的事，聽說常如歡來了，便硬擠出時間過來了。

她笑著跟常如歡道謝，想著回去給閨女們做衣裳，就是大女兒也不能落下，將她的一份放到嫁妝裡帶到婆家去。

吳氏和小錢氏也都樂得合不攏嘴，心裡卻想著本以為老五家兩口子去縣城後都得靠岳父家，沒承想人家還有餘錢給婆家人買禮物。而他們當初居然還想著老五家兩口子要是過不下去了就保證他們溫飽。

周氏急著回去給薛湘收拾東西，說了會兒話後就回去了。

而常如歡和錢氏話不投機半句多，待了一會兒也和薛竹走了。

薛陸留了下來，反正姪女出嫁他也幫不上忙，加上有些日子沒見到錢氏，便留下來和錢氏說話。

常如歡和薛竹一邊說笑一邊去了二房。二房屋子少，只有兩間屋，姊妹三個的房間現在成了薛湘待嫁的閨房。

薛湘的性子和薛繡差不多，都是很溫柔典型的古代女子。薛家人長得都不錯，薛湘因為要嫁人而沒做活，皮膚也比薛竹白了些。她正坐在炕上，聽著周氏叮囑。

薛竹進屋對薛湘擠眉弄眼。「姊，五嬸來看妳了。」

薛湘紅著臉要下炕，被常如歡攔住。「新娘子就別起來了，坐著就行。」

薛湘不好意思地笑了笑，轉頭對周氏道：「娘，我都知道了，您和五嬸說說話吧。」

周氏嘆了口氣，明明只有三十多歲的年紀卻有了滄桑感。「妳不知道當娘的心啊，等明年有了自己的孩子妳就明白了。」

薛湘聽見孩子什麼的，羞得小臉通紅，低下頭都不好意思抬起來了。

常如歡羨慕地看著她們，將簪子取出來。「這是五嬸的一片心意，就當嫁妝吧！」

薛湘接過來一看，頓時大驚，抬手就要還回去。「五嬸，這太貴重了，我不能要。」

周氏瞥了一眼，也趕緊推拒。「五弟妹給的那些布料已經很好了，我也裁了一塊給湘湘做嫁妝，這簪子還是拿回去吧。」

常如歡不接。「這是我給湘湘的，不只湘湘，就是薛曼、薛竹幾個，今後嫁人我也會力所能及的給添妝。只是湘湘最先出嫁，而我們現在條件有限，也只能給個包銀邊的。」

她幾乎可以確定他們以後的日子不會差到哪裡去，所以這點東西她也不吝嗇。況且今後薛陸若是考上進士去做官，也需要兄弟家族的扶持，大家的關係總要維持，總不能薛陸在做官，家裡的人在扯後腿吧！

薛湘還是很忐忑，怎樣都不敢接，著急地看周氏。

周氏以前謹小慎微，膽子也小，雖然現在開朗不少，但骨子裡還是沒變。「五弟還要考科舉，況且你們在縣城開銷也大，不能這麼浪費。」

常如歡不高興了，挑眉道：「這可不是浪費，這是她五叔和五嬸的一片心意。拿著吧，再不拿我可不高興了。」

周氏皺著眉，心裡猶豫。

做娘的當然希望自己閨女嫁人有底氣，他們家底子薄，分家時又沒分到多少東西，就是以往做工賺的銀子，他們也不敢私藏，導致分家的時候苦哈哈的。當然她嘴裡雖然說常如歡他們也艱難，但看著那包銀邊的簪子，說不動心也是假的。閨女若是有這簪子做嫁妝，就是到了婆家那也是有底氣的。

薛竹哪裡不知道她娘的性子，笑了笑道：「姊，妳就拿著吧，只要記著五嬸的好就是了。」

常如歡滿意的點頭，和薛竹對視一笑。

周氏一咬牙，對薛湘道：「既然這樣，湘湘就拿著吧。這份情，咱不能忘。」

薛湘哽咽地點點頭。

常如歡不在意道：「都是一家人，可別哭了，明日還得做新娘子呢！還有，二嫂，以前沒分家時幾位兄嫂都很不容易，我和夫君不會忘。不管怎麼樣，咱們都是一家人，相互扶持的一家人。」

她不是聖母，也不是感情用事，甚至在上輩子還是個脾氣暴躁的人。只是莫名其妙來了古代，嫁進這個家，瞭解這群古人，她實在不忍也沒必要和他們徹底鬧翻。況且這一家子也沒有大奸大惡之人，雖然柳氏小心眼，吳氏要強，但那都是為了自己的兒女被逼無奈。

就算她們這樣，不也容忍了薛陸這麼多年嗎？

說到底薛家人都是好的，她不想讓薛陸變成忘恩負義之人，所以她可以容忍他們那些小缺點，只要不觸碰到她的底線就好。

下午，薛陸肩負重任，在眾人的注視和常如歡的鼓勵下，拿筆在紅紙上寫了大大的「喜」字。

這時來看熱鬧的村民才知道薛家老五再也不是以前那個對聯都能寫得如狗爬的人了。瞧瞧人家一身書生穿著，看著就好看。再看看人家媳婦那紅潤的小臉跟城裡大戶人家的閨女一樣。很多人都後悔以前為啥看不上薛老五，不把閨女嫁進來。

薛陸得了許多誇讚，內心有說不出的滿足感，晚上興奮得睡不著覺，最後還是被常如歡踹了一腳，才委屈著閉上眼睛。

一大早薛陸和常如歡便起床了。常如歡去二房幫忙，薛陸則和幾個哥哥忙活，等新郎來了，還要和幾個哥哥、姪子去送嫁。

一直到了太陽升起，距離薛家莊二十多里地的新郎官趕著牛車帶著迎親隊伍來了。

新娘嫁出去後，薛家這邊還要擺酒席宴請親戚朋友。雖然二房過得緊，但也儘量辦得體面。

常如歡幾人忙得腳不離地，一直到夕陽西下，酒席散去，才能喘口氣。

薛陸回來的時候天都黑透了，他在薛湘的婆家喝了些酒，想起以前和常如歡保證過不再喝酒，所以回來時有些不敢回屋。

薛老四見他這樣，還以為怎麼了，誇道：「五弟今日表現不錯，他們趙家以後估計也不敢欺負湘湘。」

薛老二雖然沒去，但也聽說今日薛陸怒斥薛湘婆家那位出言不遜的小叔子的事。這會兒薛老四提起，自然也要感謝一下。

薛陸可不好意思說是害怕回去被媳婦揍，只能哈哈笑著，待幾個哥哥都回去後，他才蹲在門口愁眉苦臉。

臘月天寒地凍，他雖然穿著棉衣，但架不住寒風一個勁兒往衣服裡鑽。薛陸蹲了一會兒，腿腳都麻了，忽然鼻頭一癢，打了個噴嚏。

常如歡本就沒睡著，聽見門口的聲音，便輕手輕腳的披上衣服走到門口，輕輕打開一條縫，看到一個人影蹲在門口。

「誰？」

薛陸還沒回來，常如歡有些緊張，但又想家裡大門天黑後都是關著的，應該不會有外人闖入。

薛陸聽見媳婦的聲音嚇了一跳，一個趔趄差點往前摔去。

「薛陸？」常如歡瞅著他，問道：「你不進來在門口做什麼？」

薛陸站起來扭扭胳膊和腿，低頭道：「沒啥，在門口反省一下。」

外面太冷，常如歡打了個哆嗦。「先進來再說。」

薛陸進來將門關上，結結巴巴地道：「娘子……我……」

常如歡打了個呵欠爬上炕，見他還站在炕下，不由奇怪。「你不睡覺是打算站到天亮？」

「我今日喝酒了……」天太黑，薛陸看不清常如歡的表情，見她沒說話，急忙解釋。「我就喝了兩杯，實在是親家太熱情，推脫不了……」

常如歡還以為是什麼事，原來是這事。不過薛陸以前答應過她以後絕不飲酒，這次雖然喝了酒，但也事出有因，便道：「我知道了，趕緊洗臉睡覺吧。」

大冬天的，薛陸本來不想洗臉，但怕身上的酒味醺著常如歡，便就著盆裡冰冷的水洗了把臉。

水太涼，洗去了薛陸大半睡意，他躺在炕上聽著娘子輕淺的呼吸聲，告訴自己以後不能、一定不能再窩囊了。

第二日一早，夫妻倆剛起床，周氏便端了飯菜過來。

「你們平常不在家住，就別開伙了。」

常如歡也沒推拒，笑著接下。「謝謝二嫂。」

周氏嘆了口氣道：「要說謝謝，還得我們兩口子謝謝妳和五弟呢！昨日若不是五弟，湘湘今後在婆家指不定被欺負。」

難不成發生了什麼事？常如歡臉上一凜，問道：「出什麼事了？」

周氏皺眉道：「湘湘有個小叔子，今年十四，和湘湘夫君不同，被那家的奶奶嬌慣得不成樣子，不知怎麼和縣城張地主的兒子胡鬧在一處。昨日湘湘剛進洞房就吵吵嚷嚷的要去看新媳婦，還說他嫂子早晚得跟他……當時還好被五弟碰上，將那小子拽著教訓了一頓，那小子不知好歹，嘴裡不乾不淨，五弟就叫上薛博幾個將人提到湘湘婆婆面前，說如果不道歉，這親就不結了，將新娘子接走。她婆婆是老實人，早就不滿自家婆婆將自己兒子慣成這副模樣，當即和湘湘公公將小兒子揍了一頓，並保證今後絕對不會發生這種事。」

昨夜薛陸回來得晚，又怕常如歡擔心，所以並沒有說這事。今日常如歡從周氏嘴裡聽說，倒是大為改觀。

「這都是他這做叔叔的應該做的。」常如歡謙虛道。

周氏也笑。「也是弟妹會調教人。說句不中聽的話，五弟以前哪裡會管小輩的事？別說出頭了，估計看見了也當沒看見，這都是弟妹管教得好。」

之前她還為常如歡可惜，但看著不成器的小叔子進步這麼多，她倒覺得這兩口子合該是一對。一個聽話，一個要強，至少打不起來不是？

常如歡很高興周氏能關心自己。「這也得他有覺悟才行，若真是壞到底，我就算打壞十根藤條估計也學不好。」

二房剛嫁了女兒還有得忙活，於是周氏說了幾句話便告辭離開。

兩人吃了早飯收拾一下，便打算回縣城。

只是還沒離開，錢氏便來了，拉著薛陸的手嘮嘮叨叨的就是不放手。「老五啊，你才剛回來，就不能多待兩天陪陪娘？」

錢氏是打心眼裡疼薛陸，常如歡不打算打擾他們，站起來說了聲便出去找薛竹玩了。

錢氏看著她出去了，眉頭一皺，小聲對薛陸道：「老五啊，你家裡的銀子是你媳婦管著？」

薛陸不疑有他，理所當然道：「這是自然，她是我媳婦，她不管誰管？」

錢氏拍了他腦袋一下，嗔怪道：「傻孩子，你怎麼能讓她管銀子！你瞧她花銀子大手大腳的，不是個會過日子的女人，你得管著才行！」

聽到娘說自己媳婦壞話，薛陸不高興了。「娘，我知道您疼我，可媳婦對我也好得很。我以後會孝順您，但也會對媳婦好，您就別插手我們夫妻倆的事了。」

錢氏當即呆了呆，眼淚都要掉下來了，她顫抖著問道：「兒啊，你是嫌棄你娘了嗎？」

薛陸皺眉。他娘現在怎麼變得這麼不可理喻了？媳婦和娘都是他最重要的人，但媳婦對他好，他說了實話，難道也不行嗎？況且媳婦對他付出那麼多，他不可能還要給媳婦添堵。

薛陸看著錢氏臉上的皺紋，心裡又有些不忍心，但有些話他卻必須要說。「岳父和娘子為了我花費不少銀子。沒有他們，我能考過縣試？」

錢氏忍不住道：「常氏對你好、為你著想是應該的，可那親家把你弄進縣學哪裡是為了你，不還是為了自己女兒以後能有好日子？女人過日子還是要靠著婆家、靠著自己男人才對。」

薛陸笑了笑。「既然這樣，我回去就和岳父說不去縣學了。既然女人要靠著婆家、靠著男人過日子，那我就不該占岳父家的便宜，我和如歡都回來好了。」

「那不行。」錢氏一聽他這樣說，頓時急了。「你還得考秀才、考狀元呢！不去怎麼行？」

薛陸笑道：「娘不是說女人得靠婆家、靠男人？那我一個男人靠岳家也不像話。」

錢氏聞言說不出話來。

薛陸笑笑。「娘以後對如歡好一點，別再用那樣的態度了。還有，您對美美說，以後再對她五嫂那樣，就別怪我不客氣了。」

錢氏不高興地嘟囔。「有了媳婦忘了娘，這話可真不假。不但將娘忘了，連妹妹也不要了。」

「要，都要！」薛陸拉著錢氏笑道。

薛陸和錢氏說完話後便送錢氏回去，接著他再去找常如歡。他知道常如歡和薛竹說得上話，便去二房找她們，誰知周氏卻說二人往後山去了。

只是他剛出家門，便看到薛竹和常如歡有說有笑地回來了。

薛竹遠遠瞧見薛陸，拉著常如歡笑道：「五嬸，五叔來找妳了。」說著蹦蹦跳跳的先跑進了家門。

常如歡看著薛陸，輕笑道：「和娘說完了？」

「嗯，娘子，咱們回去吧。」薛陸撓撓頭，走上前拉住她。「這兩日的功課還得補上呢。」

兩人回屋收拾東西，便回了縣城。

薛陸一回縣學就努力追趕進度。因為臨近年末，縣學的學生都有考試，所以氣氛也緊張了起來。

常如歡發現薛陸更用功了，晚飯後不是在讀書，就是找常海生問問題，夫妻倆說話的時間都變少了。

第二十八章

縣學考完試後，薛陸綜合成績得了乙等。雖然不到甲等，但是對他來說已經進步很多，那些曾經看不起他的同窗也對他刮目相看，就連平日不苟言笑的夫子都誇他進步很快。

薛陸懷裡揣著特地從街上買的零嘴，心裡想著回去和娘子好好說說話，不經意就看到張武攬著一女子從街角走過。

薛陸下意識跟了上去，一直跟到張武帶著女子進了一棟小宅院。

張武行事不正經，薛陸站在門口都能聽見張武與女子調笑的聲音。

張武不知小聲說了什麼，那女子嬌笑道：「你慣會哄我，我還聽說你看上一個書生的娘子呢！和那小娘子比，我倆誰更好看？」

張武哈哈大笑，毫不避諱。「妳說的是薛陸那蠢材的小娘子吧？那小娘子的確漂亮，我也沒法說妳倆誰更好看。要不下次我把人弄來，妳倆比較一番……」

薛陸聽見張武滿嘴胡話，氣得青筋暴起，恨不能立刻衝進去打他一頓。他強壓下怒火繼續聽，就見那女子嬌笑著捶打張武，兩人笑鬧著往裡走去，再說什麼薛陸也聽不見了。

薛陸握緊拳頭，咬牙切齒，滿腦子都是張武那下流的話語。沒想到張武居然還在肖想他的娘子，他上次去家裡道歉都是騙人的。

他看了看四周，天色已黑，路上都沒有人，小宅子隔壁的狗叫了幾聲也沒了聲音。他看了眼沒關的院門，一個念頭湧了上來。

他摸了摸袖中的銀兩，在臉上抹了些灰，到城南流氓、乞丐聚集的地方，告知心中想教訓張武的想法。

幾個乞丐一聽有銀子拿，自然沒有不應的，收了銀子便往薛陸說的宅子去了。

薛陸偷偷跟著，見幾人進了院子，接著傳出叫囂聲，便往角落裡避了避，就見幾個乞丐打完人跑了出來。

薛陸隱約還聽見那女子叫喊的聲音，隔了好一會兒也不見兩人出來。

他心裡有些痛快，轉身就走，卻不想他離開後不消半刻鐘，忽然來了一隊馬車，一名身穿官服的男子帶著人進了院子。

因為教訓了張武，薛陸很是興奮，導致一個晚上都沒睡覺，即便這樣也是神采奕奕，一連幾日臉上的笑容都不間斷。

待常如歡知道張武出事時已經過了兩日，消息還是常海生帶回來的。

常海生回來後滿面笑容，待關上門，一掃平日溫和的態度，拍著桌子大笑三聲。「蒼天有眼、蒼天有眼哪！張武這敗類終於得了報應！」

「什麼報應？」常如歡看常海生笑得不似平常，實在好奇那張武究竟得了什麼報應能讓這個舉人老爺大笑？

放假在家的常如年眼睛亮晶晶的，急忙問：「是之前來咱家的那個『不要臉』嗎？」

縣學已經考完試、放了假，他們這些夫子也得以休息，所以他們一家人昨日都沒有出門，今日常海生出門和同僚聚會時才聽到這清河縣的笑話。

常海生笑夠了，這才撫平長袍上的縐褶，高興地對常如歡道：「那張武的姑媽不是縣令夫人嗎？可這次張武居然和縣令的小妾勾搭在一起。哈哈，而且這張武不知得罪什麼人，和那小妾苟且時竟然著了火，隔壁鄰居救火時就被逮個正著！後來火勢太大，雖然人沒事，但是縣衙還是派出捕快幫忙滅火，於是就傳到縣令那裡去了。」

薛陸聞言，卻有些意外。他只是找人打了張武一頓，怎會失火呢？定是壞事做太多才遭了報應。不過他心裡也很高興，看著常海生希望他能再說一遍。

於是常海生又將自己聽來的消息說了一遍，說完又激動地一搥桌子。「真是報應！若我知道是誰放了這把火，非好好請人喝頓酒感謝一番不可！」

激動之餘，常海生讓常如年去買酒，晚飯時不僅自己喝個痛快，也給薛陸倒上了。

薛陸內心興奮，卻也不敢將自己找人揍張武之事說出來。他偷眼去看常如歡，見她只是笑著並未阻止，只得對常海生道：「岳父，小婿答應過娘子不再飲酒……」你總得給你女兒一個面子吧？

說著薛陸又瞥了常如歡一眼，心想：娘子妳快說句話呀！

可常如歡就是不阻止，挑眉看了他一眼，依舊沒有說話。

常海生若有所思地看向女兒，對薛陸道：「她是不讓你在外面飲酒，擔心你喝醉出事，但現在咱們在自家喝幾杯，就算喝醉鬧笑話也不打緊。來來來，這樣的好日子我一人飲酒著實無趣了些。」

薛陸心裡苦不堪言，委屈地瞅了見死不救的常如歡一眼。其實他對酒並沒有多熱衷，以前雖然跟著張武等人出去瞎混，可卻是極少喝酒的。

常海生端起杯子嘆了口氣。「如歡，別怪爹先前不去告張武，這種事不管是不是他的錯，一旦宣揚開來，對妳的名聲不好。這世道對女子太苛刻，而薛陸今後要科舉，若是有朝一日他入朝為官，被人挖出娘子曾被人調戲，那他的名聲也就不好了。」

父親總是希望自己的兒女好，忍一時之氣雖然痛苦，但總比後半生都活在他人的指指點點裡要好。

常如歡明白這些，自然不會怪常海生。先不說常海生剛考中舉人，認識的人有限，就算有些人脈，這事處置不當也會出現問題。

而且她打聽過了，現在清河縣的縣令夫人是張武的親姑母，自己就算在理，恐怕也會被壓下。若鬧大了，張武頂多讓父親關一陣子，但對他們這樣家庭的人影響就大了。

常如歡對上常海生擔憂又歉疚的雙眼，笑道：「爹，我明白，這事的確不能鬧大。」

常海生飲下一杯酒，臉色終於有了一點笑意。「如歡嫁人後當真與以前不一樣了啊。」

這話一落，常如歡心頭一跳，臉上的笑都快掛不住了。

就聽常海生繼續道：「這樣也很好，以前過於老實，妳嬸娘和大伯娘她們欺負妳都不知道反抗，爹以前又沒本事護著你們。現在好了，就算爹不在你們身邊也能放得下心了。」

明年開春，常海生將去京城趕考，若是考中進士，那就在京中等候差使；若是落榜，則回清河縣苦讀。只是就算回來，一來一回也得到明年五月了。

常如歡道：「爹放心就是，就算爹不在身邊，我也能照顧好自己和如年的。」

常海生滿意地點頭。

好在薛陸這次只象徵性的喝了兩杯，除了臉有些紅，神志倒還清醒，時刻注意著自己有沒有說溜嘴。

這一晚薛陸過得好生辛苦，上炕睡覺時都怕自己說夢話把真相說了出來。

常如歡對薛陸緊張的神情有所懷疑，但問了幾次都問不出來，索性就不管他了。

縣學放了假，一家人沒其他事情，過年常海生不願回常家莊，便帶著常如年在縣城過年。

對於這點，常如歡可以理解。古人雖然都有鄉情，但常家莊的親人實在不堪。想想李氏和馬氏，若常海生父子回去，還不得被賴上？

所以常海生決定年三十祭祖時回去，年初一就回來。

常如歡和薛陸要回薛家莊過年，這是當初就說好的。過年時一大家子都要聚在一起，一年輪一家，今年剛好輪到大房，其他房的人帶著節禮回去就行了。

臘月十六一大早，薛陸和常如歡去街上採辦年貨，第二日便向常海生告辭，一起回到薛家莊。

一進村子，兩人明顯感覺到過年的熱鬧。

平日窩在家裡過冬的孩子們都出來玩了，大人也來往於鎮上採購年貨。不管有錢沒錢，大家都想過個好年。

到了胡同口，常如歡就看到薛東與幾個鄰居家的孩子蹲在地上寫寫畫畫，牛車由遠及近，薛陸在車上喊道：「薛東，你五叔我回來了！」

薛東聞聲站起來，眼睛一亮。「五嬸妳回來了！」直接忽略薛陸。

常如歡笑著與他招手。「薛東在教小夥伴識字呢！」

這下輪到薛東不好意思了，傻笑著撓撓頭。常如歡以前還擔心薛東會被吳氏寵成薛陸以前那副模樣，現在看來倒是她多想了，薛東比之前懂事不少。

下了牛車，薛陸將行李搬下來，見薛東站在一旁，笑道：「傻站著幹麼，還不幫忙？」

薛東趕緊和小夥伴們道別，上前幫忙搬東西。

路上，薛東問道：「五叔，這都是啥啊，這麼多？」若是有好東西給他就好了，上次五嬸帶回來的布料，他娘還說要給他做讀書時候穿的長衫呢！

薛陸白了他一眼。「小孩子少打聽。」

薛東哼了一聲。「我過了年就十一，可不是小孩子了。我娘說了，過年後就送我去鎮上學堂讀書，以後我也是讀書人了。」

薛陸剛想打趣兩句，突然想起以前家裡都是因為他耽誤了幾個姪子，頓時就沒了打趣的心思。

薛陸自嘲地笑笑。「以前都是我耽誤了你們。」

薛東不懂這些，嘿嘿直笑。他現在只知道讀書識字可以在小夥伴們面前耀武揚威，以後還能和五叔一樣娶個像五嬸那樣漂亮的媳婦，他就很滿意了。

錢氏和薛美美聽見薛陸他們回來了，趕忙從屋裡出來。錢氏跑上前拉著薛陸的手直說話，倒是薛美美站在一旁沒人搭理，有些尷尬。

薛東早就跑出去玩了，薛美美左右環顧，目光落在常如歡放在炕上的包袱上。

「五嫂，這是啥？」薛美美看著包袱，希望常如歡再給她一些好東西。

上次他們回來時給她的布料，她拿來做了新衣，她的好友來找她玩時看見羨慕不已，讓她出盡風頭。若是這次能再給些絹花什麼的，等過年穿戴上，還不把她們羨慕死？

常如歡將她的表情看在眼裡，卻不想助長她這種心理，淡淡道：「沒什麼，都是些我們往常要用的物品。」

薛美美有些失望，撇了撇嘴，對還拉著薛陸噓寒問暖的錢氏道：「娘，我先回去了，五嫂都不歡迎我。」

錢氏不理她。「妳先回去吧，我和妳五哥說會兒話。」壓根兒沒聽見薛美美後面那句話。

薛美美還指望她娘能幫她要點東西，誰知她娘一心都在五哥身上，氣得跺了跺腳跑了出去。

常如歡將東西放好，見錢氏還沒要走，便道：「娘在我們這兒吃飯吧？」

薛陸也抬頭道：「是啊，娘，咱們許久沒一起吃飯了。」

誰知錢氏卻瞪了常如歡一眼。「妳和老五好好過日子，我比什麼都高興。我在妳大嫂那啥都不缺，你們就把銀子好生攢著就行了。」她可不能給兒子增加負擔，連一頓飯都不行。

常如歡張了張嘴，不知道如何反駁。錢氏已經將過好日子和一頓飯聯結在一起了，她還能說什麼？

冬日裡天氣寒冷，他們回來得早，吃過飯也才晌午。兩人躺在炕上睡了一覺，起來還是覺得渾身冰冷。

薛陸起來哈著氣道：「我出去轉轉買點柴回來燒炕，太冷了。」說著在棉衣裡面又加了一件。

常如歡披著被子坐起來，吸吸鼻子。「家裡實在太冷了，我都不想下炕。」

薛陸穿上鞋，轉身將她摁下，又拿了床被子壓上。「那就別起來了，怪冷的，我去買柴燒炕就暖和了。」

家裡的被子雖然是好的，可三床被子壓在一起實在有些重，常如歡被壓得喘不過氣來，剛要開口，就聽見外面傳來說話的聲音。

薛陸疑惑地抬頭。「我出去看看。」

常如歡聽出是薛老二的聲音，便道：「我還是起來吧！天還沒黑呢，讓人看見多不好。」說著也起床了。

兩人出去一看，見是薛老二和薛老三，兩人揹了柴過來。

薛老二道：「就知道你這裡沒柴，你們先用著，沒了再去我們那邊拿。」

薛老三也如此說。

薛陸有些不好意思。「二哥、三哥，我出去買些就好……」

他還沒說完就被薛老二瞪了一眼。「都是自家兄弟，客氣啥？這柴後山有的是，又不用花銀子，何必出去浪費錢？等過了年，秋天還得考試呢！」

兄弟幾個雖然對薛陸繼續考試沒抱太大的希望，但也不願兄弟過得艱難，既然阻止不了，那麼在這種小事上幫襯一把也是應該的。

薛陸嘿嘿笑了兩聲，跟二人道謝。

兩人放下柴，連屋也沒進就回去了。

下午常如歡碰見吳氏，吳氏還笑道：「弟妹，若是柴不夠了就說一聲，我讓東東送過來。」

常如歡笑道：「多謝三嫂了，聽說過了年就讓薛東去鎮上讀書？」

一說到兒子讀書的事，吳氏臉上立即堆滿了笑容。「可不？我們東東也挺聰明的，不說考個秀才，去識字總沒有壞處，就二姪子在妳這裡識了幾個字，在鎮上做工都不用扛大包，我們東東怎麼也比他堂哥好些吧？」

薛東的確有些小聰明，常如歡便笑著點頭。「那是自然。」

得了常如歡的肯定，吳氏更加高興了，回到屋裡又讓薛函給他們送了些醬菜。

第二十九章

常如歡哭笑不得之餘，對薛家人又有些改觀。

除了她的婆婆和小姑子有些「極品」外，其他人倒是不錯，以前的小心眼也都是因為家裡窮，加上薛陸的關係才會這樣。現在分了家，各家過各家的日子，他們還能不計前嫌想著幫襯他們，這一點就讓常如歡頗為感動了。

晚上，常如歡和薛陸說起這些事，薛陸嘆了口氣道：「哥哥嫂嫂們都是好的，我不會忘了他們的好。」

炕下燒了火，被窩裡暖烘烘的，常如歡有些熱，掀開被角讓風吹進來一些，又飛快地蓋上。

薛陸聞著娘子身上的淡香，慢慢朝常如歡靠近，接著將她攬進懷裡。

許是兩人相處的時間越來越多，對於薛陸的擁抱，常如歡也漸漸不反感了，甚至在窩進他懷裡時還有一些些心跳加速的感覺。

薛陸心裡一喜，黑暗中臉都紅了。「娘子，好些日子沒有……」

這段時間以來，薛陸一心撲在讀書上，夜裡睡得早，倒是很少纏著常如歡給他紓解。

「沒有什麼？」常如歡故意裝傻。

薛陸本就有些害羞，卻碰上常如歡故意刁難，臉更加紅了。「娘子……就是、就是那個……幫幫我！」

薛陸整張臉都要縮進被子裡了，但還是迅速握住常如歡柔軟的手塞進自己褲子裡，發出舒服的嘆息。

娘子的手真的好軟……

常如歡頓時哭笑不得。她該說她的夫君可愛還是不要臉呢？

薛陸見她不動，急了。「娘子，我難受……」

像是要印證他的話似的，「小薛陸」還動了動。

這下常如歡也臉紅了，幸虧一片黑看不見，然後她才迅速動起手來。

薛陸整個人都繃緊了，腳趾舒服地蜷縮起來。雖然還未真正得到娘子，但光是這樣就已經讓他舒服得不行。

許久之後，黑暗裡只剩下薛陸的喘息聲，常如歡翻了個身，不管身後的男人了。

薛陸想到媳婦愛乾淨，便掀開被子去清理身體，但出了被窩實在太冷，身子一抖，凍得什麼美妙感覺也沒有了，渾身只有冷！

常如歡似乎知道會是這樣的結果，背對著薛陸的肩膀一抖一抖的，差點就憋不住笑了出來。

薛陸哆嗦著清理完，立刻將自己塞進被窩，而常如歡已經快憋出內傷，再也忍不住笑出了聲。

薛陸知道她是在笑他，哀怨地瞅了她一眼，然後往常如歡身邊湊了湊，從後面抱住了她。

媽啊！好冷！

這下常如歡笑不出來了。

過了小年，日子過得飛快。

臘月二十八是這裡送年禮的日子，以往柳氏最不喜歡錢氏二人與其他各房來往，生怕錢氏將大房的東西偷渡出去接濟其他人，尤其是五房。但到了過年就不一樣了，看見其他房的人來送年禮，那臉上都快樂出花兒來。從一大早就待在正屋，美其名曰照顧錢氏，實際上就是看看其他幾房給錢氏送什麼東西來。

尤其當薛陸和常如歡來的時候，柳氏的臉上都樂開了花，趕緊讓開路讓二人進來，還殷勤地端茶倒水。

錢氏對柳氏這模樣很不以為然，以前柳氏比誰都討厭她偏心薛陸，現在倒好，看著她寶貝兒子要有出息了，就上趕著巴結了。

「老大家的，我和老五兩口子說說話，妳回去忙吧。」錢氏面帶不屑。

柳氏像是聽不懂，笑著道：「該忙的都忙完了，我在這陪著五弟妹說說話。」

她的厚臉皮讓錢氏很生氣，剛想發作，又想起現在大房是柳氏當家，頓時洩了氣。

直到薛陸兩口子離開，柳氏都沒挪動一步，期間薛曼來叫她，她都紋絲不動。

常如歡心裡覺得好笑，小心眼的柳氏和錢氏對上，果然很多好戲可看。看錢氏憋屈的樣子，根本無法想像她以前是多麼耀武揚威。

而就在剛剛，柳氏趁著薛陸與錢氏說話的工夫，在她跟前可是說了一籮筐的好話，裡裡外外不就是想問過年有沒有給他們的禮品？

這些常如歡都擋了回去，只裝瘋賣傻假作聽不懂，急得柳氏差點就直接說出自己的目的了。

回去時，薛陸有些悶悶不樂。「娘以前多要強的一個人，現在在大嫂面前都不敢說話了。」

常如歡看了他一眼。「那你可以跟娘說讓他們跟著咱們，咱們努力一些，也能養得起他們。」

薛陸搖頭。「那不成，我現在還要妳養呢，哪能讓爹娘也讓妳養？最起碼等我考上舉人或進士有能力之後再說這話，現在我是沒這臉說的。」

他聲音低了低，失落地道：「爹娘最疼我，當初分家時我就跟爹說過讓他們跟著咱們，可爹娘卻怕拖累咱們。娘子，我好難過，沒有能力報答他們。」

看他傷心的樣子，常如歡心下不忍。「等你考中進士做官就好了。」

薛陸點點頭。「嗯，只能這樣了。」

可常如歡卻沒有告訴他，進士只是做官的先決條件，能不能做好官、做到多大的官才是問題，況且做官哪有那麼容易，俸祿也不多。

他們還得找些其他賺錢的工作才好。

到了年三十，早晨貼春聯、貼窗花，傍晚吃團圓飯，晚上圍在一起守歲，好不熱鬧。到了初一便要四處拜年，常如歡跟著錢氏和幾個嫂子出去一趟，回來也累到不行。好不容易到了初二，一早各房媳婦們都開始收拾東西準備回娘家。薛陸和常如歡也不例外。

常海生只在常家莊住了一晚就回去縣城，所以他們夫妻倆便直接帶上禮品去了縣城。

自從張武出事後，常海生心情一直不錯，見薛陸穿著一身長袍更加滿意。「不錯，很有讀書人的樣子。」

被岳父誇獎，薛陸自然開心，滿面笑容地將禮品拿進屋。「岳父，小婿剛剛在街上買了陳家的酒，待會小婿給岳父斟上喝幾杯。」

常海生若有似無地瞥了常如歡一眼，問薛陸。「不怕你媳婦不讓你喝？」

薛陸嘿嘿直笑，並沒有覺得不好意思。「來之前娘子就允許小婿今日喝酒了。」

常海生哈哈大笑，對薛陸疼媳婦這事很是滿意，但他還是對常如歡道：「薛陸是男人，在外應酬是難免，若是他以後做了官，也不可能不出去應酬。」他在縣學教書，從同僚那裡也聽了不少官場上的事。

常如歡輕哼了一聲。「他若喜歡喝，我還能管得了他？」

常海生搖搖頭不說了，和薛陸一起進了屋坐下，這才神秘道：「你們猜張武最後怎麼樣了？」

薛陸一臉好奇。「如何了？」

年前不等事情有結果，他們就早早回了薛家莊，對這事還真不清楚。期間薛陸自然也想知道結果，奈何鄉下消息不靈通，竟然一直不知道這事。

「張武的姑母不是縣令夫人嗎？她知道這事後，被縣令罵了一頓，說他們張家沒一個好東西。縣令夫人惱怒，跑回娘家要和他們恩斷義絕。張武卻覺得只是一個小妾，根本就是小題大作，縣令夫人大怒，真的和娘家斷了關係。這還不算，縣令頭上被人戴了綠帽子，怎麼肯甘心？竟然找了許多地痞流氓將張武隔三差五的打上一頓，現在張武根本下不了床，聽說張地主打算等張武傷好了，將他送到省城張武的外家去。」

常海生真想再大笑三聲，但奈何年前失態過一次，當時常如年還說：「爹，您今日和以往真不一樣，不知道的還以為您發了大財呢！」

於是常海生再說起這事時雖然還是很興奮，但卻控制住了，只在喝酒的時候多喝了幾杯。

常海生酒量不大，喝了幾杯就醉了，話也變多了，還變得感性不少。他拉著薛陸的手道：「如歡以前苦啊，她娘早早的就走了，那時如年還很小，長到現在這麼大都是如歡在帶，那時她自己還是個孩子呢，我這個當爹的只顧著讀書，家裡的一切都是她在忙活……」說著說著，常海生突然捂著臉哭了起來。「我對不起如歡，對不起如年，更對不起他們死去的娘啊——」

酒桌上靜了下來，常如年低垂著腦袋，神情低迷。自他懂事起就是姊姊在帶他，對自己的娘是一點印象都沒有。

這些對常如歡而言是陌生的，她腦子裡雖然有原主的記憶，但那些對她來說都像是其他人的事，可此刻聽著常海生的話，心裡卻有些傷感。來這裡半年多了，她漸漸融入這個世界，漸漸將薛陸當成自己的夫君，將常海生當成自己的親爹。

「爹……」常如歡張了張口，想說「沒關係，都是應該的」，可她卻說不出口，畢竟她不是真正的原主。

假如常海生的病好得早些，那原主就不用被自己的伯娘和嬸娘逼迫著嫁人，也不會絕望地上吊了。

薛陸看著岳父，又看了看自己的媳婦，眼神堅定地對常海生保證道：「岳父，那些都過去了，好日子在後頭呢。您看，您也中了舉，等您再中了進士做了官，這清河縣還有誰敢欺負她？」說著頓了頓，臉上有些羞澀。「而且她已經嫁給我了，這輩子我都會像您一樣疼愛她，絕對不會讓她受一絲委屈。我薛陸在您面前發誓，若是以後做對不起如歡的事，就天打雷劈，不得好死。」

薛陸根本不等常海生阻止就舉起三根指頭起了重誓。

若是在現代，男人就算詛咒自己出門被車撞、喝水被噎死、下雨被雷劈死，常如歡都不會相信。但現在她卻不得不信，因為古人很重視此事，不到迫不得已，絕對不會起這等重誓。

現在薛陸為了她，當著常海生的面起了誓，這是要讓常海生安心，也是讓她安心呢。要說不感動那是騙人的，她也是人，即便她的靈魂是從遙遠的現代而來，這會兒的她依然是感動的。

她甚至想上前抱住這個年輕的男人，告訴他，她相信他。

此刻，常海生忘了哭，愣愣地看著眼前這個曾經讓他看不上眼的女婿，看著他眼中真摯的感情，他真的放心了，自己的女兒真的有了疼愛她的夫君了。

常海生有些激動，拉著薛陸的手一個勁兒地道：「好、好，好孩子，我沒看錯你。」

常海生拉著薛陸又多喝了幾杯。薛陸喝得整張臉通紅，笑咪咪地和常海生說著話。

常海生喝多了，最後直接趴在桌上睡了，薛陸想起身扶岳父回去休息，可他自己也站不穩。

常如歡一指頭將他戳回炕上。「我和如年來，你在這等著。」

薛陸看著眼前的媳婦，越看越覺得好看，笑道：「娘子，妳真美。」

常如歡見他喝傻了，怕他再說出其他的話來，趕緊叫過常如年，兩人一起將常海生扶回房間。

等常如歡回來時，薛陸還一個人坐在炕上傻笑，見她進來，又咧嘴笑。「娘子……娘子……妳真好。」

常如歡沒好氣地將他扶起來往房間走，薛陸將大半個身子都靠在她身上，讓常如歡差點摔倒在地上。她伸手推了薛陸一下，薛陸沒站穩，腦袋一下磕在門框上。

薛陸有些委屈，可憐兮兮地看著常如歡，癟嘴道：「娘子……」

常如歡又氣又想笑。「進屋，外面太冷了。」

屋內早就燒好了炕，被窩裡也暖烘烘的，薛陸喝得有些多，但還記得媳婦不喜歡酒味，就著屋裡冷透的水洗了把臉、漱了口才爬上炕。

水很涼，薛陸有一瞬間酒醒的感覺，但上了炕溫暖襲來，酒氣又湧了上來，整個人頓時懶洋洋的。

他往常如歡身邊靠了靠，聞到她身上的味道，將腦袋埋進她的脖子裡拱了拱，還舒服地嘆了口氣。

常如歡滿臉黑線的看著這個男人像隻大狗一樣拱進自己懷裡，被拱的人好想給他一巴掌怎麼辦！

常如歡僵硬地躺在那裡，聽著薛陸的呼吸卻久久無法入睡。

後半夜好不容易迷迷糊糊睡了，又夢見薛陸身穿官服，一本正經地說道：「本官曾經給夫人起過誓，這輩子若是做對不起她的事，就不得好死。」

接著夢一轉，又回到今晚薛陸起誓時的認真樣子。最後她似乎又回到了現代曾經授課的學校，其他系的朋友李青問她。「若是有男人起誓，妳是否會信？」

她記得清清楚楚，她在夢裡回答道：「除非我腦子被驢踢了，否則我才不信，我又不是天真的小女生！」

——未完，待續，請看文創風641《馭夫成器》下

為流浪貓狗加油 和貓寶貝 狗寶貝 廝守終生(一定要終生喔！)的幸福機會

對人來說，貓寶貝狗寶貝只是生活的一部分，但妳(你)對牠們來說，卻是生活的全部，領養前請一定要考慮清楚——

▲ 恬然又獨立的女孩 JOJO

性　　別：女生
品　　種：米克斯
年　　紀：約1歲多
個　　性：較含蓄，但很親人。
健康狀況：已按時接種疫苗。
目前住所：台中市霧峰區

『JOJO』的故事：

中途是經朋友轉達才知道JOJO，並去援助的。

中途表示，JOJO在流浪時出了車禍，牠的腿不幸被撞斷，當中途的朋友發現時，牠正拖著腳，很努力在艱辛的處境下，想辦法生存。經朋友的告知及後續的協助，中途順利救援了JOJO，並立即送往醫院治療。經過一段時日的休養後，中途才將JOJO帶回狗園繼續照顧。

中途進一步談到，JOJO當時因為受了傷，所以一開始與牠接觸時，牠顯得相當膽小，甚至會畏懼人的觸摸；然而，經歷一段時間的相處及適應，且跟著狗園裡其他活潑的狗兒姐妹們一起玩耍後，也漸漸受到影響，變得親人起來。

現在已經是成犬的JOJO，腳早已好了，恢復得跟一般的狗兒沒有兩樣，仍可以奔跑、跳躍。JOJO現在有了健康的身體，有了能無憂無懼的棲身之處，還有能一起玩的夥伴。牠在狗園裡，撐起了自己的一小片天空，將自己的小日子過得有滋有味，但是，這樣安好的牠，卻少了能全心全意愛牠的家人……如果您憐愛JOJO，願意成為牠的家人，歡迎來信leader1998@gmail.com（陳小姐），或傳Line：leader1998，或是私訊臉書專頁：狗狗山-Gougoushan。

認養資格：

1. 認養者須年滿20歲，有穩定經濟能力，並獲得全家人的同意。
2. 須同意簽認養寵物切結書，並讓中途瞭解JOJO以後的生活環境。
3. 同意送養人日後之追蹤探訪，對待JOJO 不離不棄。
4. 同意讓JOJO絕育，且不可長期關、綁著JOJO，亦不可隨意放養。
5. 為讓中途對您有更深入的瞭解，中途會先有份線上問卷請您填寫。

來信請說明：

a. 個人基本資料：姓名、性別、年齡、家庭狀況、職業與經濟來源等。
b. 想認養JOJO的理由。
c. 過去養寵物的經驗，及簡介一下您的飼養環境。
d. 若未來有結婚、懷孕、出國或搬家等計劃，將如何安置JOJO？

文創風
640

馭夫成器 上

國家圖書館出版品預行編目資料

駁夫成器 / 晴望著. --
初版. -- 臺北市 : 狗屋, 2018.06
冊 ; 公分. --（文創風）
ISBN 978-986-328-869-5（上冊 : 平裝）. --

857.7 107005727

著作者	晴望
編輯	王冠之
校對	于馨　周貝桂
發行所	狗屋出版社有限公司
地址	台北市104中山區龍江路71巷15號1樓
電話	02-2776-5889～0
發行字號	局版台業字845號
法律顧問	蕭雄淋律師
總經銷	知遠文化事業有限公司
電話	02-2664-8800
初版	2018年6月
國際書碼	ISBN-13　978-986-328-869-5

本著作物由北京晉江原創網絡科技有限公司授權出版

定價250元

狗屋劃撥帳號：19001626

網址：love.doghouse.com.tw　E-mail：love@doghouse.com.tw